秋月記

葉室 麟

角川文庫 17179

目次

秋月記

暑い盛りで強い日差しに風景が白く輝いていた。

筑前《ちくぜん》秋月藩士、間余楽斎《あいだよらくさい》が、馬廻役《うままわりやく》、戸波六兵衛方に呼び出されたのは弘化二年（一八四五）六月六日のことだった。余楽斎が供一人だけを連れて乾いた小路を歩いて戸波方に出向くと、すぐさま両刀を預けるよう命じられた。

広間で待つ余楽斎の前に出てきた六兵衛は、

「上意でござる」

と、ただちに余楽斎を幽閉することを告げた。戸波方には頑丈な格子がついた座《ざ》敷牢《しきろう》があった。余楽斎は特に驚いた様子もなく、寂《さ》びた声で、

「承った」

と短く答えた。淡々とした様子だった。余楽斎は、この年五十九歳になる。頭は白髪交じりとなっているが、若いころ武芸で鍛えた体は頑健で顔の色艶《いろつや》もよかった。

永年、御用人、郡奉行《こおりぶぎょう》、町奉行など藩の重職を務め、文政十二年（一八二九）、四十三歳の時に隠居してからも藩内に隠然たる力を持っていた。それだけに藩主をないがしろにして専横の振る舞いがあった、とされた。

日ごろ、ひとを威圧する鋭い目をしていたが、この日は穏やかな表情のままだった。上意を言い渡した六兵衛の方が、ややうろたえ気味で額に汗を浮かべ、余楽斎が一室で静かに控えるとほっとした表情を見せた。

「権勢に驕《おご》ったゆえ天罰がくだったのだ」

六兵衛はいまいましそうにつぶやいた。昨日まで藩政の黒幕と目され、権力者の地位にあった男の突然の転落を目の当たりにして動揺していた。六兵衛自身、先日までは余楽斎に会うつど、諂《へつら》いとまではいかなくとも、丁重な辞儀をした。余楽斎が権勢の座から墜《お》ちたいまとなっては、そんな過去の自分自身もひどく値打ちが下がったような気がした。

余楽斎は瞑目《めいもく》したまま端座し、おのれに降りかかった運命を受け入れた。

余楽斎の取り調べが始まった六日には家老の吉田縫殿助《ぬいのすけ》、伊藤吉左衛門が逼塞《ひっそく》を命じられた。九日には御組外頭《おくみほかがしら》、鉄砲頭、馬廻新座などの役職にある七人に役儀取り上げ、蟄居《ちっきょ》、禁足などの処分が行われた。いずれも余楽斎の派閥に属する藩士や係累《けいるい》だった。

この処分に際して、本藩の福岡藩から御納戸頭《おなんどがしら》杉山文左衛門が秋月に遣わされた。九日からの取り調べは文左衛門が行った。このことは秋月藩と本藩である福岡藩の関係を示していた。

秋月藩は元和《げんな》九年（一六二三）、初代福岡藩主黒田長政の遺言により、三男長興《ながおき》が五万石を分知されて成立した。現藩主長元《ながもと》まで十代を数えている。

福岡藩の支藩だったが、幕府から朱印状を交付された独立の藩でもあった。しかし財政が窮乏化し、文化八年（一八一一）に〈辛未《しんび》の変〉と呼ばれた藩内の政変が起きると、福岡藩では〈秋月御用請持《うけもち》〉を派遣して藩政に介入した。余楽斎の断罪も本藩の主導によって行われたのである。

文左衛門は三十すぎ、日ごろから冷徹な人となりで知られていた。余楽斎の取り調べにあたっては裃《かみしも》を着け、いささかも弛《ゆる》むところがなかった。

「その方、一味徒党を組み、藩主長元様を廃して家老の吉田縫殿助を擁立する陰謀を企てしとのこと、まことか」

文左衛門の追及に余楽斎はゆっくりと首を振り、

「身に覚えなきこと」

と否定したが、一方で、

「されど殿の御心中を悩ませたること、その罪、軽からずと心得ております」

と答えた。

「ということは罪を認めるのだな」

「いや、臣として至らぬところあり、と恥じておるのでござる」

余楽斎は口を一文字に引き結び、それ以上、言おうとはしなかった。文左衛門は苛立《いらだ》った表情を見せたが、余楽斎の取り調べはいったん止めて、他の者の処分を進めていった。

十一日に吉田縫殿助、伊藤吉左衛門が家老を罷免された。しかし、公には罪は明らかにされず、

――思召《おぼしめし》に叶《かな》わず
という理由だけがあげられた。余楽斎の嫡子で馬廻役二百九十石の幾之進《いくのしん》は隠居の上、五十石減知、三ヶ山村《さんがやまむら》に蟄居という処分が申し渡された。

その後、余楽斎は鉄砲頭、宮井左平太方に預けられた。流罪地には護送役人に送られて行く玄界島《げんかいじま》への流罪が決まったのは十六日だった。余楽斎の妻もよは五年ほど前に病でこの世を去っており、罪人の余楽斎を見送る者もないはずだった。嫡男幾之進も昨日のうちに三ヶ山村に行っていた。藩政の黒幕と目された男にとって、あまりにさびしい末路だった。

文左衛門はこの日、宮井屋敷で余楽斎に流罪が決まったことを言い渡した。余楽

斎は流罪という処分にも表情を変えなかった。罪状についてはあくまで認めていなかった。

文左衛門は処分の言い渡しを終えると、これは役儀ではないがと前置きしたうえで、

「かくなることにあいなって、随分と悔いておろうな」

と何気なく言った。文左衛門は余楽斎が永年にわたって秋月藩政に力を振るい、時として本藩の意向をないがしろにしてきたことを知っていた。それにしては余楽斎の様子は淡々として未練の気配がないのが不思議だった。

「悔いる?」

余楽斎は薄く笑った。目が鋭くなっている。

「後悔してはおられぬのか」

「何一つとして。それがしが、後悔しておらぬのが御不満か?」

「いや、不満などということではないが、あまりに落ち着いておられると思ってな」

「拙者の胸にあるのは安堵《あんど》の思いだけでござる」

「安堵の思い?」

「それがしは弱い人間でござった。その弱さに打ち克《か》ちたいと思って生きて参った。

そのために一生があったようなものでござれば、これでやっと重い荷を下ろせ申す」

余楽斎は目を閉じた。思い出すのは若かった日々のことだ。あれから何十年たったのだろうと思うと感慨深かった。

そのころ、余楽斎は吉田小四郎《こしろう》という名だった。

一

小四郎はその日のことを忘れなかった。

まだ六歳だった。屋敷の門から出て白壁沿いの溝を見ていた。傍らに妹のみつがいた。幼いころ小四郎は怖がりだった。すべてのものが恐ろしく思えた。窓辺に差す月の光や家族が寝静まった深夜の物音におびえ、天井板の木目すら恐ろしく、寝たまま見入っていて、熱を出したことすらあった。屋敷の外へ出ることも怖かった。それでも武家に生まれた以上、勇ましくなければならない、と思った。

父は秋月藩馬廻役二百石、吉田太郎太夫勝知《かつとも》だった。秋月藩は五万石で、吉田家は上士《じょうし》の家柄である。太郎太夫は若いころは鏡智《きょうち》流の槍術《そうじゅつ》で鳴らしたひとで、がっしりとした体つきで精悍《せいかん》な顔立ちをしていた。

（父上のようにならなければ）

と思うのだが、道を歩いていて犬に吠《ほ》えかけられると、それだけで青くなって屋敷に駆け戻った。小四郎は次男で、三つ年上の兄治之助《はるのすけ》がいたが、兄にはそんなところはなかった。小四郎の目から見て怖い物でも、兄にとっては平凡でつまらないものにしか見えないようだ。治之助は小四郎を〈泣き虫小四郎〉と呼んだ。小四郎は兄と自分を比べて、

（わたしは臆病《おくびょう》だ）

と恥ずかしく思った。みつと溝をのぞいていたのは春だった。陽光の中、きらきらと輝きながら流れる水がきれいだった。二人でうずくまって見ていた時、背後にうなり声を聞いた。はっとして振り向くと、大きな黒犬が赤い舌をたらして近づいてきていた。

黒犬を見た瞬間、小四郎は屋敷の中に逃げ戻ろうとした。みつの手を引っ張っていた。走ろうとした時、黒犬が立て続けに吠えた。小四郎はわっと悲鳴をあげて走った。みつが転んで手がはなれた。

門の中に駆けこもうとする小四郎を黒犬は追ってきた。しかし、小四郎が門をくぐると黒犬はそれ以上、追おうとはしなかった。小四郎が門の陰から見ていると黒犬はゆっくりとみつの方に近づいていった。みつは地面に転んだまま泣いていた。

黒犬が近寄ってくるのを見ておびえた顔になった。

「兄様、たすけて」

みつは門の方を見て泣きながら言った。ひどくか細い声だった。小四郎は、

(助けなければ)

と思ったが、足が動かなかった。その間に黒犬はみつに近づき、吠えかかった。みつの泣き声は大きくなった。その時、中年の武士が通りかかった。みつが泣いているのを見て、供の中間《ちゅうげん》に黒犬を追わせた。小四郎はみつのところに駆け寄った。中年の武士は微笑して、

「妹は助けてやらねばならんぞ」

と声をかけると去っていった。小四郎は泣いているみつを立たせて屋敷に連れて帰ったが、ひどく後ろめたい気がした。母親の辰《たつ》にはみつの着物が泥で汚れて泣き続けていることを、

「犬に追われて転びました」

としか言わなかった。みつはよほど怖かったのか、その夜、熱を出した。

この夜、父親と母親の辰が何かひそひそと相談していた。翌朝、小四郎は母に連れられて外出した。向かったのは町外れの古ぼけた屋敷だった。そこには小四郎の他にも何人もの子供が来ていた。武家だけでなく百姓、町人の子供もいた。

何が始まるのか、と思っていると、やがて奥座敷に通された。そこには総髪の瘦《や》せた人物がいて、辰と言葉少なに話した。その話の中身から、どうやら医師らしい、と小四郎にもわかった。医師は奇妙な長い管を持ってきて、鼻の穴に入れるように言った。管は不気味で怖かった。小四郎は戸惑ったが、辰が真剣な顔をしているので、怖々、管の先端を鼻の穴に入れた。息苦しく、痛かった。しばらくして、

「もう、よろしゅうござる」

医師が厳粛な声で言った。辰が声をひそめて、

「これで、大丈夫でございましょうか」

と訊《き》くと、医師は自信ありげに、

「必ずや」

と答えた。その答えは辰をひどく安心させたようだ。屋敷に戻った小四郎は数日後、熱を出した。風邪に似た熱だったが、二日後には熱がひいて、すっきりした。その様子を見守っていた辰は、小四郎の枕もとに来た太郎太夫に、

「これで、小四郎は疱瘡《ほうそう》にかからずにすむようです」

とほっとした表情で言った。太郎太夫はうなずいた。

「そうか、やはりたいしたものだな。緒方《おがた》殿はこれで諸国にまで名をあげられよう」

「さようでございます。緒方様が秋月におられてようございました」

小四郎は後に、この時の医師が緒方春朔《しゅんさく》という藩医だったことを知った。

春朔は久留米《くるめ》藩士の家に生まれたが医術を志して長崎に遊学し、蘭方《らんぽう》医学を学んだ後、天明年間に秋月藩の藩医となったひとだ。

春朔が行ったのは、種痘《しゅとう》だった。このころ幼い子を持つ親が最も恐れたのは疱瘡と呼ばれる天然痘《てんねんとう》だった。罹患《りかん》すれば高熱を発して死ぬことも珍しくなく、助かっても顔に痘痕《あばた》が残ってしまう。

春朔は中国の医書を研究して、天然痘患者の病漿《びょうしょう》や瘡蓋《かさぶた》を採取し、人体に接種して軽い天然痘にかからせる予防法があることを知った。

寛政元年（一七八九）の冬、秋月では天然痘が流行し、翌年の春になっても終息する気配がなかった。春朔はこの時、上秋月郷の大庄屋《しょうや》天野甚左衛門《じんざえもん》の申し出により、甚左衛門の二人の子に寛政二年二月十四日、わが国で初めての種痘を行った。

春朔としては実効のわからぬ治療法を他人の子に施すことにためらいはあったが、甚左衛門の熱意がこれを押し切った。甚左衛門はかねてから春朔の熱心な研究を知って信頼していたし、何より大庄屋としてひとびとの病苦を救うことに使命感を見《み》出《いだ》していた。こうしてわが国最初の種痘は成功した。イギリスの医師、ジェンナーが牛の天然痘による牛痘苗での種痘を成功させるのは、さらに六年後のことだ。

小四郎は自分が大きな危険から逃れたのだ、という気がした。しかし、間もなくみつが疱瘡にかかった。みつは十日ほど高熱を出してあっけなく死んだ。

小四郎にはみつが死んだことが信じられなかった。寝床で動かずにいるみつの白い顔を見ても、ぼう然とするだけで涙も出なかった。ただ、辰が葬儀の時に、

「あの日、熱を出していなければ緒方先生のところに連れていけたのに」

と悔やんでいるのを聞いた。両親はみつにも種痘を受けさせるつもりだったのだ。

(みつを犬から助けていれば、熱も出さず、種痘も受けられて、疱瘡にならなかったのかもしれない)

恐ろしい想像をして、小四郎は思わず耳をふさいだ。


屋敷に賊が押し入ったのは、小四郎が間もなく七歳になろうとするころだった。秋月藩の領内で大庄屋に賊が押しこみ、金を奪ったうえ大庄屋と家族七人を殺すという凶悪な事件が起きていた。福岡藩の領内から役人に追われて逃げ込んだ盗賊の仕業と見られた。

太郎太夫は賊の話を聞くと屋敷に戻って、家僕たちに警戒するよう言った。

「捕り手に追われて行き場を失った狼のような賊だ。たとえ武家屋敷でも油断はできん。万一、襲われて不覚をとるようなことあらば、末代までの恥ぞ」

太郎太夫はその日から短槍《たんそう》を常に身近に置くようにした。小四郎は賊が襲ってくるかもしれない、という話におびえた。賊に襲われたら戦わねばならない、と思ったが、そう考えるだけで手足の先がつめたく痺《しび》れるような気がした。夜になっても、よく眠れない日が続いた。

そんなある夜、突然、太郎太夫の大声が屋敷中に響き渡った。

「曲者《くせもの》だ。出会え――」

小四郎は跳ね起きたが、太郎太夫のところへすぐに駆けつける勇気は無かった。襖《ふすま》を開けて恐る恐る廊下の様子をうかがった。その間にも屋敷の中では凄《すさ》まじい怒鳴り声と物音が響いた。バタバタと雨戸が倒れる音がした。

太郎太夫は盗賊と戦いながら庭に出ていた。小四郎は震える足で縁側に出た。近くの雨戸を少し開けると月の光が差し込んできた。月光の下、太郎太夫が短槍を構えて賊と向かいあっているのが見えた。

賊は刀を構えている。浪人のようだった。しかも三人いた。それに向かって、太郎太夫が一歩も退《ひ》こうとしないでいるのを見て、

(父上は凄《すご》い)

と小四郎は息を呑《の》んだ。太郎太夫の短槍は月光に白くきらめいて賊を追いつめていた。賊が踏み込んで斬りかかると金属音が響いた。太郎太夫の短槍が刀を巻き落

として、そのまま賊の胸を刺していた。賊がうめいて倒れた時、家僕が刀を抜いて庭に駆けつけた。

賊の一人は、わめきながら家僕に斬りかかって血路を開こうとした。もう一人は逆に庭の奥に逃れようとした。その賊は逃げようとして、雨戸の隙間からのぞいている小四郎に気づいた。雨戸に駆け寄ると、小四郎の襟首をつかんで引きずり出した。大男で力が強かった。月光に照らされた顔は髭面《ひげづら》で汗臭かった。小四郎は、

「父上――」

と悲鳴をあげてもがいたが、大男は小四郎を抱え込むと刀を突き付け、

「近づくと、こいつの命はないぞ」

と脅した。しかし、太郎太夫の手練《てだれ》の技は素早かった。大男が脅しの言葉を言い終わらぬうちに踏み込んで、短槍は大男の胸を刺し貫いていた。

大男はうめいて仰向《あおむ》けに倒れた。小四郎は大男の手から逃れたが、血の臭いを嗅《か》いで気持が悪くなった。それと同時に足に生温かいものが流れているのを感じた。恐ろしさの余り小便をもらしていたのだ。小四郎は恥ずかしさで絶望的な気持になってうつむいた。太郎太夫はそばに来て肩に手をかけ、

「大丈夫か」

と訊いた。小四郎は何も答えられなかった。太郎太夫は笑顔になって、

「小四郎、恐ろしいと思うことは恥ではないぞ。恐ろしさを乗り越えることで、ひとは勇気を持つのだ」

と言いながら、井戸に行ってきれいにして参れ、と囁《ささや》いた。小四郎は泣きそうになりながら、井戸端に行った。釣瓶《つるべ》で水を汲《く》むと汚れた足を洗った。井戸の近くに厩《うまや》がある。馬はまだ寝ておらず、時折、物音が気になるのか、おびえたようにぶるっと体を震わせた。秣《まぐさ》をいれた桶《おけ》に蹄《ひづめ》があたって音を立てた。

庭では家僕が残った賊を取り押さえる騒ぎが続いており、小四郎の不始末に気づく者はいなかった。しかし、恥ずかしかった。父以外誰も知らなかったとしても、この屈辱はぬぐいようがないと思った。

それとともにみつのことを思い出した。まだ四つだったみつがこの世で最後に味わったのは黒犬に吠《ほ》えかかられた恐怖だったのだ。そう思うと初めて涙が出てきた。

(みつを助けなければいけなかった)

小四郎は釣瓶で汲んだ水を頭からかぶった。涙を水で流したかった。髷《まげ》から滴《しずく》をぽたぽたと滴《したた》らせながら、

(逃げない男になりたい)

そう思って月を見上げた。

三年後、十歳になった小四郎は藩校の稽古館《けいこかん》で剣術の稽古に励むようになってい
た。
秋月藩の藩校は七代藩主長堅《ながかた》の時に学問所として新小路《しんこうじ》に置かれたのが始まりで、天明年間に入って本格的な学館になった。講堂のほか剣術、槍術、柔《やわら》の道場を備え、文武両道を学ぶ場とされていた。
剣術師範は藤田伝助だった。伝助は丹石《たんせき》流の剣客として九州一の評判を得ていたが、弓術は雪荷《せっか》派の師範、槍術も妙見自得《みょうけんじとく》流の免状を得ており、馬廻格《うままわりかく》、蔵米《くらまい》八十石を支給されていた。小柄だが、がっしりとした体つきで、大力だった。ある年の地震で館《やかた》の庭に据えられた石灯籠《いしどうろう》が倒れた時、伝助は一人で軽々と石灯籠を抱えあげひとびとを驚かせたことがある。
謹厳な性格で知られており、藩の重臣ですら道で伝助を見かけると道を避《よ》けると言われていた。道場でも伝助が不在の時は声高に談笑する者がいたが、門外で伝助の咳《せき》ばらいがすると深山のように静まりかえった。
伝助は剛直なだけでなく機知もあった。ある時、鎖鎌《くさりがま》を使う武者修行の者が稽古館を訪れ、試合を申しこんだ。伝助は稽古用のたんぽ槍《やり》でこれに応じたが、この時、たんぽの紐《ひも》をゆるめておいた。試合が始まると、鎖がたんぽ槍の穂先にからみつい
た。相手は、

「見たか」

と叫んだが、たんぽはスルリと抜けて鎖が外れ、たたらを踏んだ。すかさず伝助は槍を逆に回して石突《いしづき》で相手の肩を打ちすえた。試合の後、伝助は門弟たちに、

「鎖鎌などは道具の優劣を競うだけだ。工夫さえあれば勝つことができるものだ」

と話した。丹石流は古流で稽古が荒いことで知られていた。小四郎は何度も木刀を打ちすえられて失神した。しだいに稽古が怖くなっていった。相手に木刀を振り上げられただけで、

――打たれる
と思って全身が硬直した。すり足の音、わずかな身動きで稽古着の袖《そで》が揺れる音すら小四郎の耳には大きく響いた。しかも、それは木刀で打たれた時の痛みを思い起こさせ、手足が痺れたようになるのだ。そんな小四郎のみっともなさを、やはり稽古館に通っている伊藤惣一《そういち》、手塚《てづか》六蔵などは面白がってからかった。口が重く動作も鈍い小四郎は嘲弄《ちょうろう》するのに絶好の相手だった。

「そら、そら小四郎、どうした。へっぴり腰になっているぞ」

「どうして木刀を打ち合わせる前に目をつむるのだ。それで、相手が打てるわけがなかろう」

惣一は三歳年長だが、小四郎と同じ馬廻役百石の家柄だった。がっちりとした体

つきで眉《まゆ》が太く浅黒い丸顔だった。小さいころから近所の餓鬼大将で小四郎をよく知っていた。六蔵も馬廻役百八十石の家だ。骨ばった体つきで、面長のあごがしゃくれた顔をして、ひょうきんな物言いをする。なんとなく惣一の腰巾着《こしぎんちゃく》のようなところがあった。

小四郎は惣一に散々に打たれて道場に倒れてしまうことが度々だった。ある日、痛みで起き上がれず、道場に最後まで残っていたことがある。

日が暮れかけて、格子窓から赤い日差しがさし込んでいた。ぼんやりと道場の床を見つめていると、伝助が稽古着姿で刀を持って道場に入ってきた。小四郎たちへの指導は道場の年長者が行うから、今まで伝助から直《じか》に稽古をつけてもらったことはなかった。

小四郎があわてて座りなおすと、伝助は道場の真ん中に行き、静かに正座した。刀は脇に横たえている。

伝助はしばらく瞑目《めいもく》した。そして、ダン、と鋭い音がしたかと思うと右足を前に踏みだし、その時には刀を居合で抜いていた。

小四郎に見えたのは一瞬の白光だけだった。伝助はそのまま立ち上がると刀を振って丹石流の形を使った。しなやかな身動きとは逆に風を切る凄まじい音がした。

小四郎が息を呑んで見守っていると、伝助はやがて刀を納めた。振り向いて、

「どうだ、丹石流の形は見えたか」

「いえ、あまりに速すぎて」

小四郎が口ごもりながら言うと、伝助は微笑して、

「お前、形を使ってみろ」

「とんでもありません、わたしはまだ、そのような」

小四郎はあわてて頭《かぶり》を振った。しかし、伝助は近づいてくると無理やり刀を持たせた。刀は小四郎には大きすぎた。それでも、抜けと命じられて、そっと抜いた。そのまま正眼に構えたが、刀はひどく重かった。

「腰を落とし、そのまま上段に振り上げて打ち込め。ただし、激しく打つことはならぬ。そろりとやれ。さもなくば肩が抜けるぞ」

言われた通り、そろり、と打ちおろした。その時、刀の重みで体中が引き締まるのを感じた。二、三度振ると、情けないことに体がよろけた。額に汗が浮いていた。

「よし、ならばわしの正面で打ち込め」

「危のうございます」

小四郎は青くなった。伝助は、何の危ないことがあろうか、と言うと小四郎の目の前に立った。目を光らせて、

――打ち込めっ

気合いのような声を発した。小四郎はびくっとして、振り上げた刀を夢中で打ちおろした。その時、伝助がわずかに身動きした。刀はすっと伝助の袴《はかま》の帯を斬っていた。

「見たか、これが帯の見切りだ」

伝助は静かに言った。小四郎は斬られてたれさがった帯をじっと見つめた。わずかに切っ先が伸びていたら、帯ではなく伝助を斬っていたところだ、と恐ろしかった。伝助は近づいて小四郎に刀を鞘《さや》に納めさせた。

「お前はこれから真剣での形稽古を毎日行え。さすれば強くなれよう」

「わたしも強くなれますか」

小四郎は目を瞠《みは》った。

「お前は耳がよいし、勘も鋭い。だから相手の動きがあらかじめわかって怖くなるのだ。ならば臆病者《おくびょうもの》の剣を使え」

「臆病者の剣？」

「そうだ、臆病者だとあきらめてしまえ。怖いがゆえに夢中で剣を振るうのだ。されば無心になれよう」

その日から、小四郎は屋敷に戻ると、ひたすら刀を振るった。伝助に言われた通り、ゆっくりとである。そうするうち、しだいに心が澄んでくるのを感じた。しかし、それは勇気とは違うものだ、と思った。

伝助が言ったように臆病者の剣だと思った。真剣を振るっているという怖さがすべての怖さを押しのけてしまうのだ。勇猛に相手に勝ちたいというのではなく、相手も自分も同じ怖さの中にいるのだ、という諦《あきら》めに似た気持だった。しばらくして稽古の時、小四郎と向かい合った惣一は、

「なんだ、お主、変わったな」

と、意外だという声をあげた。腕前があがったわけではないが、すべての動きにためらいがなくなっていた。躍動するような剣ではなかったが、風が吹き抜けるように一瞬の間に打ちを繰り出してくるようになっていた。六蔵が小四郎に打ち込まれて歯が立たなくなったのは、間もなくのことである。六蔵は悔しがって、

「小四郎の剣は姑息《こそく》になったぞ」

などとわめいていたが、しだいに小四郎の実力を認めるしかなくなった。そのころには惣一も以前とは違って友達あつかいするようになってきた。こうして、寡黙な小四郎にようやく友達というものができたのである。

八年がたった。小四郎は元服し、名のりを俊勝《としかつ》とした。色白で細面だが、年齢にふさわしくあごがしっかりとしてきた。

伊藤惣一は惣兵衛《そうべえ》、手塚六蔵は安太夫《やすだゆう》と名のるようになっていた。惣兵衛は三人の中で最も大柄で肉付きがよく、顔も大づくりで若いなりに風格があった。安太夫は細身の体つきで、あごがしゃくれているもののととのった顔立ちだった。話好きでいつも笑っているように見えるのは反歯《そっぱ》のためだ。

三人が並んで立つと小四郎だけが地味な印象があった。惣兵衛と安太夫は惣領息子でいずれ家督を継ぐのに比べ、次男の小四郎は養子の口がかからなければ、厄介《やっかい》叔父《おじ》となる宿命だったからかもしれない。惣兵衛は日ごろから、

「将来は家老になって藩政を動かしたい」

などと法螺《ほら》を吹いた。安太夫は、

「わしは勘定奉行ぐらいにはなるぞ」

とやや現実的な野望を口にして、取り立てて望みがない小四郎を、

「どこぞに養子に入って家禄《かろく》と妻子を後生《ごしょう》大事に守って、平々凡々たる一生を送りそうだな」

などとからかっていたのだ。しかし、太郎太夫と辰は小四郎の行く末をそれほど案じている様子はなかった。小四郎は稽古館での修行で意外なほど剣の腕前が伸び、いまでは目録にまで進んでいた。背丈が伸びても、ややうつむき加減で歩くため、おとなしい印象を与えたが、手堅い剣を使い、

「相手の厳しい攻めに音をあげぬしぶとさが身上だな」

と伝助も評していた。さらに学問でも秀才の一人に数えられるようになっていた。稽古館で教えを受ける際、最も後ろに座り、特に目立ったことを言うわけではなかったが、教授から質問されると自らの意見をまじえて答え、頭脳の鋭さを見せた。

その評判が伝わったのか、小四郎に養子縁組の話が持ち込まれた。

養子に迎えたいというのは馬廻役《うままわりやく》二百五十石の間篤《あいだあつし》だった。このことは太郎太夫を喜ばせた。篤が学者としても評判のある人物だったからだ。

「どうしたことか、小四郎には福運があるようだ」

「さようでございますね、これで嫁取りの心配もなくなりました」

辰も喜んだのは、間家では小四郎を養子に迎えるとともに遠縁の娘と夫婦にさせるつもりだということだったからだ。この娘が書院番《しょいんばん》八十石、井上武左衛門の娘もよだった。もよは器量だけでなく気立てなども評判のよい娘だった。さすがに小四郎ももよの話を聞かされると、頰をかすかに紅潮させた。

小四郎がもよを嫁にするという話は若者たちの間にすぐに知れ渡った。

「なんと小四郎があのもよ殿とか」

惣兵衛がうなり声をあげた。もっとも惣兵衛はもよを実際に見たことがあるわけではなかった。それだけにかえって美女としての像がふくらむようだ。惣兵衛は、

「こんなことがあるとは世も末だ」

と嘆いた。自分の方がよほど、もよの夫にふさわしい、と言いたげだった。安太夫は腕を組んで、

「そもそも小四郎にはそんな縁談が来る資格はないぞ」

「おかしなことを言うな。なぜ資格がないのだ」

小四郎はさすがに憤然とした。

「お前は去年、藤田先生のところで、とろろ汁を御馳走《ごちそう》になった時、千紗《ちさ》殿をおかしな目で見ていた」

「馬鹿な、そんなことはない」

千紗とは藤田伝助の十六歳になる一人娘だった。色白で目鼻立ちのととのった千紗は、伝助に稽古《けいこ》をつけてもらう少年たちにとって、ひそかな憧《あこが》れの的だった。

千紗と言葉をかわしたり、町で見かけたことや、自分の顔を見て笑いかけてくれたことが話の種になった。道場で月見をした時、千紗の手作りの団子をいくつ食べたなどという些細《ささい》なことを盛んに言い合った。小四郎も去年、伝助の屋敷で惣兵衛、安太夫とともに、とろろ汁を御馳走になったことを思い出した。

伝助の知り合いの百姓が大量に山芋を持ってきたため御相伴《ごしようばん》に与《あずか》ったのだ。千紗はその時、かいがいしく世話をして、小四郎たちが四杯、五杯と飯をおかわりする

と目を丸くして驚いた。小四郎が顔を赤くして、食べすぎでしょうか、と訊《き》くと、あわてて首を振った。

「父だけでは食べきれませんから」

千紗は可憐《かれん》な声で言った。小四郎は千紗のことを思い出すと、少し後ろめたい気がした。安太夫はそこにつけ込むように、

「ほら見ろ、他の女に心を奪われたことがある小四郎には、もよ殿の婿になる資格はないのだ」

勝ち誇ったように言った。しかし、それを聞いて、ううむ、とうなったのは惣兵衛だった。小四郎がどうしたと訊くと、

「実は、わしも千紗殿には気持が動いておった」

と真剣な表情で言いだしたから小四郎と安太夫は大笑いした。

友人との話は笑って終わったが、間家から一度、もよとともに顔合わせをいたしたい、と案内が来て小四郎をあわてさせた。武家の婚儀では当日まで男女が顔を合わさないのが普通だが、篤は、

「これから親子になるのであれば、たがいに親しんでおった方がよい」

と言ってきたのだ。約束の日、小四郎は羽織袴姿で間屋敷を訪れた。間屋敷は小

四郎の屋敷からさほど遠くない。町筋に出て二度ほど曲がった先の小路である。

小四郎が訪れを告げると奥座敷に案内された。その座敷は床の間があり、白い花が活《い》けられていた。篤はあごに鬚《ひげ》をたくわえた学者らしい風采《ふうさい》のひとで、四十すぎだった。妻の貞《さだ》は丸顔の穏やかな女性だ。

「わしは子に恵まれなんだが、おかげで優れた跡取りを迎えられるようだ」

篤が笑顔で言うと、貞もにこやかにうなずいた。やがて茶を持ってきた若い女がいた。もよだろうと思ったが、小四郎には顔を見る勇気がなかった。小四郎の前にもよが茶を置くと、篤は膝《ひざ》に手を置いて、

「これからは、仲好《なかよ》くいたして参ろうな」

と二人に言った。小四郎は両手をついて、

「よろしくお願い申し上げます」

とあいさつした。もよも頭を下げ、よろしくお願いいたします、と言った。小四郎はもよの声が澄んでいる、と思った。それとともに何かよい匂いがすると感じた。それが庭の木蓮《もくれん》の花の香なのか、もよからただよってくるのか小四郎にはわからなかった。

この後、小四郎は篤に訊かれるまま、剣の修行のことや、いま学んでいる学問についていて話した。もよに聞かれていると思うと緊張したが、篤は満足そうに聞いてい

た。

そして篤は素養がある学問のことについて小四郎に話した。特に稽古館教授の原《はら》古処《こしょ》について、

「古処殿は亀井《かめい》南冥《なんめい》先生門下の俊秀だ。わが藩に古処殿がいることは誇りとすべきだ」

と評した。稽古館は発足当初、京の儒者、小川晋斎《しんさい》が教授として招かれた。晋斎は山崎闇斎《あんさい》の崎門《きもん》学派に属するひとだった。晋斎はしばらく教授を務めたが、その後、辞して京に帰った。このため藩では五年前、藩士の原震平《しんぺい》を教授とした。震平は福岡藩の儒者、亀井南冥に師事し古処と号していた。南冥は荻生徂徠《おぎゅうそらい》の古文辞《こぶんじ》学派に属する学者だったため、秋月藩は徂徠学の系統を学ぶことになった。

福岡藩には貝原益軒《かいばらえきけん》の学統を受け継ぐ東学問所（修猷館《しゅうゆうかん》）と徂徠学の南冥が教授の西学問所（甘棠館《かんとうかん》）があった。当初は西学問所が盛んだった。しかし、幕府が〈寛政異学の禁〉を打ち出すと、寛政四年（一七九二）南冥は罷免され、やがて西学問所は閉鎖された。

徂徠学派の藩校は諸国でも珍しい存在となっていた。秋月藩では不遇の南冥のために、南冥の論語の注釈書を板行することを検討していた。篤はこのことについてふれ、

「下世話な話だが、おそらく板行に百両ほどはかかるであろう。それだけのことをするということは御家がいかに学問を大切にしておるか、ということだ。そのことは覚えておいた方がよい」

篤の話を小四郎はかしこまって聞いた。篤が父とは違った素養を持つひとだ、ということが嬉《うれ》しかった。さらに小四郎ともよは篤の謡《うたい》を聞かされた。

一刻《いっとき》（二時間）ほどして引き揚げたが、その間、小四郎はほとんどもよの顔を見ることはなかった。ただ、何かのおりにちらりと視野に入ったもよの顔が色白であることだけはわかった。さらに茶碗《ちゃわん》を下げる時に見たもよの指先がほっそりと、しなやかだったことも記憶にとどめた。

小四郎はそれだけでも、ひどく図々《ずうずう》しくもよを観察したような気がした。しかし惣兵衛と安太夫に、道場からの帰り道にそのことを話すと、

「なんだ、せっかく会っておきながら、手も握らなんだのか」

安太夫にあきれ顔で言われた。小四郎がむきになって、

「そのような恥ずかしいことはできん」

と反論すると、惣兵衛が哀れむように、

「そういう時は、真正面から顔を見て、今後のことなど訓示しておくものだ」

「訓示だと、何を訓示するのだ」

小四郎は自信が無くなって、惣兵衛の顔をうかがうように見た。惣兵衛は胸をそらして、

「実は、わしも来年には嫁を娶《めと》ることになった。だから、最初の日にはがつんと言ってやるつもりだ」

「だから、何を言うのだ」

「嫁しては夫に従い、両親には孝養を尽くし、というような女の道についてだ」

「なんだ、つまらんな」

小四郎がそっぽを向くと、安太夫も、惣兵衛の顔を覗《のぞ》き込んで、

「そんなことでは嫁女《よめじょ》に嫌われるぞ」

「馬鹿な、なぜ嫌われるのだ」

惣兵衛は憤然とした。安太夫は調子にのって、

「女子《おなご》というものはな、もっと風雅なものを望んでおるのだ。初めから論語のような話をしたら、石頭のわからず屋と蔑《さげす》まれるだけだな」

と笑った。

「なんだと」

惣兵衛は安太夫の胸倉をつかんだ。小四郎が間に入って、

「わたしの嫁のことで喧嘩《けんか》してもらっては困る。もよ殿を妻とするのはわたしだか

らな」

さりげなく言うと、惣兵衛と安太夫は押し黙った。二人は不満そうな目をして小四郎を見ていたが、やがてにやりと笑うと、

「良いことばかりが続くとは限らぬぞ」

「まあ、足もとに気をつけることだ」

それぞれ不吉なからかいの言葉を残して別れていった。二人の言葉が当たったかのように、翌年に予定されていた小四郎の養子縁組の話は延期されることになった。

秋月藩では文武に優れ、将来が期待される若者に江戸での遊学の機会を与えていた。

かねてから江戸遊学を願い出ていた小四郎がその枠に選ばれたのだ。

今回、江戸に行くことになったのは四人だった。小四郎の他は坂田第蔵《だいぞう》、坂本汀《みぎわ》、手塚龍助《りゅうすけ》だった。三人とも四人扶持《ぶち》十三石、三人扶持十二石など軽格だ。小四郎とは稽古館での稽古《けいこ》仲間だが、学問ができることから江戸の塾での勉学が認められたのだ。

小四郎は江戸に行けることは嬉しかったが、婚儀が少なくとも二年延びることになったことに気落ちした。篤は江戸行きを聞いて、養子縁組は帰国してからのこと

に、と言ってきたのだ。

惣兵衛と安太夫はこのことを聞きつけると、さっそくやってきて大いに同情して見せたが、もよとの婚儀が延びたことをあからさまに喜んだ。

「まあ、二年もあると何があるかわからんからなあ。無事、江戸から戻ってくることを願っておるぞ」

「もよ殿はいま十四であろう。二年後でも十六だ、ちょうどよいではないか」

「それだけに、二年の間に他家から縁談を持ち込まれるということもありうるな。なにせ、養子縁組はまだ正式ではないのだからな」

「その恐れは十分にあるな。これは困ったことになったぞ」

二人が小四郎の部屋で勝手なことを言っていた時、廊下に辰が来た。襖《ふすま》越しに、

「小四郎さん、お客様ですよ」

「客？　どなたでしょうか」

それがね、と辰は含み笑いして、

「もよ殿です」

と言った。小四郎はあわてて立ち上がると、廊下に飛び出して玄関に急いだ。惣兵衛と安太夫は一瞬、顔を見合わせたが、小四郎に続いた。玄関に出てみると、もよが老女一人を連れて、ひっそりと立っていた。小四郎はもよを正面から見たのは、

初めてだった。

（白百合《しらゆり》のようなひとだ）

小四郎は胸が高鳴るのを感じたが、わざとしかめ面をして、

「きょうはいかなることで」

ともったいぶった言い方をした。同時に、自分はいま変な話し方をしていると思った。もよにおかしく思われたのではないか、と耳が赤くなるのを感じた。

「このたびは江戸遊学おめでとうございます」

もよはしっかりとあいさつして、祝いの届け物に来たのだ、と言った。屋敷にはあがらず玄関だけでのあいさつにするつもりらしい。小四郎がなんとか受け答えをしている間に、辰が老女から届け物の包みを受け取った。そんなやりとりの間に、もよはつっと小四郎に近づくと、ひそやかに、

「江戸からのお帰り、お待ちしております」

と言って微笑んだ。小四郎はうなずくだけだったが、満ち足りた幸せな気持になった。もよは無愛想な自分になぜやさしく接してくれるのだろう、これが嫁を取るということなのだろうか。背後では惣兵衛と安太夫ががっかりした顔になっていた。

庭の木蓮《もくれん》の香りが玄関先にまでただよう日のことだった。

二

小四郎が江戸に着いたのは文化元年（一八〇四）、五月だった。秋月藩の江戸上屋敷《かみやしき》は芝新堀《しばしんぼり》、下屋敷《しもやしき》が芝白銀《しばしろがね》にある。江戸詰め藩士は足軽を含めると常時、三十人ほどはいた。

小四郎たちは上屋敷で家老の吉田久右衛門《ひさえもん》から短い訓示を受けた後、それぞれ入門の手続きをとった。小四郎が入門することにしたのは、麴町《こうじまち》裏二番町の神道無念流道場だった。

神道無念流は下野国《しもつけのくに》、福井兵右衛門を流祖とする。上泉秀綱《かみいずみひでつな》の弟子が興した一流派で、享保《きょうほう》年間に江戸四谷《よつや》で道場を開いた。その後、戸賀崎熊太郎《とがさきくまたろう》が出て、流派の名を世間に広めた。このころは熊太郎の高弟、岡田十松《おかだじゅうまつ》が道場主となっていた。

江戸の町は小四郎にとって広すぎ、道を行く町人も気忙《きぜわ》しげだった。小四郎は教えられた道をたどって岡田道場に着くと、秋月藩で神道無念流を学んだ者からの紹介状を差し出し、入門を願った。

小四郎が入門してから指導してくれたのは備前岡山藩士の佐竹勘十郎《かんじゅうろう》だった。小四郎が口重く入門のあいさつをすると、なぜか気に入ってくれた。勘十郎は小四郎

より十歳年上の親切な男で、なにくれとなく世話をしてくれたが、稽古始めの日、道場に行くと、

「まずいな、きょうは、あの男が来ている」

と顔をしかめた。見ると道場の中央に黒い稽古着を着た男が立っている。小四郎と年は変わらないだろう。背が高く骨ばった体つきで眉《まゆ》が濃く、鼻が高い精悍《せいかん》な顔をしていた。異様なのは稽古の最中であるのに、男が木刀を片手でぶらりと握っただけで構える様子がないことだった。男の稽古相手は木刀を正眼に構え、困惑したように気合いを発していた。

「あれはどういうことですか」

小四郎が訊《き》くと、勘十郎はうんざりしたように、

「あいつはな、剣の修行に来ているのではない、柔《やわら》の稽古に来ているのだ」

「柔ですか？」

「そうだ、見ておれ」

勘十郎が言い終わらないうちに、木刀を構えていた男が痺《しび》れを切らしたように気合いとともに打ち込んだ。激しい打ち込みだったが、黒い稽古着の男はゆらりと動いただけで、これをかわした。しかも、その時には木刀を投げ捨て、相手の懐に飛び込むと腕を取り、足を払って投げ飛ばした。相手の体は大きく宙を回転すると道

場の床に叩《たた》きつけられた。

「見ろ、剣の稽古をする気など最初《はな》からないのだ。おのれの柔の腕が剣を持った相手に通用するか確かめに来ておるのだ。随分となめた話だ」

勘十郎はいまいましそうに言った。そして、男が伊賀《いが》同心の海賀《かいが》藤蔵《とうぞう》だと教えた。

伊賀同心とは幕府に仕えた伊賀忍者の末裔《まつえい》である。

織田信長が明智光秀に討たれた本能寺の変の際、徳川家康は上方《かみがた》にあって危うかったが、伊賀を越えて脱出した。伊賀越えを助けたのが忍者として名高い伊賀の郷《ごう》士《し》だった。この伊賀郷士が幕府に仕え、伊賀同心と呼ばれた。

藤蔵は伊賀同心の家に生まれたが生来の武術好きで、特に揚心流《ようしんりゅう》柔術では若くして達人の評判を得た。さらに修行を重ねたいと思い、病身であると言い立てて甥《おい》に跡を譲ったという。

「それからは柔の修行に明け暮れているという酔狂な男だ。そんな奴の稽古相手にされて体を痛めてはつまらん。相手にせぬことだ」

勘十郎が話している間、投げられた男は気を失ったらしく起き上がらなかった。他の者があわてて介抱しているのを藤蔵はつまらなそうに見ていたが、ふと小四郎に視線をとめた。

「おお、新しい入門者か」

藤蔵はよい獲物を見つけたという顔で近づいてきた。勘十郎が迷惑そうに、

「この者は九州から江戸に来たばかりで、きょうから稽古《けいこ》始めだ。お主の相手にはふさわしくあるまい」

と遮ったが、藤蔵は勘十郎を押しのけて、

「そんなことはない。江戸に出てきたばかりなら、今まで修行してきたのは田舎流儀であろう。そのような者こそ稽古になるのだ」

田舎流儀と言われて小四郎はむっとした。小四郎が江戸に行くことになった時、伝助は、

「江戸での修行への餞《はなむけ》だ」

と言うと、弟子を集めて道場に木の台を持ってこさせ、その上に古い兜《かぶと》を置いた。伝助は兜の前に立つと腰を落として、刀を大上段に振りかぶった。かなり時がたったような気がしたが、実際にはわずかな時間だった。エイッ、という気合いが道場に響き渡ると白光を放って刀は斬り下ろされ、兜は見事に真っ二つになった。

(藤田先生の剣は江戸の剣客に負けぬ。田舎流儀などと言われては藤田先生の名を汚すことになる)

小四郎はお相手仕《つかまつ》る、と無愛想に言うと木刀を持って道場の真ん中に出た。

「そうこなくては話にならん」

藤蔵は喜んで向かいあった。木刀を持とうともしなかった。小四郎はいきなり大上段に構えた。藤蔵が木刀を持たないのであれば、ひたすら攻撃に徹すればいいのだ、と思った。

伝助が見せてくれた〈兜割り〉の気合いで行くつもりだった。藤蔵は組もうとする以上、振りかぶった木刀の下に飛び込んでくるはずだ、そこを一撃しようと思った。藤蔵は小四郎の構えを見て、にやりと笑った。

「なるほど、わしが飛び込んだら頭を打ち砕くという気組みだな。よい構えだ」

藤蔵はそう言うとするすると横に動いた。小四郎がこれに合わせて動く。藤蔵は道場の板壁に近づくと、だん、と床を蹴《け》って跳んだ。

小四郎はあっと思った。藤蔵は板壁を蹴ると宙にふわりと跳んだ。藤蔵は小四郎の頭上を飛び越え、背後から襟をつかんだ。

小四郎はかがんで逃れようとしたが、藤蔵は足をかけてきた。そのまま小四郎を抱えて倒れ込んだ。床に倒れた時、藤蔵の足は小四郎の足に蛇のようにからんで押さえつけ、あごの下に腕がさしこまれていた。絞め上げられた小四郎はもがいたが、やがて気を失った。カツを入れてくれたのは勘十郎だった。藤蔵は傍でにやにやしていたが、

「お主、なかなか筋がよいな。なにより、身を捨ててかかるところに見所がある。

よい師匠に教えられたと見える」

意外なほど親しげに言った。それから、

「見ておれ」

と言うと先ほどと同じように、はずみをつけて壁に駆け上がり、さらに天井の桟《さん》に手足の指をかけてヤモリのように這《は》った。小四郎と他の弟子《でし》はあっけにとられて見守った。天井の真ん中からふわりと床に降り立った藤蔵は、

「技というものは極めれば思いもよらぬことができるようになるものだ」

と笑った。


小四郎は藩邸に戻ると、道場であったことを同じ長屋で暮らす遊学仲間の第蔵、汀、龍助に話した。第蔵は剛直な性格で鏡智流槍術《そうじゅつ》、月山《がっさん》流薙刀《なぎなた》の免状を持っているだけに、柔の達人の話に興味を持ち、

「さすがに江戸だな。化け物のような男がいる」

とつぶやいた。第蔵は小四郎より二つ年上で、両親が亡くなり、坂田家の当主でもあった。すでにとせという妻を迎えていた。

「小四郎はそのような達者になりたいのか」

第蔵が訊くと小四郎は頭《かぶり》を振った。

「いや、海賀藤蔵の技は凄《すさ》まじいと思うが、いささか術に淫《いん》するところがあるように思う。武士は剣に淫してはならぬと思う」

第蔵は小四郎の返事を聞いて、我が意を得たというような顔をして、ちらりと傍らの汀、龍助を見た。汀と龍助はいずれも小四郎より一つ下で、江戸遊学が決まるまでは世子長韶《ながつぐ》の小姓《こしょう》だった。皆、大人びたところがあり、小四郎の剣術稽古の話にはあまり興味を示さず、話すのは通っている学門塾で聞いた学者の噂話か藩内のことだった。

特に第蔵の話には、しばしば家老の宮崎織部《おりべ》のことが出てきた。この時も話柄はすぐに柔の話から藩内のことに移った。第蔵は織部のことを、

「宮崎家老はもはや君側《くんそく》の奸《かん》というべきではないか」

と激しく非難した。それに対して、汀と龍助が消極的ながら弁護するという形だった。

宮崎織部は四十を過ぎたばかり、二千二百石の身分で秋月の新小路から新富町《しんとみちょう》の裏、長生寺小路《ちょうしょうじ》にいたる広大な屋敷に住んでいる。眉太く鼻が大きいいかつい顔で、ぎょろりとひとをにらみすえて話すのが癖だった。

秋月藩では寛永十三年（一六三六）に宮崎藤右衛門が家老に就任して以降、宮崎、田代《たしろ》、吉田の三家が家老職を務めてきた。貞享《じょうきょう》年間に田代家の当主が罷免され、

その後、渡辺家からも登用されることになった。

今の家老は織部の他に吉田久右衛門、渡辺帯刀《たてわき》がいるが、家老首座は織部だった。

江戸家老を務める久右衛門は多病で人柄もおとなしかった。家老職としては新参の渡辺家から出ている帯刀は織部に常に迎合している。このため織部の権力はゆるぎないものがあった。織部が権力を振るえるのは藩主長舒《ながのぶ》の絶大な信頼を得ていたからだ。

長舒は日向高鍋《ひゅうがたかなべ》藩主、秋月種茂《たねしげ》の二男に生まれたが、秋月藩七代藩主長堅が亡くなった時、嗣子がいなかったため養嗣子として入ったひとだ。

長舒が藩主となって治世十九年におよんでいる。秋月藩では〈中興の祖〉とされる名君だった。藩主となってからは用水路改修、米を運ぶための運河造りなどの土木事業、ハゼや茶を植え、さらに博多織《はかたおり》の技術を導入しての特産品奨励、藩校の稽古館を設けて学問の興隆などに努めた。その長舒が近ごろ政事に倦《う》んだ気配があると藩内では囁《ささや》かれていた。これに織部がつけこみ藩政を牛耳《ぎゅうじ》りつつあるのだという。

第蔵はそんなことを言葉鋭く言ったが、汀が恐る恐る、

「そうは申してもなあ、御世子様にとって御家老はなかなかの御味方だからな」

と言うと、龍助も同調した。

「そうだ、御家老がおられたからこそ、御世子の身は安泰だった。やはり忠臣とい

うべきではないのか」

世子の長韶は生来の癇癖《かんぺき》で気に入らないことがあると声を荒らげて怒鳴りつけた。酒乱でもあったことから家臣の間の評判はよくなかった。このため、側室の子を世継ぎにしてはどうかという意見が家臣の大勢になったことがある。ところが、これを聞きつけた織部が猛烈に反対し、長韶を世継ぎと定めたのである。このため長韶は織部に頭があがらなかった。

第蔵は頭を振って、

「それこそ、将来をにらんだ布石というものではないか。これ以上、宮崎家老の専横を許せば御家は危うい」

と強調した。小四郎にとっては、どれも耳新しい話ばかりで、何と話してよいのかもわからなかった。第蔵から、

「小四郎はどう思うのだ」

と訊《き》かれても、

「さて、そのようなこと考えたこともなかった」

小四郎は口が重く、第蔵のように弁舌に長《た》けてはいない。この時も膝《ひざ》をそろえて話を聞くばかりだった。第蔵は笑って、

「小四郎は上士《じょうし》の子息で間もなく二百五十石の家に養子として入るのだからな。わ

れら軽格の話がわからぬのも無理はないが」

「そのようなものか」

「軽格はな、重臣方の政事しだいで、すぐに扶持《ふち》を削られる。貧を憎む心が政事を考えさせるのだ」

「わたしは、自分の怯懦《きょうだ》を憎む。だからこそ剣を修行しているのだが、それではいかんのかな」

「平侍《ひらざむらい》ならばそれでよかろうが、お主は将来《さき》では藩の重職に就くこともできる身だ。怯懦を憎んで得た勇気を何に使うかであろう。おのれの勇を誇るだけなら、暴勇だ」

第蔵にきっぱり言われると小四郎はうなずくしかなかった。

この年の暮になって藤蔵が藩邸まで訪ねてきた。

岡田道場で立ち合った後、藤蔵は小四郎を道場で見かけるたびに稽古《けいこ》相手にしていた。小四郎もそれを厭《いと》わなかったのは、藤蔵の武術の腕を認めたからだった。その間に親しく話すようになった。藤蔵は家督を甥《おい》に譲って武術修行していることについて、

「伊賀同心と言ってもな、昔と違って、やっておることは、旗本、大名屋敷が空き

家になった時の明屋敷番《あきやしきばん》だ。わしは、そんなことで一生を終わりたくないのだ」

と話した。藤蔵の顔には陰りが加わり、柔術にかける執念の中身がほの見えるのだった。そんな藤蔵が藩邸に訪ねてきたのは初めてだった。何事だろうと、小四郎が長屋で会ってみると、藤蔵はひどく生真面目な表情だった。

「今夜、ちとつきあってはくれぬか」

「何事だ」

小四郎が首をかしげると、藤蔵は声をひそめた。

「実は今夜、辻投《つじな》げをやる。それを見届けて欲しいのだ」

「辻投げ？　そんなことをやればお咎《とが》めがあるのではないか」

「なに、辻投げなど、今まで何度もやっておる」

藤蔵は平気な顔で言った。

「それなら、わたしがつきあう必要などないだろう」

「ところが、今夜のは今までとは違うのだ」

藤蔵は威張って言った。藤蔵は、一月ほど前の夜、山谷堀《さんやぼり》へ出かけた。吉原《よしわら》の遊《ゆう》郭《かく》に行く客が猪牙舟《ちょきぶね》に乗るところだ。遊客を堀に投げ込んでやろうと待ち受けていると、酒に酔ったらしく謡曲を口ずさんで通りかかった中年の武士がいた。物陰に潜んでいた藤蔵はよい獲物だと思って、いきなり走り出ると武士に襲いかかった。襟をつかんで投げたところ、武士はクルリと回転して地面に降り立った。しかも武士は抜き放っていた刀を鞘《さや》に納めると再び謡曲を口にして立ち去った。ぼう然として見送った藤蔵は、我に返ると着物の右袖《みぎそで》が斬られているのに気づいた。

「ほう、それは凄《すご》い」

小四郎は感心した。藤蔵の投げをかわすだけでなく、一瞬の間に抜き打ちまで見舞うとは恐るべき腕だと思った。藤蔵はふん、と鼻で笑って、

「おそらく紀州《きしゅう》の関口流柔術だ。あの流派は居合も使うからな」

「しかし、怪我がなくてよかったではないか」

「いや、わしはいま一度、挑むつもりだ」

「いま一度？」

「そうだ、あの男は紋つきを着ておった。カタバミの紋だった。あの夜以来、わしはカタバミ紋の武士があの近くの船宿の客にいないか調べてまわった。それでようやく突きとめたのだ」

「まさか、また辻投げをやろうというのか」

「無論、そのつもりだ。あの男は月に一度、船宿である謡曲の会に来るそうだ。きょうがその日だ。わしは今夜、あの男を待ち受けて、もう一度勝負を挑む。先日はこちらに油断があった。今度は不覚をとらぬつもりだ」

「しかし、相手は何者なのだ」

「知らぬ。そこまでは調べなかった。知っても面倒なだけだからな」

「それは、いささか乱暴だな」

「武術などはもともと乱暴なものだ」

藤蔵はそう言うと、今夜はつきあってもらうぞ、と念を押した。小四郎は断りたかったが、藤蔵から、

「万一、敗れれば死ぬことになるのだ。見届け人は必要だ」

と言われると知らぬ顔もできなかった。藤蔵にとって柔術の技が通じなかったことは、どうしても認めることができない屈辱なのだろう。その屈辱を晴らすために命を賭《か》けようとしているのだ。

小四郎は夜になって藤蔵とともに山谷堀へ行った。夜とはいえ人通りは少なくなかった。こんな場所で辻投げをしようとしたのか、とあきれるしかなかった。月が出て、提灯《ちょうちん》が無くとも道がわかる明るさだった。

藤蔵は路地に入ると町家《まちや》の陰にうずくまって男が来るのを待った。五ッ（午後八時）になったころ闇の向こうに提灯のほの白い明かりが浮かんだ。ひとが近づいてくるようだ。藤蔵が声を低めて、

「来るぞ」

と囁いた。気がつくとあたりは人通りが絶え、どこからか謡が聞こえて来た。提灯を持った武士がゆっくりと歩いてくる。腰の据わった歩き方だった。藤蔵は両刀を小四郎に預けて立ち上がると路上に出た。武士の前に立ちふさがる。

「お待ちいたした」

藤蔵が声をかけると、武士は足を止めた。

「先日の辻投げか」

「いかにも。申し訳ないが、今一度、勝負をお願いいたしたい」

「勝負？　迷惑だな」

武士は落ち着いた声で言った。その時、藤蔵はツッと間合いを詰めた。その動きに応じるように武士は提灯を捨てると、すーっと後ろに退《ひ》いた。すでに刀の柄《つか》に手をかけている。

「いざ――」

藤蔵がつかみかかろうとした時、白刃が月光にぴかりと光った。武士の抜き打ちは空を斬っていた。藤蔵の体はふわりと宙に浮いた。小四郎が驚いたのは武士が次の瞬間、前方に跳んでくるりと回転したことだ。藤蔵は武士を飛び越す形になった。

武士はそのまま刀を正眼に構えた。

藤蔵は息もつかず、武士に殺到した。バシッ、バシッと凄《すさ》まじい音が響いた。武士が斬りかかった刀を藤蔵が素手で払ったのだ。武士は刀を引くと片手を前に突き出す奇妙な構えをとった。藤蔵と武士は睨《にら》みあった。

その時、月が雲に陰った。闇の中で藤蔵が再び跳んだ。武士はいったん背を向け、体を回転させて振り向くと同時に突いてきた。それも一度の突きではなかった。流れるような何度もの連続突きだった。飛び跳ねるようにしてこれをかわしていた藤蔵が何かにつまずき仰《あおむ》向けに倒れた。武士の刀は吸いつくように藤蔵の喉《のど》もとに突きつけられていた。

「やあ、負けたか」

藤蔵はあきらめた声を出した。武士は刀を突きつけたまま、しばらく藤蔵を見ていた。

「お主、柔術なら、おそらくわしより強かろうが、なぜ刀を使わぬ」

「ふん、柔《やわら》を極めることを念願としておるからな」

そうか、と言うと武士は笑った。

「その念願をかなえるまで命は預けておこう」

武士は刀を鞘に納めると、そのまま謡曲を口にしながら去っていった。藤蔵は地面に大の字になったまま夜空を見上げていたが、

「小四郎、世の中は広い。あれほどの男がおるのだ。わしは江戸を出て武者修行の

旅に出るぞ」

とつぶやくように言った。小四郎はそばに行って腰を下ろした。

「藤蔵、お主は強いな」

「強い？　馬鹿な。たった今、見事に負けたのを見ておらなかったのか」

藤蔵は夜空を見上げたまま言った。

「いや、強い。わたしは子供のころから臆病《おくびょう》だった。弱いおのれに克《か》つために修行しているが、さっきのお主のように素手で真剣と渡り合うなど、とてもできぬ」

藤蔵は不意に起き上がって小四郎の顔を見た。月光に浮かんだ顔がかすかに笑っている。どこかすっきりとした表情だ。小四郎は藤蔵のこんな顔を初めて見た。負けた悔しさよりも、しぶとい何かが漂っていた。

「おのれが弱いことを知っておる者はいつか強くなれる。お主がわしより臆病ならわしより強くなるだろう」

小四郎は、そんなものかな、と言いながら月を見上げた。いつかこんな風に夜空の月を見たことがあった。その時からどれほど強くなったと言えるのだろうか。

三

小四郎は翌年夏には秋月へもどった。国元へ急な使者をたてる必要ができ、帰国を命じられたのだ。八丁峠《はっちょうとうげ》を越えて秋月へと入った。八丁峠に立った小四郎はひさしぶりに見る故郷に、

「秋月はよいなあ」

と嘆声を発し、胸をはずませる思いで道を急いだ。江戸は秋月育ちの小四郎にとって、何もかもが巨大でその癖、ひとが多くせせこましい感じがした。秋月では目をあげればすぐに青々とした山が見える。何ものかの懐に抱かれているような気がする。田畑で働いている百姓も通りかかる武家もいつかどこかで見たような顔である。懐かしく安心できるのだ。

小四郎が行く道は白く乾いて、まわりには木々が濃い緑から薄い緑まで幾重にも重なり合っていた。秋月は山に囲まれている。東に古処山《こしょさん》を背負い、三方に山並みが続き、西側が筑紫《つくし》平野に開けていた。標高百メートルほどの観音山《かんのんやま》があり、「秋月のふた」などと呼ばれていた。秋月の町は東西に細長く、小石原《こいしわら》川の支流の野鳥《のとり》川が盆地の中央を流れ、東西にのびる道と南北の二本の道が交差して町なみを作っ

ていた。

筑前の〈小京都〉とも呼ばれる。武家屋敷、足軽屋敷、町家《まちや》が東西に開けて続いていた。武家屋敷から少し離れた町家の裏側はすぐに田畑や草地だった。二本の道が交差するところが札《ふだ》の辻《つじ》で、ここを起点に北へ向かえば八丁口を経て白坂峠を越え、長崎街道に合流する。南に出ると浦泉口を経て英彦山《ひこさん》への道に出る。東に向かえば野鳥口を経て八丁越えへ、西は福岡口を経て甘木《あまぎ》へといたる。

秋月に入ると、まず館《やかた》に赴いた。秋月藩は城が無く、藩主の御殿も館にあった。

館の大門《おおもん》前では大木が枝を茂らせ、緑の影を周囲に投げかけていた。館の前面の濠《ほり》には石垣が組まれ、その上は土盛りの斜面になっている。

石垣には櫓《やぐら》が五ヶ所建てられ、外側には松が植えられていた。館の門に通じる道は濠を越えており、瓦が埋められていることから〈瓦坂《かわらざか》〉と呼ばれていた。

瓦坂の前には広場があり、さらに西に向かっては馬場となっていた。この馬場の周囲には杉が植えられ、〈杉の馬場〉と呼ばれている。

藩士が館に出仕する際に通る道でもあった。瓦坂を上り、大きな黒門を抜け左に曲がると表玄関である。出仕した者は、槍《やり》ノ間、溜《たまり》ノ間に控える。

役職者は二ノ間を通って勝手総詰ノ間に詰め、執政会議は小書院で行われる。小書院から廊下続きに藩主の居間になっており、執政がそろうと、用人が居間に告げに行き、藩主が出座するのである。館の庭には楓《かえで》、山茶花《さざんか》、樫《かし》などが生い茂った築《つき》山《やま》と泉水がある。

館に入った小四郎は江戸からの書状を上司に届け、帰国の報告を済ませた。上司は書状を受け取ると、

「大儀であった。屋敷に戻って休むがよい」

と言ったが、書状の方が気になっている様子だった。江戸からの書状は、このころ建議が出されていた石橋建設について、在府中の藩主長舒から裁可が下りたことを側用人《そばようにん》が家老の宮崎織部に伝えるものだった。

野鳥川に架かる橋は筑前、筑後《ちくご》と豊前《ぶぜん》を結ぶ秋月街道の橋でもあり、人馬の往来が多く、それだけに損傷しやすかった。洪水の際に流されることが度々だった。

秋月藩は長崎警備を担当しており、出張した藩士が長崎で石造りの橋を目にした。石橋は石を組み合わせることによって頑丈さを保つもので、洪水にも強かった。河岸に土台となる石を組み、中央が優美な弧を描くことから目鏡《めがね》橋、あるいはオランダ橋と呼ばれるのだという。長崎らしい異国情緒のある石橋だった。

「あのような橋を架けてはどうか」

という藩内の声を受けて、家老の宮崎織部が積極的に建設を主張した。もっとも、石橋を架けるとなれば長崎から経験のある石工《いしく》を呼ばねばならず、石の切り出しな

ど含めて、どれだけ費用がかかるかわからなかった。そのため、

「財政窮乏のおりに石造りの橋など不要だ」

という反対論も根強かった。これを抑えつけたのは織部の強引な性格によるものだったが、ともあれ藩主の裁可を得るところまで、話は進んだのである。


小四郎の屋敷は〈杉の馬場〉の近くだった。武家屋敷の白壁が続き、瓦門が濃い緑の中にひっそりと佇《たたず》んでいた。

「ただいま戻りました」

小四郎は瓦葺《ぶ》きの小さな門をくぐると大きな声で帰宅を告げた。門のそばの松の木からしきりに蟬の鳴き声がしていた。門から玄関にいたるまで松の木が影を落としている。日差しが遮られて、涼しさを感じさせた。

小四郎がひさしぶりの家に足を濯《すす》いでから上がると、母の辰が出迎えて、

「小四郎さん、もよ殿がお出《い》でですよ」

とにこやかに小四郎の許婚者《いいなずけ》の名を口にした。母の言葉に小四郎は思わず顔をほころばせかけたが、あわてて表情を引き締めた。

「また、来ておるのですか。ちと、間の父上のことも考えぬといけませんな。間の家をおろそかにしてもらっては困ります」

と十九歳の小四郎は大人ぶった口調になった。辰はおかしそうに含み笑いしながら、先にたって夫の部屋に入った。

「小四郎が戻りました」

辰の声でそれまで書見台に向かっていた父の太郎太夫が振り向いた。太郎太夫は、五十三になった。近ごろは書を読むにも江戸であつらえた眼鏡を使い、背も丸くなってきた。辰がまだ四十路《よそじ》だけにふくよかな体つきで若々しいのに比べると老けた感じがする。

小四郎はそんなことを思いながら座って帰国のあいさつをした。

「江戸はどうであった」

太郎太夫が何やら嬉《うれ》しげに言ったのは、江戸の土産話を楽しみにしていたからだろう。太郎太夫自身、若いころ出府したことがあり、小四郎の話を聞くというのは上辺だけで、それを口実に自分が見聞した江戸の話がしたいのだ。家族はすでに聞き飽きた話だけに江戸帰りの小四郎は絶好の話し相手だった。しかし辰は、

「お前様、小四郎は空腹でございましょうから」

と言うと、さっさと小四郎を居間に連れて行った。すでに昼下がりだったが、小四郎は早朝に飯を食べただけで、昼飯も食べずに館に行ったため腹の虫が鳴っていた。さすがに辰は小四郎の腹具合を見抜いていた。太郎太夫は憮然《ぶぜん》として見送るし

かなかったが、小四郎の背に、

「後で話を聞かせてもらうぞ。もよ殿と話し込まぬようにせい」

と念を押すように言った。もよが食事の仕度をしているに違いないとにらんで牽《けん》制《せい》したのだろう。小四郎が居間に行くと、もよが食膳《しょくぜん》を捧《ささ》げ持ってきた。焼いたアユと大根の漬物、味噌《みそ》汁《しる》という質素なものである。小四郎が、えへん、と咳払《せきばら》いして座ると、もよは三つ指を突いて、

「ご無事でお帰りなされ、よろしゅうございました」

とあいさつした。一年ぶりに会うもよは色白でふっくらとした顔立ちになっていた。黒々とした目が輝いている。小四郎が顔を赤らめてうなずくと、もよはさっそく給仕を始めた。

小四郎がなんとなく上気して落ち着かない様子なのを辰はおかしそうに見ていたが、ふと、

「そういえば、オランダ橋というものは、やはり造ることになったのですか」

と訊《き》いた。小四郎は箸《はし》を置いて、

「母上、石橋のこと、さように噂になっておるのですか」

「それはもう」

辰は口に手をあてて笑った。もよが目を輝かせて膝《ひざ》を乗り出した。

「長崎にある石の橋を秋月にも造るのだそうですね」

「もよ殿、橋のことは政事に関わります。噂になどできぬ話です」

小四郎が膝に手を置いて諭《さと》すように言うと、もよはしおらしくうつむいて見せたが、あまり応《こた》えたようではなかった。そこは辰も同じらしく、

「できあがったら、秋月の名物になりましょうね」

と、のどかに言った。それを聞いて小四郎が顔をしかめたのは、江戸に行っている間に第蔵から、石橋建設に関して宮崎織部に対する藩内の批判の声が強いのを耳にしていたからだ。藩財政の窮乏化は天明年間に入ってからが著しい。七代藩主長堅が没した時、藩にはおよそ二万両の蔵金があったと言われる。それが現藩主長舒の襲封《しゅうほう》による出費などで寛政年間までに半ばを費やしていた。

大坂商人や本藩からの借財も重なり、領内の富裕な町人、庄屋《しょうや》から御用銀を納めさせていた。そのような時、無駄な出費とも言える石橋建設をなぜ行うのか、というのである。

小四郎は江戸藩邸で聞いたそんな話を辰やもよにするわけにもいかず、黙って飯を食べた。するともよが、

「間には明日、お出でになりますか」

と訊いた。江戸から戻ったことの報告がてら、養父となる間篤にはあいさつに行

かねばならない。小四郎がうなずくと、もよは勢い込んだ。

「ならば、わたしも明日、間の家に参ります」

「それはどうであろう」

小四郎は困ったように眉《まゆ》をひそめた。たとえ許婚者とはいえ、男女がそろって訪問するのは外聞をはばかることのような気がした。辰が笑って、

「よいではありませんか。来年の春には二人とも間の家のひとになるのですから」

「しかし、わたしは間に行った後で寄るところがございます」

「どちらへ行かれるのですか」

「坂田第蔵の家です」

「坂田殿の家へ？」

辰はなぜか表情を曇らせて、もよの顔を見た。もよも首をかしげて、

「坂田殿はまだ江戸のはずですが」

「坂田から内儀殿への手紙を託されたのです」

小四郎は何でもないことのように言うと飯をかき込んだ。その間、辰ともよは顔を見合わせていた。

小四郎が軽格の家に届け物をするのを軽佻《けいちょう》な振る舞いだと思っているようだ。小四郎は鋭敏な第蔵に敬服するところがあった。もし、軽格の者と交際するなと言わ

れたら、天下は広い、五万石の秋月藩で身分の差を云々《うんぬん》しても始まりませんぞ、と江戸帰りらしく言ってやるつもりだった。しかし、もよは振り向いて、

「坂田殿の家には、わたしもお供いたします」

と思い切ったように言った。小四郎はあきれて笑い出した。

「何を言われる。なぜ二人で行かなければならないのです。昼日中《ひるひなか》、男女二人で連れ立っていけば笑いものになりますぞ」

しかし、もよは思いがけないほど真面目な表情だった。辰も気づかわしげに、

「もよ殿が言われる通りになさった方がよいでしょう。それでなければ誰か使いの者に手紙を届けさせましょう」

「坂田にはわたしが届けると約束したのですから、それはできません」

小四郎はきっぱりと言ったが一方で困惑した。辰がこれだけ言う以上、明日、もよを伴うことになりそうだ、と思ったからだ。

小四郎には坂田家を訪れるのに、なぜもよを伴わなければならないのかわからなかったが、その日の夕刻、帰国した小四郎に会いに来た惣兵衛と安太夫が謎を解いてくれた。

小四郎の話を聞いた惣兵衛は大笑いした。

「そりゃあ、もよ殿や母上が心配されるのはもっともだ。お目付け役無しに坂田にはやれんだろう」

「お目付け役だと」

「そうだ、坂田にはいま悪い噂があっての」

惣兵衛は笑ったことを恥じたように、真面目な表情になった。安太夫がうなずくと、わざとらしく声を低めて、

「実はな、坂田の新造には不義密通の噂がある」

「不義密通？」

「まさか、と誰もが思うが、狂わせた男がいるのだ」

安太夫はしたり顔になった。

「誰なのだ。藩内の者か」

惣兵衛が話を引き取った。

「藩内におるが、その男は利口者だ。坂田の新造に手を出しただけで、すでに身を引いたらしい」

「なに？」

「新造は一度、密通に溺《おぼ》れ、しかも男から捨てられて、それからは出入りする男なら誰でも手当たりしだい、という噂だ。そんなところにお主が一人で行けば、どん

な噂になるかしれぬ。もよ殿や母上の心配はもっともなことだ。もはや噂は江戸藩邸にまで届いておるのではないか。お主が預かった手紙はそのことを問い質《ただ》すものかもしれんぞ」

惣兵衛に言われて小四郎ははっとした。たしかに小四郎に手紙を託した時、第蔵は日ごろになく暗い顔をしていた。何かあったのかと訊くと、笑顔になって何でもないと誤魔化していたが、胸の内は苦しかったのだろう。

「しかし、それがまことなら、すべてはその男が悪いのではないか。とせ殿に道を誤らせたのだからな」

「そうだが、証拠のあることではないからなあ」

「ただの噂か」

「いや、とせ殿が何度か狂乱して男の屋敷に押しかけたことはあるらしい」

「ならば、その男に責任をとらせるべきだ」

小四郎が言うと、二人は顔を見合わせた。安太夫が首を振って、

「そうもいくまい、なにせ、宮崎御家老のお気に入りだ」

「御家老の」

「そうだ、お主が今度、江戸から書状を運んできた石橋造りの一件。あれを発案したのはその男だということだ」

「誰なのだ?」

「姫野《ひめの》三弥《さんや》——」

「知らぬな」

小四郎が聞いたことのない名だった。安太夫はそうか、小四郎は知らなかったか、とつぶやいた。

「お主が江戸に行ったころ召し抱えられた男だ。と言っても、もともとは本藩に仕えておって、宮崎家老の推挙でわが藩へ移ったのだ」

「本藩からか」

「姫野は本藩の鷹匠頭《たかじょうがしら》の子らしいが、算勘の才に長《た》けておるということだ。そこを見込まれたのだな」

秋月藩では三年前の享和《きょうわ》二年（一八〇二）から財政窮乏を打開するため〈札切手《さっきって》仕組《しくみ》〉ということを行っている。

藩が銭札《ぜにさつ》二千貫を発行して知行《ちぎょう》、扶持米《ふちまい》と引き替えに貸し与える。米の販売代金二千五百両のうち、五百両を銭札の〈御引替料《おひきかえりょう》〉としたうえで、残り二千両を借銀の返済などにあてるという仕組みだった。それだけに算勘に長けた者が必要だった。

「奴はなかなかよくできるぞ」

勘定方に出仕している安太夫が妬《ねた》ましそうに言った。三弥は算学を学んでいるだけでなく大坂の商人たちの商いのやり方もよく知っていた。だが福岡藩から招聘《しょうへい》したわりには身分は軽く十石四人扶持に過ぎないという。

「しかし、密通のことが坂田に知られたら命は無いぞ」

小四郎は眉をひそめた。第蔵は密通の相手を生かしておくような武士ではない。惣兵衛は何かを推し量るような目になった。

「さて、どうであろうかな」

惣兵衛は丹石流では小四郎とともに四天王の一人などと言われていた。武術の目利きは出来る男だ。

「お主、近々、稽古館に行くであろう」

小四郎は明後日にも行くつもりだったから、うなずいた。

「ならば、その時に立ち合ってみるがいい」

「姫野という男はそれほど使うのか」

「二天流らしい。面妖《めんよう》な使い手だ」

福岡藩では新陰流、阿部流の他、二天流の指南役がいた。二天流は宮本武蔵《むさし》の開いた流派で二刀を使う。小四郎は惣兵衛の話を聞いて押し黙った。第蔵が陥ったのが思いがけない泥沼らしいと気がついたのだ。

翌日、小四郎は家僕の五平に土産を持たせて間家を訪れた。間家に着くともよがすでに来ていて、家人であるかのように小四郎に茶を持ってきた。篤は小四郎が無事に江戸から戻ったことを喜んでにこにこしていた。

「よく無事で戻られたな。江戸の剣術道場では荒稽古《あらげいこ》もあろうから、怪我でもしてにと案じておった」

それでも小四郎が坂田第蔵の家に手紙を届けに行くと言うと、かすかに眉《まゆ》をひそめた。とせの噂は篤の耳にまで届いていたのだ。

「友から頼まれた文を届けるのはやむをえぬことだが」

婿になる小四郎に悪い噂がたっては困ると思っているようだった。もよがさりげなく、

「わたしもお届け物がございますから、小四郎様のお供をいたします」

と言うと篤はほっとした表情になった。それを見て小四郎はもよについて来るなとは言えなくなった。

間の家を辞すると、もよは三歩下がる形で小四郎の後をついてきた。もよは素麵《そうめん》の包みを持っている。江戸土産のかわりに坂田家へ届けるのだという。もよの後を五平がついてくるから三人が縦に並んで歩くことになった。

小四郎はもよがついてくると思うと落ち着かない気持になった。背中を見つめら

れている気がして、いつもより背筋を伸ばして歩いた。この日もよく晴れて道は暑い日差しで乾いていた。

秋月の町中は小さな溝が各屋敷の塀沿いに縦横に走っている。どこを歩いていても、せせらぎの音を耳にする。

間の屋敷は秋月街道に近かった。小四郎は街道に出て、野鳥川の本寿院《ほんじゅいん》橋を渡った。織部が石造りの橋に架け替えようとしているのは、この橋だ。

橋を渡りながら、なんとなく見渡した。川の下流では馬を川岸に下ろして洗っているのが見えた。近くには洗い物をする女たちの姿もあった。橋は風雨にさらされ黒い割れ目があちこちにのぞいていた。

(やはり、大分傷んでいるようだ。石の橋に架け替えるというのも一理ある)

川幅は八間(十四・四メートル)ほどだが川底がえぐられたように深く、丸石が並んでいる。流れが速いため石で造られた橋でなければ持ちこたえられないかもしれない。それに石橋ができれば辰の言う通り、秋月の名物になるだろう。

そんなことを考えながら歩いていると、やがて城下の西はずれにある坂田の家の前に出た。垣根をめぐらし、屋根は茅葺《かやぶ》きである。戸口の前に立ってみると人の気配がせず、家の中はしんと静まり返っている。小四郎は声をかけた。

「お頼み申す」

暗い奥に人影が動くのが見えた。戸口までゆっくりと出て来たのは女中や家僕ではなく、とせ自身だった。十八、九のはずのとせは、やせているが、瞼《まぶた》ははれたように厚ぼったい。どこか虚脱したように、すとんと上がり框《かまち》に膝《ひざ》を突いて、

「お出《い》でなさいませ」

とかすれた声で言った。目に生気がなくうつろだった。

「江戸の坂田殿より手紙を預かって参った」

土間に入って手紙を差し出すと、とせは信じられないことのように目を瞠《みは》った。恐る恐る手を伸ばして手紙を受け取ると、伸び上がるようにして言った。

「せめて、お茶でも差し上げますので、お上がりください」

不安に怯《おび》えた表情になっていたのが一転して媚《こび》に変わっていた。小四郎が断ろうとするより早く、もよが前に出た。

「江戸では、小四郎殿が坂田様にお世話になったそうでございます。これは心ばかりのお礼にございます」

もよは口上を述べて素麵の包みを差し出した。

とせはチラリと包みを見た。つめたい表情のまま礼も言わなかった。もよをじろりと見ただけである。狭い家中《かちゅう》だけに、もよが小四郎の許婚者《いいなずけ》であることは知っていたのだろう。もよを見る目には羨望《せんぼう》と嫉妬《しっと》があるようだった。

とせは包みを受け取ると急に気抜けしたように腰を落とした。そして、

「旦那《だんな》様は怒っていらっしゃるでしょうね」

とつぶやいた。小四郎は眉をひそめた。

「何のことですか、わたしにはわかりませんが」

とせは、くっくっ、と笑い出した。

「わかっていらっしゃる癖に」

「いや、いっこうに」

「だから、お美しい許婚者までお連れになったのでしょう。それとも、もよ様の方がご心配になってついてこられたのかしら」

もよが、きっとなって、

「何のことでございましょうか」

と言うと、とせはうっすらと笑みを浮かべた。

「大丈夫ですよ、あなたの小四郎様を取って食ったりはいたしません」

あっけにとられるほど下卑た言い方をすると、あいさつもせずに背を向けて奥へ入った。小四郎は仕方なく帰ることにしたが、とせの言葉が不快で、汚泥をはねかけられたような気がした。しかし、もよは別な受け取り方をしたようだ。歩きながら、

「とせ殿は、かわいそうな方ですね」

と思いがけないことを言った。

小四郎は翌日、昼過ぎてから稽古館に行った。道場に入ると剣術師匠の藤田伝助に帰国のあいさつをした。伝助はすでに五十を過ぎ、娘の千紗と二人暮らしだった。稽古着姿で藩士の稽古を師範席から見ていた伝助は、小四郎が傍らに座ると振り向かずに、

「どうだ、江戸の道場で修行はできたか」

「修行するというところまでは参りませんでしたが、いろいろな道場を訪ね歩いて学ぶところはありました」

「どのようなところだ」

「江戸の侍はみな着飾りが上手で町人のようです。その見かけ通り、江戸の道場は人目を気にして試合で勝つことを重んじて、はめ技や駆け引きばかりを教えます。わたしは百姓が田を耕すように、一心不乱に向かい合う剣がよいと思いました」

「ふむ、百姓の剣法か、小四郎らしいな。よいところを見た。ただ勝てばよい剣なら、それは凶器だからな。たとえば、あの男のように」

伝助の視線の先には道場の中央で稽古をしている若い男の姿があった。男は小四

郎も知っている末松左内と立ち合っていた。二人とも鉢巻を締め、木刀を構えている。見ていると二人は弾《はじ》かれたように踏み込んで数合、打ち合わせたが、ひどく力がこもった激しい稽古《けいこ》だった。

「先生、あの者は？」

「去年、お召し抱えになった姫野三弥だ」

「あの男が――」

小四郎はうなずいた。不義密通を働いているという話から、どのような男だろうと思っていたが、色白で小柄な男だ。

ヤッ、という声が響いて左内が踏み込み、三弥の頭に打ち込もうとした。当然、寸止めするはずだが、左内の木刀には異様な鋭さがあった。

「危ない」

小四郎が思わず声をもらした時、三弥は木刀を額にかざすようにして左内の打ち込みを受けた。さらに体をクルリと回転させた。すると、左内がうめき声をあげて膝を突いた。

「それまで」

伝助が声をかけた。左内は苦しそうに額に脂汗を流している。三弥が打ち込みをかわした瞬間、左内の急所を蹴《け》り上げたのだ。小四郎は左内の傍《そば》に行った。

「左内、大丈夫か」

腰をたたいてやると、左内は顔をしかめて、

「してやられた。面目ない」

「急所蹴りなど邪道だ。やられても気にすることはない」

「いや、どんな手を使ってもよいとわしが言ったのだ」

「なぜ、そんなことを」

「あ奴の噂、聞いておるか」

左内はチラリと小四郎の目を見た。左内は坂田第蔵と日ごろから仲がよかった。

小四郎がうなずくと、

「それゆえ、目に物見せてやろうと思ったのだ」

無念そうに言った。小四郎は三弥に腹が立った。このままではすまさぬ、と思った。立ち上がると、三弥に向かって声をかけた。

「それがしとお相手願えるか」

三弥は木刀を手にしたまま左内の様子を見ていたが、小四郎の言葉にためらわずに答えた。

「わたしはいっこうに構いません」

どこか笑みを含んだような三弥の表情に小四郎は思わずかっとなった。そのまま

道場の隅に木刀を取りに行くと二、三度素振りをした。伝助はその様子を見て、何も言わずに他の弟子に稽古をやめて控えるように言った。小四郎と三弥の立ち合いを皆に見学させるつもりらしい。

三弥は平然と道場の中央に出てくると蹲踞《そんきょ》した。小四郎も正面から向かい合った。二人は木刀を正眼に構えた。道場の中は静まり返った。道場の格子窓から風が吹き込んできた。ツッと間合いを詰めたのは小四郎だった。これに対して三弥は回り込むように円を描きながら退《ひ》いた。

小四郎がなおも間合いを詰めると、一瞬、三弥の顔に嘲《あざけ》るような表情が浮かんだ。床板を踏み鳴らして打ち込んだのは三弥だった。木刀が空気を切り裂き、鋭い音を鳴らした。まともに当たれば頭蓋《ずがい》を粉々に打ち砕くほどの勢いだった。

小四郎は相手の木刀を受けず、わずかにかわして踏み込むと木刀を斜めに回した。三弥の肩先に打ち込んだかと見えたが、カン、という音とともに小四郎の木刀は弾き返された。三弥は間合いの内に踏み込んで下からすりあげて打ち込んできた。

小四郎は跳び下がって避《よ》けた。三弥の木刀はするすると小四郎の動きについてきた。三弥がもう一歩踏み込んだ時、下段からの木刀は突きへと変化した。

小四郎がこれをかわすと、三弥は奇妙な技を見せた。木刀を右手で肩にかつぎ、小四郎とすれ違いながら左手が舞のような仕種《しぐさ》をしたのである。

三弥の左手はすーっと小四郎の脇腹をなでた。三弥が二刀を持っていれば、片手の刀で小四郎の胴をないだことになる。小四郎は三弥の動きの気味悪さにぞっとした。この時、小四郎の木刀は三弥の左肩に打ち込まれていた。

「やめい——」

伝助が不機嫌そうな声を出した。小四郎と三弥が道場の床に座ると厳しい目で見据えた。

「姫野、お前の技は、外連《けれん》というものだ」

伝助は苦々しげに言った。

「外連でございますか」

三弥はつぶやくように言った。

「そうだ、それとも、お前の流派では素手で相手の腹をなでれば斬ったことになるのか」

「いえ、さようなことはございません。思わず手が出てしまっただけのことでございます」

しおらしく目を伏せた。伝助はそんな三弥を不快そうに見て、

「姫野は、なぜ二天流の技をひとに見せぬ隠し技にするのだ。わが丹石流の技だけを見て、おのれを表さないのは何ぞ魂胆あってのことか」

伝助にここまで言われると、さすがに三弥の顔色が変わった。

「魂胆なぞと滅相もございません。それがしは身分の軽い者でございますから、丹石流の道場にて二刀を使うのは礼を失すると思ったまででございます」

伝助は苦い顔になった。道場での稽古に身分の上下はない、ということは伝助が常に言っていたことだった。三弥はそのことを無視したのだが、かと言って身分の差を気にするなというのが、理想論であることは伝助にもわかっていた。

伝助は、もういい、きょうの稽古は仕舞いにいたせ、と言い捨てると師範席に戻った。

日ごろ、感情を表に出すことがない伝助がこれほど苛立《いらだ》ちを見せるのは珍しいことだった。しかし、三弥は伝助の叱責《しっせき》をさほど気にしていない様子で小四郎に屈託のない笑顔を見せた。

「吉田殿はお強い。それがしの不調法が目立ってしまいました」

小四郎の名を知っていたのだ。

(得体《えたい》の知れない男だ)

小四郎は姫野三弥という男に戸惑いを感じた。

十日後、小四郎は屋敷を訪ねてきた安太夫から意外な話を聞かされた。

坂田第蔵の妻とせが若党と駆け落ちした、というのである。

「おそらく坂田からの手紙で糾問されて、いたたまれなくなったのであろうな」

女がいなくなってしまえば、姫野三弥が第蔵から妻敵《めがたき》呼ばわりされることもないわけだ、と安太夫は冷笑した。小四郎は安太夫の話を聞きながら、一人の女の転落に手を貸したような後味の悪さを覚えた。

第蔵は翌年春に帰国したが、出奔したとせを離縁しただけで、三弥との間に悶《もん》着《ちゃく》は起こさなかった。江戸から戻った第蔵の目は陰鬱《いんうつ》で他人とも交わらなくなっていた。

四

小四郎は翌年三月、間家の養子となり、同時にもよを娶《めと》った。親戚《しんせき》一同が集まっての披露宴は間家でささやかに行われた。

翌日から、もよは新妻らしく初々しい働きぶりを見せた。家督を譲った篤は妻の貞とともに離れで好きな漢籍を読み暮らし、貞は近くの娘たちに生花を教えて日を送った。温和で手のかからない老夫婦だった。

十日ほど過ぎたころ、小四郎が親しくしている友人たちが、

——御新造を拝見しよう

と間家に集まった。顔をそろえたのは、手塚安太夫、伊藤惣兵衛、末松左内、坂本汀、手塚龍助の面々に江戸から戻ったばかりの坂田第蔵も加わっていた。

小四郎と惣兵衛は無役だが、安太夫は勘定方、左内と汀、龍助は小納戸役《こなんどやく》で世子の長韶に近侍している。第蔵は近く博多の黒崎《くろさき》御蔵奉行所に出仕することになっていた。七人は二、三歳の開きがあったが、少年時代、藩の稽古《けいこ》所で藤田伝助から丹石流を厳しく仕込まれたころから、相弟子《あいでし》という気分があった。

今でも寄り集まると、身分を超えた友達言葉で稽古所に通った日々の話をしながら酒を酌み交わした。左内は武術熱心で友情に厚い男で、汀と龍助は年も若く酒好きでにぎやかだった。この日は、もよの料理と酒が出され、新妻の美しさを称《たた》える声や新婚の小四郎をひやかす話などが出たが、妻に出奔されたばかりの第蔵がいることを気遣って、早々に話題は変わった。

「藤田先生が致仕《ちし》された理由を知っておるか」

低い声で言ったのは安太夫だった。伝助はこの年一月、突然、致仕を申し出て秋月を去っていた。

「先生は御不幸があったからな」

年かさの惣兵衛が杯を口に運びながら言った。去年の暮、伝助の一人娘、千紗が亡くなっていた。あの千紗が亡くなったのだ、と思うと小四郎はあらためて悲しみを感じた。そのうち、たまりかねたように安太夫が、

「千紗殿はな、病ではなかった。自害されたのだ」

と言い出した。小四郎は驚いたが、惣兵衛はたしなめるように安太夫を見て、

「それは言うべきではあるまい」

と制した。惣兵衛も千紗が自害したことを知っているようだ。小四郎は腕を組んで、

「待て、わたしはそんな話を知らんぞ。先生の御不幸を知らぬ顔をしていてよいというものではあるまい」

惣兵衛は顔を曇らせて、ため息をついた。

「先生の名を汚すことでもあるから黙っておったのだ」

千紗は去年十二月、突然に死去した。小四郎は心ノ臓の発作で千紗は亡くなったと聞いていた。しかし、惣兵衛の話によると伝助が道場から帰った時、千紗は奥の部屋で懐剣で胸を突いて死んでいた。遺書はあったが、その内容について伝助は誰にも話さず、藩には病死とだけ届けた。その後、伝助は致仕したため詳しいことを知る者は藩内でも少ないのだという。安太夫が憤った顔で、

「千紗殿はある男に弄《もてあそ》ばれたうえに捨てられ、それを恥じて自害されたのだ。先生

はそのことを疎まれて致仕されたというわけだ」

「千紗殿を弄んだ男とは誰なのだ」

小四郎は訊《き》きながらも嫌な予感がした。安太夫が顔をそむけて押し黙ると、第蔵がひややかな笑いを浮かべた。

「姫野だという噂らしいな。御丁寧にわしに教えてくれた者がいる」

「なんだと、姫野がまたしても」

左内の顔が青ざめた。左内は今でも道場で三弥に勝てなかったことを口惜しがっていた。第蔵はそんな左内の顔を見てポツリと言った。

「千紗殿の自害について教えた者は、わしが姫野を斬ることを望んでおるのだろう。しかし、わしはそんなことはせん」

「なぜだ。臆《おく》したのか」

左内が鋭い声で訊いた。第蔵はうすく笑っただけで、

「わしは先日、福岡へ行った。黒崎御蔵奉行所に出仕することになっておるから本藩へのあいさつのためだ」

秋月藩は領内に港を持たないため、豊前の洞海湾《どうかい》に面した黒崎に年貢米を集積する蔵を置いていた。役目上、福岡藩とも顔つなぎをしておく必要があった。

「その時、前任のひとがな、わしを博多の柳町《やなぎまち》に連れていった」

柳町と聞いてかすかに顔をあからめる者、眉《まゆ》をひそめる者、目を輝かせて膝《ひざ》を乗り出す者など一座の反応は様々だった。

博多は中世から港を中心として商人の町として栄えてきた。戦国時代、九州征伐を行った豊臣秀吉《しょうじ》によって「太閤町割り《たいこう》」が行われて整備された。東西南北十町四方とされ小路を割り付け、東町《ひがし》、土居町《どい》、呉服町《ごふく》、西町《にし》などがつくられた。

柳町は博多の北東、石堂川《いしどう》が博多湾に注ぐあたりで、江戸の吉原同様、公認の遊《ゆう》郭《かく》だった。元文《げんぶん》二年（一七三七）の記録によれば遊女屋十九軒、遊女六、七十人だった。福岡藩では藩士が柳町で遊ぶことを禁じているため、客は町人が主だった。夜の営業も禁じられており、暮六ツ（午後六時）には大門《おおもん》が閉まった。昼日中《ひるひなか》、くぐり戸をくぐって入らねばならないため、大半の者は足が遠のいた。ところが第蔵を誘った男は、

「本藩の者は遊べぬが、支藩の侍ならば咎《とが》め立てされぬのだ」

と、渋る第蔵を柳町に連れていった。江戸の吉原では客は揚屋《あげや》に登楼して女郎屋から遊女を呼び寄せるのだが、柳町は客を直接、女郎屋にあげる「内留《うちどめ》」だった。

第蔵は遊ぶつもりはなく、形だけのつきあいのつもりで遊女屋にあがった。やがて部屋に入ってきたのは、つぶし島田の髪でべっ甲の簪《かんざし》を三本さし、縞《しま》の着物の下は鹿《か》の子《こ》緋《ひ》縮緬《ぢりめん》、巻き帯にして白粉《おしろい》を首のあたりに濃く塗った女だった。第蔵は女

の顔に目をとめた瞬間、ぎょっとした。

「その女がとせだった」

「なんだと」

小四郎たちは顔を見合わせた。第蔵の失踪《しっそう》した妻が遊女にまで身を落としていたとは、さすがに思いがけなかった。

「とせは客がわしだと知って驚いたが、泣きはしなかったな。涙などもう出ない女になっていた。若党と駆け落ちして、すぐにだまされて遊女屋に売られたらしい。すべては天罰だから誰を恨む気もないということだった。ただ、わしに申し訳ないが、それでも姫野三弥を斬って欲しくはないと言いおった」

「馬鹿な、お主の元の妻女は姫野をかばったというのか」

左内が吐き捨てるように言った。

「そうだ。それが、とせの女としての意地なのだろうな。いまのとせには何もない。残っているのは意地だけなのだろう。わしは、その意地をはたさせてやろうと思う」

「お主の武士としての意地はどうなる」

左内が膝を乗り出して訊くと第蔵は笑った。

「これが、わしの意地なのだ」

小四郎が家老の宮崎織部から館《やかた》に呼び出されたのは十日後のことだった。小四郎が館の勝手総詰ノ間に行くと、織部だけでなく、もう一人の家老渡辺帯刀もいた。帯刀は四十すぎ、色白で頬がふくよかなととのった顔立ちだった。

織部は部屋に来た小四郎をじろりと見た。相変わらず精力的な顔つきだった。

「間の養子だそうだな」

「小四郎と申します」

「ふむ、名などどうでもよいが、そなたに命じることがある」

織部は傲然《ごうぜん》と言った。小四郎など歯牙《しが》にもかけない様子がありありと見えた。帯刀はそんな織部に追従《ついしょう》するように笑った。小四郎はうんざりしたが、それよりも同座している二人の男が気になった。一人は小四郎もよく知っている藩医の緒方春朔だった。今年、五十九歳である。

小四郎は幼い時、春朔の種痘《しゅとう》を受けた。おかげで顔に痘痕《あばた》も残さず大きくなれたのだ、と辰が何かにつけて話していた。そのため春朔を尊敬していたが、一方で種痘を受けられず疱瘡《ほうそう》で死んだ妹、みつのことも思い出した。

春朔の隣に座っているのは小四郎と同年輩の見知らぬ男だった。総髪にしており、色白で痩《や》せて理知的な目をしている。

（どこかの医者だろう）

と、小四郎は思った。織部はごほん、と咳払《せきばら》いすると、

「こちらは福岡の医師、香江良介《こうえりようすけ》殿だ。種痘を学びにわが藩にこられておる」

香江良介はにこりとして頭を下げた。小四郎もあわてて頭を下げたが、福岡の医師がなぜここにいるのだろう、と思った。その疑問はすぐに解けた。

「香江殿は緒方殿の指導を受けたうえで、ある物をわが藩に持ってきてくださるそうだ」

織部はさすがに春朔に関わることだけに丁寧な口調になった。春朔は小四郎の方を向いた。

「わたしのところには今、落痂《らっか》がありません。これでは種痘ができぬ。ところが近頃、西国で疱瘡が流行《はや》り始めておる。どうしたものかと思っていたところ、香江殿が本藩の早良《さわら》郡の村で疱瘡の患者が出たと知らせてくれたのです」

落痂とは天然痘患者から採取した病漿《びようしよう》や瘡蓋《かさぶた》のことだ。これを接種して軽い天然《てんねん》痘《とう》に罹《かか》らせることで予防するのだ。

「そこでだ――」

織部はじろりと小四郎の顔を見た。

「香江殿に落痂を持ってきていただくことは、わしの方から本藩の藩庁には届けて

おく。しかし、だからと言って、香江殿だけにすべてをしていただくのは申し訳ない。わが藩からもひとを出さねばならぬ。なにせ本藩は、わが藩の緒方殿の名声をかねてから面白くないと思っておる。いわゆる妬《ねた》みだな。それだけにこちらとしては慎重に事を運ばねばならんのだ」

織部が含みのある言い方をしたのは、福岡藩と秋月藩の間にはひそかな軋轢《あつれき》があったからだ。

秋月藩の初代藩主長興は、寛永二年（一六二五）、将軍に拝謁するため江戸に上ろうとした。ところが、この時、本藩は秋月藩をあくまで臣下の座に留《とど》めるため、長興の出府を止めた。本藩では長興が国を出ようとするのを警戒し、見張りまで立てた。

長興は隣国の豊前小倉《こくら》の細川藩の助けを借りて本藩の警戒の目をくぐり抜け、ようやく江戸に上ることができたのである。

さらに現藩主長舒が天明四年（一七八四）、急死した七代藩主長堅の跡を継いだ際にも福岡藩に秋月藩を吸収しようという動きがあった。このため長堅の死後、長舒が襲封《しゅうほう》するまで実に一年がかかった。

秋月藩では幕府老中に働きかけ、まだ幼少だった福岡藩主斉隆《なりたか》に代わって長崎警備を務めるという条件で藩の存続にこぎつけたのだ。この時の老中への働きかけやその後の長崎警備は莫大《ばくだい》な出費を伴い、秋月藩の財政を窮乏させることになった。織部としては種痘のために落痂を運ぶというだけのことでも、本藩の体面をつぶさないようにしているのだろう。傲慢に見える織部だが、さすがに家老としての配慮はしているようだ。帯刀が織部に会釈してから、

「それで、香江殿にそなたをつけることにしたのだ。その方は緒方殿の種痘を受けておるそうな。種痘を受けておれば落痂を運んでも疱瘡にはかかるまいからな。それに言わば命の恩人への御恩返しだ。しっかりと励め」

と言った。小四郎をこの役目につけることを勧めたのは帯刀のようだ。春朔が身じろぎして、言葉を添えた。

「種痘は落痂が無ければ行うことができません。せっかくの香江殿の御好意を無にしないためにも同行をお願いしたいのです」

「かしこまりました」

小四郎は頭を下げた。種痘を施すことの手伝いができるのか、と思った。そのことは帯刀が言うように、恩返しというだけでなく、死んだみつへの罪滅ぼしにもなるような気がした。しかし、福岡に行けば本藩との折衝もしなければならないのではないか、と気になった。すると、そんな危惧《きぐ》を察したのか織部は付け加えた。

「黒崎の蔵における坂田第蔵に本藩への折衝を命じておる。福岡では、すべて坂田に

任せい」

（福岡で第蔵とともに御役目を果たすことになるのか）

小四郎はそのことがわずかながら嬉《うれ》しかった。翌日、屋敷に訪ねてきた惣兵衛と安太夫に小四郎が福岡に行くことになったと話すと、

「ほう、柳町とやらに行くことができるわけだな」

惣兵衛はにやにや笑った。

「馬鹿な、そのようなところへは行かぬ」

「その方がいいな。うっかりすると姫野と顔を合わせることになりかねん」

「姫野と？」

「知らぬのか。姫野は先日、福岡へ出張になった。なんでも藩札《はんさつ》のことで本藩と合議せねばならぬことがあるということだ。なに、姫野の評判の悪さを知った宮崎家老がほとぼりの冷めるまで福岡にやったのだろう、という噂だ」

小四郎は姫野三弥がいる福岡に第蔵と行くことになるのか、と嫌な予感がした。第蔵が福岡に行って、三弥の噂でも耳にしたらどうなるのだろうか、と思ったのだ。

安太夫もうなずいて、

「気をつけろ。何が起こるかわからんぞ」

と言った。惣兵衛が柳町のことを口にしたのは、このことがあるからだった。

「心得た」

小四郎は用心して行こうと思った。

秋月から福岡までは十里ほどである。昼過ぎに秋月を出れば途中、太宰府《だざいふ》に一泊して福岡に入ることが多い。

小四郎は秋月を出て福岡藩領内に入るまでの道すがら香江良介と話し続けた。良介は医術にしか関心の無い男で、長崎に遊学して蘭方《らんぽう》医学を学びたいと思っていることを語って倦《う》むことを知らなかった。

さらに一昨年十月、全身麻酔で乳がんの摘出手術に成功した和歌山の医師、華岡《はなおか》青洲《せいしゅう》のことを話した。青洲は漢方伝来の〈通仙散《つうせんさん》〉を作り、大和五條《やまとごじょう》の藍屋《あいや》利兵衛の母の乳がんの摘出の際に〈通仙散〉を使用したのだという。

「まことに、華岡先生の通仙散はすばらしいと思います。しかし、華岡先生は諸国から千人を超える入門者がありながら、通仙散の製法を秘伝、家伝として少数の弟《で》子《し》にしか伝えず、製法を広めた弟子は破門されるということです。わたしは納得がいきません。新しい医術は世に広めてこそ人々を救うことができるのです」

それに比べて、種痘法を公開している緒方春朔こそ医師の亀鑑《きかん》だと良介は熱っぽく語った。小四郎は良介の春朔への傾倒をもてあまし気味に聞いていたが、

「だからこそ、本藩の領内では気をつけねばならんということですね」

とつぶやいた。良介はそれを聞いて戸惑ったが、声をひそめると、

「確かに、緒方先生の声望を嫉《そね》むものはおります。しかし、そのことがそれほど警戒しなければならないことでしょうか」

「さて、どうでしょうか」

小四郎は良介にそれ以上は話さなかった。

福岡で第蔵と落ち合うと、そのまま早良郡へ向かった。村に着いて庄屋《しょうや》の屋敷に行くと、そこに意外な人物がいた。

「先生――」

小四郎は驚いた。庄屋屋敷にいたのは藤田伝助だった。伝助は秋月を離れてわずかの間に髪に白いものが交じるようになっていた。小四郎が久闊《きゅうかつ》を叙すると、伝助はうなずいた。

「お前たちが福岡から秋月へ運ばねばならぬ物があると聞いてな」

「そのようなことをどなたから？」

「致仕いたした今でも秋月の話は伝わってくるのだ。それで、お前たちを手伝おうと思い立った」

「先生がわたしたちに同行してくださるのですか」

「ひさしぶりに秋月に行きたいしな」

伝助は、ハッハ、と笑った。小四郎と第蔵は顔を見合わせた。伝助が同行してくれることはありがたかったが、何かがありそうだと思わずにいられなかったのだ。

伝助は小四郎の不安を察したらしく、

「詳しいことは、いずれ話すこともあろう」

とつぶやくように言った。

四人はこの夜、庄屋屋敷の二つの部屋に分かれて泊まった。伝助は良介とともに離れの部屋をあてがわれ、小四郎と第蔵は母屋に泊まった。その夜、伝助と良介は夜遅くまで何事か話しているようだった。小四郎は、良介がまた緒方春朔を礼賛しているのだろうと思いながら、隣の寝床の第蔵に話しかけた。

「藤田先生は、何事か隠しておいでのようだが」

「うむ、そのようだが、おそらくは姫野三弥のことだろうな」

「やはり、そう思うか」

「藤田先生は姫野をいずれ斬るつもりで、福岡に出られたのではあるまいか」

「しかし、姫野はいま福岡におるのだぞ。それなのになぜ、われらとともに秋月に行こうとされるのだ」

「それはわからぬが、藤田先生に狙われておることは姫野も気づいておるのではないかな。そのあたりに理由があるかもしれぬ」

第蔵はそう言うと黙った。

「もし、藤田先生が姫野を斬ろうとするところに行き合わせたら、お主はどうするつもりだ」

「それをいま、考えているところだ」

第蔵はポツリと言った。

「小四郎、わしは今度、福岡に来てとせに会うために柳町に行った」

「柳町に？」

「うむ、わしもなぜそんなことをしようと思い立ったのかわからぬ。武士にあるまじき未練の振る舞いだからな。だが、どうしてもとせを放っておくわけにはいかないような気がしたのだ。それで、遊郭を訪ねてみた。ところがな——」

「どうしたのだ」

「とせは死んでおった。それも心中だ」

「なに？　とせ殿が——」

「うむ、相手は博多帯の職人だそうだ。四十過ぎのなんということもない男だったということだ。胃《い》ノ腑《ふ》に病を抱えておったらしい。死ぬ気になって登楼し、とせの客になったが、そのまま二人で柳町を抜け出して海に飛び込んだということだ。溺《おぼ》れ死んで翌朝には浜に打ち上げられた。店の者からとせが死んだと聞かされて、そのまま浜へ出てしばらく海を見た。とせは、わしに会ったから死ぬ気になったのかもしれぬと思った」

「とせ殿は辛《つら》かったろうな」

うむ、とうなずいた第蔵は暗い天井を見続けた。

「小四郎、わしはな――」

第蔵は何かを言いかけたが、そのまま背を向けた。激しい事を言いそうになる自分を抑える様子だった。

(第蔵はやはり三弥を斬りたいのだ)

やり場のない怒りを抱えた第蔵の思いが痛いほど伝わってきた。

伝助を加えた四人は翌朝、早立ちした。福岡へは戻らず、そのまま村々を抜けて日田《ひた》街道に出るつもりだ。

四人は青々とした田が続く道を通って日田街道へ出た。九州の街道のうち旅人が多いのは長崎街道、薩摩《さつま》街道とこの日田街道である。日田街道は天領の日田につながる道だった。

日田では幕府の公金を資金とした金融業者の「掛屋《かけや》」が諸大名への融資を行って

いた。このため日田への旅人の往来も多かった。中には急ぎの用なのか馬を走らせる武士もいた。大きな荷を背負った商人のほか修験者《しゅげんじゃ》や僧侶《そうりょ》の姿もあった。日田街道に出てから良介は急ぎ足になった。小四郎が思わず、

「香江殿、さように足を速めずとも」

と声をかけたが、良介は頭《かぶり》を振った。

「種痘《しゅとう》が一日でも早くできれば、それで助かる者がいるかもしれないのです」

良介に真剣な表情で言われると小四郎も足を速めないではいられなかった。昼過ぎになって、それまで晴れていた空が曇り始めた。伝助が空を見上げて、

「いかんな、一雨くるぞ」

とつぶやいた。雨で落痂《らっか》を濡《ぬ》らすわけにはいかない。小四郎はあたりを見回した。

「このあたりの百姓から蓑《みの》、笠《かさ》を譲り受けましょう」

「それがよかろうな」

と言いつつ、伝助は村外れの一軒家らしい農家を指さした。林の中を通る街道のすぐわきである。小四郎を先頭に四人は農家へと向かった。すでに小雨が降り始めていた。

農家の百姓は突然、武士が訪れたのに驚いたが、小四郎が銭を渡して、蓑、笠が欲しいというと相好を崩して喜んだ。幸い四人分の蓑、笠があった。その場で身に

つけると街道へ出た。雨はしだいに強くなっていた。

「急ごう」

小四郎が先頭に立った。街道はやがて小高い丘にさしかかって上り坂になった。道の両脇は竹林である。竹が競い立つようにして空に伸びている。風が吹くと音をたてて揺れた。

坂の上は濃い霧がかかったように白く霞《かす》んで見えた。雨のため足元がぬかるみはじめている。坂を上がりきろうとした時、

「小四郎、待て」

背後から伝助が低い声をかけた。伝助は雨滴がたれる笠を持ち上げてあたりを見まわした。

「潜んでいる者がおる。囲まれたかもしれん」

「なんですと」

小四郎ははっとしてあたりを見た。竹林が雨の中、風に揺れて、ザワザワと音をたてているだけである。

「先生――」

小四郎が声をかけた時、

「曲者《くせもの》――」

良介が悲鳴をあげた。見ると、竹林の中から走り出てきた男が良介に迫っていた。笠をかぶり、柿色の頭巾《ずきん》で顔を隠した裁着袴《たつつけばかま》姿の小柄な武士だった。

「何者だ」

第蔵が刀の柄《つか》に手をかけた。すると男の体はふわっと宙に浮いた。空中で回転して良介の頭の上を飛び越えた。白刃がきらりと光った。良介が肩先を斬られて転倒した。良介を飛び越えて地面に降り立った男の手には、良介が背負っていた包みがあった。

「逃さんぞ」

伝助が泥をはね飛ばして殺到すると、抜き打ちに斬りつけた。男は横に跳んでかわそうとしたが、右腿《みぎもも》を斬られて横転した。いつの間に近づいたのか、もう一人の笠をかぶり、柿色の頭巾で顔を隠した武士が負傷した男を抱きかかえた。

男は横転する際に奪った包みをほうり投げた。それを受け取ったのは、道のはずれにいた二人と同じ恰好《かっこう》の武士だった。この武士はそのまま竹林の中に走り込んだ。

「待てっ」

伝助と第蔵が武士を追って竹林に入った。負傷した男をかかえた武士はそのまま道の反対側の竹林に入った。驚くほど、なめらかな動きで音もたてなかった。

小四郎は倒れた良介に駆け寄って抱き起こした。良介は肩先を斬られていたが傷

は浅かった。降りしきる雨に顔が濡れていた。良介は小四郎の腕をつかんだ。青ざめた顔を近づけると、震える声で、

「大丈夫です」

と言いながら懐をくつろげて腹巻きを見せた。

「これは」

「万が一のことを考えて落痂はこの中に入れておりました。曲者が奪った包みにはわたしの下帯しか入っておりません」

良介は笑って言った。

「なんと、お主は用心深いな」

小四郎は感嘆した。それにしても良介の用心深さがなければ落痂を奪われ、お役目に失敗するところだった、とぞっとした。

小四郎は良介が大丈夫だと見て、

「待っていてくれ」

言い残すと男を追って竹林に入った。落痂は奪われなかったにしても、襲ってきた男たちの正体をつかまねばならないと思った。

第蔵と伝助も竹林の中に入って男を捜していた。竹林の中は薄暗く、雨さえ葉によって遮られていた。まっすぐに走り抜けることなど不可能なほど竹が生えていた

が、男の姿は見えなかった。小四郎が伝助に近づこうとすると、

「いかん、罠《わな》だ」

伝助が鋭く叫んだ。それと同時に、
ずだーん
鉄砲の音が雷鳴のように響いた。小四郎がはっとして身を伏せた時、伝助の体がぐらりと揺れて、倒れるのが見えた。

「先生――」

小四郎と第蔵は伝助に駆け寄った。伝助は胸板を鉄砲で撃ち抜かれていた。小四郎と第蔵はがく然として、伝助のそばに跪《ひざまず》いた。何が起きたのかわからなかった。

小四郎は伝助の死に顔をぼう然として見つめるばかりだった。

一ヶ月が過ぎた。福岡から落痂を運ぶ際に藤田伝助が横死して以来、小四郎は鬱《うっ》屈《くつ》した思いで過ごした。織部は落痂さえ運ばれればよいとして、伝助の死について咎《とが》め立てこそしなかったが、小四郎に対して、

「馬鹿者め」

と一言だけ吐き捨てた。小四郎自身、伝助の死に責任を感じて楽しめなかった。

「そのやり方はまるで隠密《おんみつ》のようだな」

と小四郎に言ったのは惣兵衛である。安太夫と二人で小四郎の屋敷を訪れていた。惣兵衛と安太夫は小四郎を励ましに来たのだが、話は思わぬ方にひろがった。惣兵衛が腕を組んで、

「ひょっとしたら、伏影《ふせかげ》の仕業かもしれぬ」

と言い出したのだ。

「伏影だと？」

「知らぬのか、伏影とは本藩の隠密役だ。それも戦国のころ豊太閤《ほうたいこう》の軍師だった竹中半兵衛から黒田家に引き継がれたという忍びだ」

「そのような者がいるのか」

惣兵衛はちらりと安太夫の顔を見て、うなずいた。安太夫はあごをなでながらしゃべり出した。

「黒田家の家紋は藤巴《ふじともえ》だが、その他に黒餅《こくもち》の紋を用いる。黒餅紋はもとは竹中半兵衛の家紋だということだ。本藩初代の長政公は幼いころ織田信長への人質にとられた。ところが、黒田家の忠義が疑われ、人質の長政公が斬られそうになったことがある。この時、竹中半兵衛によって長政公はかばわれ一命を保たれた。恩義を忘れぬため竹中家の黒餅の紋を用いることになったそうだ」

黒餅の家紋は白地に黒い丸が描かれたもので〈石持《こくも》ち〉紋とも言う。

「それは知っておるが。伏影とは何だ」

「竹中家から引き継いだのは家紋だけではなかったのだ。竹中半兵衛が使っていた忍びの者たちも黒田家で召し使われることになった。竹中半兵衛は、仕えていた美《み》濃《の》斎藤家の稲葉山《いなばやま》城を城内に潜入した十六人の手勢によって落としたそうだ。伏影とは、この時の十六人の子孫らしい。伏影は黒地に黒餅紋、すなわち真っ黒な影の旗を用いることを許されておるそうな」

竹中半兵衛は若いころ美濃の斎藤竜興《たつおき》に仕えていたが、竜興から嘲弄《ちょうろう》されたことに腹を立て、竜興の居城、稲葉山城の乗っ取りを企てた。稲葉山城は急峻《きゅうしゅん》な山上にあり、織田信長の攻めあぐねたとされる難攻不落の名城だった。

半兵衛は稲葉山城の小姓だった弟の久作に仮病を使わせ、見舞いと称して、手の者十六人とともに武具を葛籠《つづら》に隠して城に入った。そして深夜になって突如蜂起《ほうき》し、竜興を城から追い落とし、乗っ取ったのである。この時、十六人の働きは凄《すさ》まじく、

——影に伏して襲うこと鬼神の如し
と言われたことから、伏影と呼ばれるようになったという。

惣兵衛が腕を組んで言った。

「これは三年前に亡くなった祖父《じい》様に聞いたことだが、伏影は仕物《しもの》（暗殺）を得意とするということだ。林の中で鉄砲を放つのは難しいゆえ並の者ではできまい。伏

影なら、あるいはやれるかもしれぬ」

「しかし、その伏影が何のために藤田先生を」

「それはわからぬが、本藩ではそれほど、わが藩が種痘《しゅとう》で名をあげることを阻みたいのかもしれぬな」

惣兵衛は肩をすくめた。小四郎も雨の街道で包みを奪おうとした男たちの敏捷《びんしょう》で手なれた動きは影の役目を行う者にふさわしい、と思った。安太夫が口をはさんだ。

「宮崎家老から話があった時から、もっと用心してしかるべきだった。案外、今度のことは宮崎家老が将来、逆らいそうな奴の芽を摘むために策したのかもしれんぞ」

「馬鹿な――」

小四郎は信じなかったが、織部がなぜ今度の役目に自分を使ったのか、その理由は霧の中に隠れたようにぼんやりとしていた。何者かの企《たくら》みがあったのではないか、と言われれば、そんな気もしてきた。

五

六月になって旅の男が小四郎を訪ねてきた。深編笠《ふかあみがさ》をかぶり、着物も袴《はかま》も埃《ほこり》で汚

れ、擦り切れたようになっている。長旅を重ねてきたことは一目でわかった。家僕から男の訪れを知らされた小四郎は玄関に出て、

「藤蔵、まことに秋月に来てくれたのか」

と喜んだ。男は海賀藤蔵だった。

「ああ、武者修行の旅の途中だが、来てみたら、なるほどよいところだな」

藤蔵はにっこりと笑った。藤蔵が江戸を発《た》つ時、小四郎は、

「九州に来た時は秋月に寄ってくれ、わが藩にはいま柔術師範がいないから推挙できると思う」

と誘っていた。

「諸国を旅してきたが、ここはなかなか良いところだな。わしは気に入ったぞ」

「では、わが藩に仕官する気になったのか」

「そうしてやってもよいと思っている」

藤蔵は威張った口調で言った。その風体から見て、路銀も乏しくなり、秋月に転がりこむことにしたのだろうが、小四郎はそんなことは指摘せずに、

「お主ほどの名人が来てくれれば、ありがたい」

とだけ言った。そう言われると藤蔵はてれ臭そうに笑った。

「名人というほどでもないがな。なにせ武者修行の旅の大敵は飢えだ。どのような

強豪との試合も恐れるものではないが、飢えだけはどうにもならん」

「そうであろうな」

小四郎は思わず同情した。それでも藤蔵を名人と呼んだのは世辞のつもりではなかった。小四郎の前にひさしぶりに現れた藤蔵は、野性的な剽悍《ひょうかん》さを身につけ、目の光にも異様な迫力があったからだ。

間もなく藩の重役の前で藤蔵が披露した腕前は凄まじいものだった。藤蔵は稽古館の柔術道場で柔術にすぐれた藩士と立ち合うと、たちまち十数人を息も切らさず投げ飛ばしてみせた。それも藤蔵の体にふれたかと思うと、弾《はじ》き飛ばされるように藩士の体は宙を飛んだ。どのような技で投げたのかさえ見えなかった。

さらに道場の羽目板を蹴《け》って跳び上がると、天井の桟《さん》に手足の指をかけてスルスルと這《は》った。天井の真ん中に行くと蝙蝠《こうもり》のように足の指だけでぶら下がり、重役を驚かせた。織部は、

「人間技とは思えんな」

とつぶやいた。しかし、すぐに我に返ったように、

「扶持《ふち》は四人扶持十石だ。それ以上は出せんぞ」

と吝嗇《しわ》いことを言った。藤蔵は扶持にさほどの欲は無いらしく恬淡《てんたん》としていた。

しかし帯刀が、

「それにしても、そのむさい髭《ひげ》はなんじゃ。もはや武者修行の浪人ではない。師範である以上、身なりもよくしてもらうぞ」

と横から口を出すと、じろりと睨《にら》んで言い放った。

「武術は身なりでするものではござらん」

「なんだと」

帯刀は苦々しい顔になったが、隣の織部はなぜか上機嫌で笑い出した。織部は藤蔵が気に入ったらしく、師範として召し抱えることはあっさりと決まったのである。

柔術師範として召し抱えられた藤蔵は、稽古館で藩士に稽古をつけるようになったが、稽古の無い日は領内を見物してまわった。十一月になって藤蔵はある場所に足繁く行くようになった。

「また、石の切り出し場に行くのか」

小四郎があきれたような声を出した。館《やかた》を出て瓦坂を下りている途中だった。藤蔵は館から下がると、すぐに身支度をして石の切り出しを見物に出かけるのだという。

雪がちらつく冷え込んだ日だった。山あいにある石の切り出し現場に行くなど酔狂というものだろう。

「いや、見ておると、なかなか面白い。どんな仕事にも技というものがあってな、石を割る時は石の目というものを見るそうだ。それが参考になる。たまには一緒に行かぬか」

藤蔵に誘われてこの日は小四郎も行くことになった。

笠をかぶった二人が向かったのは古処山の裾《すそ》である。このころ、秋月には織部が招いた長崎の石工《いしく》が来て作業を行っていた。

長崎では寛永十一年（一六三四）に初めて市中の中島川《なかしま》に石造りの橋が建設されて以来、元禄《げんろく》十二年（一六九九）までに十九の石橋が架けられていた。

寛政年間の大洪水でこのうち十の橋が流された。幕府の長崎奉行所は石工を総動員して復旧に取り組んだ。十の石橋の再建には八年かかり、すべての橋の架け替えが終わったのは二年前の文化元年のことだった。

秋月藩から依頼を受けて長崎石工の棟梁《とうりょう》のうち、彦兵衛、八十八《やそはち》、清兵衛などが秋月入りしていた。野鳥川の川幅や川底の地盤を調べ、付近の石山を見てまわった。洪水時の水量を知ろうと野鳥川の上流の山まで行って水流を確かめた。設計ができた後、石の切り出しが始まったのだ。

藤蔵は石切り場に通ううち、吉次《きちじ》という若い石工と親しくなっていた。吉次は石の切り出しや加工を見物に来る藤蔵を面白い侍だと思ったらしく、なんでも教えて

くれるということだった。この日、小四郎も加わって話していると、吉次がやや不安気に、

「お国の石は硬うございますね」

と言った。秋月のまわりの山は花崗岩《かこうがん》が多く、切り出されるのは御影石《みかげいし》だという。確かに積み上げられた石材はどれも角が鋭く尖《とが》っていた。

「橋に使う石なら硬い方が丈夫でいいのではないのか」

小四郎が不審に思って訊《き》くと、

「できあがった橋ならそうなのですが、橋を組み立てるには、石を削って穴を開けたり、積み重ねるための細工をしなければなりません。それが御影石だと鑿《のみ》がはねて、うまく削れないのです」

長崎の石橋に使われたのは安山岩《あんざんがん》で、やわらかいため、はるかに加工しやすいのだという。

「もっとも、やわらかい石だと洪水の時に壊れる恐れもありますから一長一短なのですが」

吉次はそう言いつつ鑿を振るった。石は鑿を受けつけず、いかにも削り難《にく》そうだった。カッ、カッ、という石を削る音は作業の困難さをうかがわせた。

吉次は不意に鑿を振るう手を止めて、

「また来ている」

とつぶやいた。石切り場の入り口のあたりに髭面の大男があたりを睥睨《へいげい》するようにして立っていた。鼠地木綿の長半纏《ながばんてん》を着て脛《すね》をむき出しにしている。肩の肉が分厚く、いかにも大力そうだった。その大男がじろじろとあたりを見回していたかと思うと、石工の間を歩き回って何事か怒鳴ったり、嘲《あざけ》るような言葉を吐きかけたりし始めた。その様子が尋常ではない。顔が赤く歩き方もふらふらとしている。

「あの男、酔っているようだな」

藤蔵があごをなでながら言った。吉次が小声で、

「あいつは御家老渡辺帯刀様の中間《ちゅうげん》で熊平《くまへい》とかいうそうです。どういうわけか昼間から酒を飲んでぶらぶらとしておりまして、ここへ来ては、わたしどもに難癖をつけます。おおかた、よそ者が目ざわりなのでしょう」

とうんざりした口調で言った。熊平がよろめきながら近づいて来た。熟柿《じゅくし》臭い匂いが漂う。赤黒いいかつい顔の熊平はジロリと小四郎を見た。

「これは御家中の旦那《だんな》方、お見回り御苦労さまでございます。お役目の方とは違っておられるようですが。もしや、ただの御見物でございましょうか」

熊平はにやにやと笑った。小四郎は憮然《ぶぜん》として、

「そなたに詮議《せんぎ》立てされる謂《い》われはないな」

「ごもっともでございますが、わたしどもの旦那様はここの作業がはかどるかどうかを気にされておりまして。石工どもが怠けておらぬか、見回るよう言いつけられております。石工と無駄話をして仕事をおろそかにさせている者がおれば、たとえ御家中の方でもお咎《とが》めがありますぞ」

小四郎がむっとして熊平に何か言おうとした時、藤蔵がすっと前に出た。

「まあ、そう固いことを申すな」

藤蔵は軽く熊平の肩にふれた。すると何が起きたのか、熊平の体が宙で一回転し、地響きをたてて、仰向《あおむ》けに倒れた。熊平はわめいた。

「江戸者が、ふざけた真似を」

熊平は藤蔵が江戸から来たことを知っているようだ。しかし、藤蔵は平気な顔だった。

「何を言う。わしは何もしておらんぞ。その証拠にわしは手を出さぬから立ってみろ。おそらく立てまい」

何を——、熊平は立とうとしたが、なぜか足が震えて立てなかった。無理やり立ち上がったが、藤蔵が目の前に立つと膝《ひざ》からがくんと崩れ落ちた。熊平は青ざめてうめいた。藤蔵はにやにや笑って近づくと、

「どうした、だらしがないな。わしが起こしてやろう」

藤蔵は熊平の襟首を軽くつかんだ。すると、そのまま力を入れているとも見えないのに熊平の大きな体がするすると立ち上がった。熊平は信じられない顔をした。ぶるぶると震え出すと、何か意味のわからないことをわめきながら背を向けて逃げ出した。

「大丈夫でしょうか。あいつ、大坂でひと一人、殺《あや》めたなんぞと言ってるやつですが」

吉次が心配そうに言った。小四郎は驚いた。

「大坂でひとを殺しただと？」

渡辺帯刀は藩が大坂の商人から借りた金の返済を遅延する交渉のため、何度も大坂に行っている。熊平は供をして大坂に上った際に喧嘩沙汰《けんかざた》でも起こしてひとを殺したのだろうか。

「酔ったあげくのでまかせかもしれませんが。ここで、そんなことを何度もわめいておりました」

藤蔵が鼻で笑った。

「あの男は見かけと違って気が小さいようだ。そのことが胸のわだかまりとなって、あのように昼間から酒に酔っているのかもしれんな」

「しかし、まさか、わが藩の者が大坂でひと殺しをして、そのままということはあるまい」

「いや、わからんぞ。あの渡辺帯刀という家老、どうも気に食わぬところがあると思ったが、大坂で中間がしでかしたことをうやむやにするぐらいのことはやるだろう」

藤蔵の目が光った。

小四郎は石切り場からの帰り際に藤蔵と別れて吉田家に寄った。石切り場の話をすると、太郎太夫と辰は興味深そうに聞いた。太郎太夫は腕を組んで、

「なかなかたいしたものができそうだが、掛かりの方も大変だろう。また扶持《ふち》を削られるのではないかと心配する者も家中にはいるようだ」

秋月藩では藩士の知行《ちぎょう》について、百石につき何俵を支給するという蔵米《くらまい》知行制をとっている。この〈所務渡米〉は百石につき八十俵というのが永年の決まりだったが、寛政年間に入って七十俵から六十俵へと切り下げられていた。

太郎太夫が心配しているのは、また切り下げが行われるのではないか、ということだった。立派な石橋ができることはよいことだと思っているが、そのために貧するのは辛《つら》い。

「宮崎御家老は庄屋《しょうや》に割り振って金を出させようとしているようです」

「庄屋にしてもそうは出せまい」

「まあ、そうですが、石橋をいまさらとりやめにするわけにもいきませんから」

「それというのも――」

織部の独断専行が過ぎたからだ、と太郎太夫は言いたそうだったが、口には出さず、渋い顔で茶をすすった。

「渡辺様の大坂での行状を聞いたか」

小四郎の顔をうかがうように見た。小四郎は頭《かぶり》を振った。

「実に怪《け》しからんことだが、渡辺御家老は大坂の芸妓《げいぎ》を落籍《ひか》したということだ」

「芸妓を」

小四郎はさすがに驚いた。貧乏藩の家老がすることとは思えなかった。帯刀は借銀返済の話で大坂に出向くうち、芸妓と馴染《なじ》みになった。この芸妓を落籍して秋月に連れ帰り、秋月の町の西方、桐《きり》の越《こし》にある自らの知行所に囲ったのだという。

「見た者の話では立派な下屋敷《しもやしき》を建て、そこへ住まわせておるそうな」

太郎太夫は少し羨《うらや》ましそうに言った。辰はそんな太郎太夫を皮肉な目で見た。太郎太夫は辰の視線に気づかず、

「七與《ななよ》という名で、まだ十六、七歳の美しい女だそうな」

「よく御存じでございますこと」

辰がひややかに言った。さすがに太郎太夫も辰の不機嫌に気づき、ごほん、と空《から》咳《せき》をした。

「さすがの宮崎御家老もこのことでは渡辺様をきつく叱られたそうな。それでも表だって咎め立てはせんのだからな」

太郎太夫が吐き捨てるように言って、声を低めた。

「渡辺様があの女を秋月に連れて来るにあたって、とんでもないことをした、という噂がある」

七與という芸妓には大坂に男がいた。男は七與とは幼馴染みで、左官職人だった。七與とは惚《ほ》れあった仲で、年季明けしたら夫婦になろうという約束ができていた。

帯刀は七與を落籍そうとしたが、この左官がいることで話がすすまなかった。業を煮やした帯刀は力自慢の中間に左官を始末するよう、ひそかに命じた。中間は左官を道頓堀《どうとんぼり》の小料理屋に呼び出し、酒を飲ませたあげく堀に突き落として殺したのだ。このことはひそかに行われたが、帰国した中間は罪の意識からか昼間から酒をあおり、乱暴狼藉《ろうぜき》や喧嘩沙汰を繰り返しているという。

小四郎は眉《まゆ》をひそめた。先ほど石切り場で会った熊平こそ、帯刀が左官職人を殺させた中間に違いないと思った。

「もし、それがまことなら、見過ごしにはできませぬ。秋月藩の恥ともいうべき所業ではありませんか」

太郎太夫はうなずいたが、藩の重職たちを謗《そし》り過ぎたと思ったのか、話柄を変えた。

「それはそうと、間の家では変わったことはないか」

何より、まだ子供ができた兆候はないか、と訊《き》きたいらしかった。小四郎が苦笑して、何も変わったことはありません、と答えると太郎太夫だけでなく辰も、

「変わりありませんか」

とがっかりした様子だった。それにしても太郎太夫の耳にまで帯刀の悪い噂が聞こえている以上、帯刀にとって派閥の領袖《りょうしゅう》とも言うべき宮崎家老の藩政に不満を募らせる声はよほど大きくなっているのではないか、と小四郎は思った。

数日後、小四郎は桐の越を訪れた。小四郎の屋敷から三里ほどである。間家の親戚《しんせき》の法事に出かけた帰りだった。渡辺帯刀の悪い噂を聞いただけに下屋敷のあたりを見てみたくなったのだ。

木枯らしの吹く寒い日だった。どんよりと曇った空の下、田畑も土がむき出しで黒ずんでいた。小四郎は道から遠目に帯刀の下屋敷を眺めた。白い築地塀《ついじべい》が長く続き、その向こうに瓦葺《かわらぶ》きの大屋根が見えていた。下屋敷とは言いながら、あたりに

は見かけない贅沢《ぜいたく》な造りだった。

小四郎が屋敷の前を通りかかると、中から怒鳴り声と争うような物音が聞こえた。続いて男が門から路上に転がった。熊平だった。熊平はこの日も酔っているらしく地面に手を突いて体を起こすと、

「七與様、ちっとぐらい顔を見せてもいいじゃねえか。せっかく、熊平様がお目に掛かりに来たんだぞ」

呂律《ろれつ》がまわらない大声で言った。門には渡辺の家士らしい二人の男が立ち、

「熊平、これ以上、騒ぎ立てると旦那《だんな》様よりお叱りを受けるぞ」

と厳しい口調で言った。熊平は地面に座り込んだまま、手を振った。

「なに、そんなことは構うもんじゃない。七與様が大坂から、この秋月に来ることができたのも、このおれが邪魔になるやつを始末したからだ。旦那様はおれをお褒めにはなっても叱ったりはなさらねえ」

酔いがまわったのか熊平の言葉には、どこか悲痛な響きがあった。その声に引き出されるように若い女が門に出てきた。色白で切れ長の目をした、匂い立つように美しい女だった。

「邪魔なやつを始末したって、どないした言うんや」

女の甲高い声が響いて、熊平はぎょっとして振り向いた。

はまって死なはったことと関わりがあるのんか」
「邪魔なやつとは誰のことや。佐平さんのことやないやろな。佐平さんが道頓堀に
熊平があえぐように言った。
「七與様――」

七與に言われて熊平はうなだれた。口の中で何かぶつぶつ言ったようだが、聞き取れない。

「何を言うてるんや」

門から出ようとした七與が家士に抱きとめられた。その時になって家士たちは路上にいる小四郎に気づいた。まずい、という顔をした家士は熊平に駆け寄り腕をとって立たせようとした。

もう一人の家士が七與を屋敷の奥に連れて行った。七與は、あの男にまだ訊きたいことがあるんや、と何度も振り返ったが家士は容赦しなかった。七與を見送るように熊平が顔をあげた。驚いたことに熊平の顔は涙にぬれていた。

「申し訳ねえ、許してくれ」

熊平は絞り出すような声で言った。

「これ、何を言う」

家士はあわてて小四郎をうかがいながら熊平を立たせようとしたが、熊平の体は

びくともしなかった。

「どうしたのだ」

突然、小四郎の背後から声がかかった。振り向いて見ると、渡辺帯刀が馬に乗り、数人の供を従えて近づいてきていた。驚いたことに、その中に姫野三弥もいた。三弥は福岡への出張から戻ったようだ。家士は帯刀を見てあわてた。

「申し訳ございません。熊平がまた暴れまして――」

帯刀はそれには答えず、ゆっくりと馬を打たせて、小四郎の傍を通り過ぎながら、

「間小四郎、このようなところで何をしておる。そなた先ごろ、福岡出張のおりに藤田伝助を死なせる失態を犯したばかりではないか。わしの下屋敷を嗅《か》ぎまわるとは、どのような了見だ」

「嗅ぎまわるなど滅相もございません。それがし、法事の帰りにこのあたりを通ったまでのことにて」

小四郎は弁明したが、帯刀はせせら笑っただけで、馬を下りると門をくぐっていった。それに続いた三弥は通り過ぎながら頭を下げた。

家士は熊平を無理やり立たせた。今度は熊平も立ち上がったが、小四郎の方を向いて、

「石切り場で会った旦那だね」

と言った。小四郎がうなずくと、

「もう一人の旦那は神様みたいな技を使いなさった。わしは罰が当たって立てなくなったのかと思った」

熊平は悄然《しょうぜん》として言うと、そのまま家士について門を入っていった。小四郎は熊平の背中を見送った。熊平という男は七與に惚れているのではないか、と思った。

この日、小四郎はそのまま帰ったが、十日後、もよから思いがけないことを聞いた。館《やかた》から戻るのが遅れ、遅い夕食をとっていた時のことである。飯を食べ終わって茶を飲んでいた小四郎に、もよはふと、

「旦那様は先日、ご家老渡辺様のところの乱暴な中間に会ったと言われましたね」

と訊いた。

「そうだが、それがどうかしたか」

小四郎は何気なく答えたが、どきりとしていた。熊平と石切り場で会ったことは話していたが、その後、法事の帰りに帯刀の下屋敷を見に行ったことは話していなかった。七與という噂の女を見に行ったのだと思われたくなかったからだ。もよは、小四郎のかすかな狼狽《ろうばい》に気づかないまま、

「その中間が昨日、筑後川に入水《じゅすい》したそうです」

眉《まゆ》をひそめて言った。間家には知行所の百姓が時折、野菜を届けにくる。その百姓が筑後川で入水した中間のことを話していたのだという。

「なに、あの男が」

小四郎は熊のような酔漢を思い出した。あの男が入水するとは信じられなかった。筑後川は秋月から四里ほど南を流れる九州一の大河で筑紫《つくし》次郎などとも呼ばれる。二日ほど前から雨が降り続き増水していたが、その川面《かわも》に熊平が浮かんでいるのを川魚をとる漁師が見つけたのだ、という。近くの百姓で熊平を見知っている者がいたため、秋月まで知らせが来たのだ。

「ところが、渡辺様では、その中間が乱暴が過ぎるゆえ放逐したばかりだ、ということで亡骸《なきがら》を引き取られなかったそうです」

「放逐されていたのか」

小四郎は、あの乱暴ぶりでは無理はないなと思いながらも、どこか釈然としないものを感じた。渡辺下屋敷の門前で見かけた七與という女は、夫婦約束をした佐平という男が道頓堀に落ちて死んだと口走っていた。もし、熊平がその男を殺したのだとすれば、堀に突き落として水死させた、ということだろう。

殺した熊平もまた同じように水死したということが、ただの偶然とは思えなかった。

（ひょっとしたら、渡辺様が秘密を知る熊平をひそかに始末したのではないか）

小四郎がそう思っていると、もよがためらいがちに、

「中間は渡辺帯刀様の命によって成敗されたのではないかと噂されておるそうです。それも手を下したのは、帯刀様の御屋敷に親しく出入りするようになっていた姫野三弥殿だとまで――」

「さようなこと迂闊《うかつ》に申すものではない」

小四郎に叱られて、もよは申し訳ありません、とうつむいた。しかし、あまりに異様な話だけに、もよも話さずにはいられなかったのだろう。

（それにしても、秋月で凶事があると姫野三弥の名が聞こえてくるのはなぜなのだ）

小四郎は不気味なものを感じた。

六

小四郎が藤蔵とともに、もよを連れて石橋の見物に出かけたのは翌年の春のことである。

日差しがやわらかだった。川沿いに菜の花が咲き、川面に黄色い影が映っていた。

冬の水涸《みずが》れ時期も終わって水かさも増え始め、水音が耳に心地よかった。

石を加工する作業日程は大幅に遅れたが、ようやく石組みが始まっていた。石は川の両岸から同時に組み上げていく。台枠をつけて組み上げ、川の中央で出合った時に楔石《くさびいし》を打ち込めば完成である。橋げたは無く、組んだ石の重みで両岸から支え合う。石がしだいに組み上げられていく様子は壮観だった。灰色の石材は日の光を受けて輝いた。

「なかなか大したものができそうだな」

藤蔵が声をあげ、もよも目を輝かせて、

「立派な橋になりそうですね」

と言った。

「でも、橋を組み立てながらも石に細工したりするのですね」

「切り出し場で一応、寸法通りに削ってはおるが、組もうとすれば、もう一度削らねばならぬところも出てくるそうだ。早く組まぬと梅雨になれば水かさが増えて、せっかく組んだ石が流される恐れがあるから、このあたりの作業が正念場だということだ」

小四郎は吉次から聞いた受け売りをした。石の切り出しで作業が遅れただけに吉次も忙しそうだ。

昼過ぎになると石工《いしく》は一休みして、握り飯の弁当を使い始めた。吉次が手持ち無《ぶ》沙汰《さた》にしているので、弁当が無いのかと思っていると、紺絣《こんがすり》を着た若い娘が駆け寄って、竹皮に包んだ握り飯を渡した。

「なんだ、吉次は女房連れで来ていたのか」

独り身の藤蔵が面白くなさそうに声をかけると、吉次はあわてて手を振った。

「とんでもない、わたしが泊まっている村の娘さんで、いとさんといいます」

いとと紹介された娘は恥ずかしそうに頭を下げた。小四郎は笑って、

「吉次の奴、なかなかもてるようだ」

と藤蔵に言った。吉次は娘から握り飯を渡されて嬉《うれ》しそうに笑い、いとも初々しい笑顔を見せた。秋月に来た石工は庄屋《しょうや》の屋敷などに宿泊しているが、そこで知り合った娘なのだろう。

「でも、石橋ができあがれば石工のひとたちは長崎に帰ってしまうのでしょう」

もよは娘の恋を案じるようにひそやかな声で言った。

「それはそうだな」

村の娘が他国へ嫁ぐということは難しいだろう、と小四郎は思った。その時、

「宮崎家老だ」

藤蔵がうんざりしたような声を出した。藤蔵は腕試しの際、気に入ってくれた織

部を好んではいなかった。

織部は供を従えて石橋造りの現場を視察に来ていた。供の中には姫野三弥の姿もあった。小四郎が、

「後ろの右側の男が姫野三弥だ」

と言うと、藤蔵は、ほう、そうかとうなずいて、目を細めた。三弥は柔術の稽古《けいこ》に出てくることはなく、藤蔵は顔を知らなかった。

「できるようだな」

藤蔵は三弥が歩く姿を見ただけでつぶやいた。

三弥は織部が作業のはかどり具合を検分する供をしてきたようだ。藩内では石橋建設の工期が長引き、費用がかかり過ぎることへの不満の声が出ていた。それだけに織部は工事を急がせていた。

弁当を使っていた石工たちはあわてて平伏した。織部は来合わせた時に石工が弁当を食べていたのが不満そうな様子で、じろじろとあたりを見回していた。

石工の代表らしい中年の男に二、三の言葉を投げかけた織部は立ち去ろうとして、ふと吉次のそばにいとが平伏しているのに目をとめた。

織部は三弥に何事か言った。これを聞いた三弥は、いとの傍によると話しかけた。いとは驚いた様子で受け答えをしていた。小四郎はこの時になって、いとがつつま

しやかな美しさを持っていることに気づいた。その美しさが危ういもののように思えた。

「あ奴、宮崎家老におべっかを使うつもりかのう」

藤蔵が疎ましげに言った。三弥が織部のためにいとに声をかけたように見えたからである。小四郎も嫌なことが起こらなければよいが、と吉次のために思った。

三弥はしばらく話した後、立ち上がって織部に報告した。それだけですんだようである。織部はそのまま館《やかた》の方へ立ち去った。

「無事でございましたね」

いとのことを心配していたのだろう、もよが嬉しそうに言った。


小四郎が気になる噂を聞いたのは、それから数日後のことだった。聞き込んできたのは噂好きの安太夫だった。

「おい、姫野めがまたやったぞ。それも陋劣《ろうれつ》なことだ」

安太夫が聞いたところによると、三弥は百姓の娘を宮崎家老の屋敷に無理やり奉公させようとした。その娘とは吉次といた、いとだった。三弥はいとに織部の屋敷に女中奉公に出るようしつこく迫ったのだという。

「宮崎家老の屋敷では親しい者を招いての酒宴がよく行われておって、そんな時に客に酌をする妾《めかけ》が何人も屋敷におるそうだ。いとという娘もそんな妾にするつもりだったのだろう」

小四郎は吉次の顔を思い浮かべて、思いがけないことになった、と思った。

「それで、娘は女中奉公に出ることを承知したのか」

「いや、親が庄屋に泣きついて、庄屋が郡奉行《こおりぶぎょう》にひそかに願い出たそうだ。それで郡奉行から宮崎家老に申し入れて、ようやく女中奉公を断ることができた、ということだ。いやはや娘一人のことで大仰なことになったものだ。もっとも宮崎家老は村の娘に行儀見習いをさせて何が悪いとひどくお冠であったということだ」

安太夫はくすくすと笑った。

「そうか、それはよかったが――」

「まあ、これですんだかどうか案じられるところだ。なにせ、殿が病に臥《ふ》せられてから宮崎家老は怖いもの知らずだからな」

藩主の長舒は病気で寝ついており、藩政は事実上、織部の独裁となっていた。財政窮乏化の中で石橋の建設が進められたのも、織部に面と向かって逆らえる者がいなかったからだ。それだけに村の娘が女中奉公に出るのを拒んだことは織部の逆鱗《げきりん》にふれただろう。

小四郎は吉次といとに不幸が訪れるのではないかと危惧《きぐ》した。

石橋が完成したのは文化四年十月のことだ。

橋の長さは四十八尺一寸七分（十四・六メートル）、幅十五尺二寸（四・六メートル）、水面からの高さが十三尺四寸（四メートル）だった。台枠を取り外した石橋は秋月の人々の目を驚かせる立派さだった。石の地肌は美しさがあり、それが川面《かわも》に映えていた。

正式の開通は藩主の臨席のもと渡り初めが行われてからということになっていたが、見物人は近郷からも訪れていた。

小四郎がひさしぶりに館から下がる途中、石橋を見に行くと、この日は作業が終わったのか石工の姿はなかった。すでに夕刻である。西の空には茜色《あかねいろ》に染まった雲が棚引き、山の峰々は黒ずみ始めていた。

秋の陽は落ちるのが早いが、そのわずかな時間を惜しむように近くの村の子供たちが橋のまわりで遊んでいた。皆、裾《すそ》から元気そうな足をむき出しにして駆けまわっている。

やがてその中の一人が恐る恐る橋に上がった。石の橋は小揺るぎもしない。それに安心したのか他の子供たちも橋の上を走りまわった。これはいかん、と思った小四郎が、

「これ、渡り初めの前に橋に上がればお咎《とが》めがあるぞ」

と大声を出すと、子供たちは蜘蛛《くも》の子を散らすように走って逃げた。ところが一人だけ橋の中央に残った女の子がいた。十歳ぐらいのととのった顔立ちで、利発そうな目をしていた。身なりから見ると武家の娘のようだ。

「そなた、なぜ橋から降りぬのだ」

橋のたもとから小四郎が声をかけると、娘は平然として、

「わたしは悪いことはしていませんから」

「渡り初めもすまぬのに橋の上で遊ぶのが悪いことではないのか」

「遊んでいたのではありません。詩を作ろうとしていたのです」

「なんだと」

娘の思いがけない言い草に小四郎は鼻白んだ。それにしても凜《りん》とした話し方には幼くとも気品があった。どのような家の娘なのだろうと小四郎は思った。

「失礼した。わたしは馬廻役《うままわりやく》の間小四郎。そなたはいずれの家の娘御なのだ」

「わたしは猷《みち》と申します。父は稽古館教授の原古処です」

娘はにこりと微笑んで言った。

「原先生の御息女か」

小四郎は古処の娘が幼くして聡明《そうめい》だと聞いたことを思い出した。すでに父から素

読を学んでおり、同年輩の男子より、はるかにできるという評判だった。

(梅檀《せんだん》は双葉《ふたば》より芳《かんば》し、というが末恐ろしい女童《めわらべ》だな)

小四郎は感嘆したが、その時、かすかな物音を聞いた。何か硬い物がこすれるような不気味な音である。その音は猷も聞いたようだ。橋の上で不安な表情になった。見ると橋がわずかに揺れている。ギギッと鋭い音が響いた。

——危ない

小四郎は橋の上に駆け上がると猷を抱き上げた。そのまま向こう岸に渡った。

それと同時に、

どーん

という大音響が響いた。橋の中央が一間(約一・八メートル)ほど持ち上がったかと思うと、そのまま川の中へ崩れ落ちたのだ。水飛沫《みずしぶき》とともに粉塵《ふんじん》があたりに立ちこめた。

小四郎は猷を抱えたままぼう然として数百個の石が崩れ落ちた川をのぞきこんだ。先ほどまでの石橋は一瞬で姿を消し、無惨な残骸《ざんがい》が川を埋め尽くしていた。

「大変だーっ」

地響きに驚いた石工たちが駆けつけてきた。その中に吉次といともいた。吉次は真っ青になって跪《ひざまず》いて川をのぞきこんだ。小四郎が怒鳴るように訊《き》いた。

「吉次、どうして崩れたのだ」

「わかりません、長崎では一度も失敗したことがありませんでした」

吉次は頭《かぶり》を振って泣きながら答えた。他の石工も信じられない表情で崩落した石橋を見ていた。しばらくして一団の武士が駆けてきた。その後から馬で来たのは織部だった。織部は馬から下りるとあたりを見回した。

「石工ども、この様は何事じゃ」

真っ赤になって怒鳴ると、近くにいた石工を蹴《け》りあげ、吉次を手にした鞭《むち》で打ちすえた。吉次は地面に転がり、額から血が流れた。

「こ奴らをひっ捕らえておけ」

織部が命じると三弥が出て来て指図し、あたりにいた石工を引き立てていった。いとが泣きながら吉次に追いすがろうとしたが、三弥がはねのけた。まわりに集まった町人や農民もぼう然と見守るだけだった。

「あのひとたちはどうなるのですか」

小四郎に猷が言った。猷は思いがけないことにおびえているようだった。

（宮崎家老は失敗の責任を石工に負わせるつもりだろう）

と小四郎は思ったが口にはしなかった。たとえ石工を咎めても工事を進めた織部に非難が集まることは避けられない。石橋の崩壊は平穏だった秋月に不運をもたらすことになりそうな気がした。

小四郎の不吉な予感は当たった。石橋が崩落してから間もなく藩主長舒が病没したのだ。

後継藩主は嫡男の長韶だった。長韶はこの時、十九歳だった。

石橋の崩落直後に長舒が死去したことは織部にとっては幸いだった。石橋崩落の責任を追及する声は新藩主襲封《しゅうほう》の繁忙によってかき消された。

新藩主の長韶は、織部に対しては遠慮があった。石橋崩落でゆらぐかに見えた織部の権勢は、かえって強固なものになったのである。

石工たちは年を越した翌年二月に長崎へ帰ることを許された。長韶襲封にともなっての赦免という形だった。しかし、このころ藩内には織部の不徳を伝える話が流れた。

織部は石工たちを放免してやるかわりにいとを女中奉公に差し出させ妾にした、というのである。いとは吉次を救いたい一心で女中奉公に出ることを承知したが、吉次が放免された時には会うこともできない身の上だった。

三ヶ月ぶりに許された吉次は、いとが宮崎屋敷に上がったことを知ってがく然となったが、どうすることもできないまま長崎へと帰っていった。誰もが石橋建設は

沙汰《さた》止みになった、と思った。ところが織部は石橋崩落から二年後の文化六年八月には、

「石橋造りは亡き先君の御遺志でございます。ぜひとも造らねば、藩の面目がたちませんぞ」

と長韶に願い出て、石橋の建設に再び取り組むことを決めた。藩内には反対の声が根強かったが、新藩主さえ頭があがらない織部はすでに独裁者となっていた。

織部の行状について、このころの藩士の記録には次のように書かれた。


――其《そ》の功を鼻にかけ、威を振るひ、おごり日に増長し

小四郎と友人の間でもそんな織部の罪状を糾弾する声が強くなっていた。

近ごろ、屋敷に同志とも言える者たちが集まって様々な論議をしていた。集まってくるのは小四郎と仲のよい伊藤惣兵衛、手塚安太夫、坂田第蔵、末松左内、坂本汀、手塚龍助の面々に海賀藤蔵もいた。もっとも藤蔵は、

「新参者《しんざんもの》のわしが政事向きの話をするべきではあるまい」

と言って、たまに顔を出すだけだった。

このころ小四郎と惣兵衛は無役だった。安太夫は御納戸頭《おなんどがしら》、西御部屋頭取《とうどり》と順調

に出世していたのだが、去年八月、屋敷が火事で類焼した際に御役御免となり、蟄居《ちっきょ》を申しつけられていた。第蔵は黒崎奉行を務めている。左内と汀、龍助は小納戸役だった。小四郎の屋敷に集まったおりに、第蔵が黒崎御蔵奉行所に詰める間に調べたことを話した。

「御家の借財は途方もないことになっているぞ」

第蔵の話によると秋月藩の大坂商人などからの借銀は五千貫におよぶという。第蔵が書きだした借金先は、

一、江戸商人、金千三百両
一、大坂商人、銀二千九百九十五貫
一、長崎商人、七十五貫
一、日田掛屋、百八十貫
一、博多商人、百五十貫

となっていた。各地の商人から借りまくっている状態だった。

この他には織部が大坂で芸妓《げいぎ》などをあげて遊んだ費用四百九十両、同じ家老の渡辺帯刀が度々、大坂に赴いて消費した五百三十両などが含まれている。

藩がこれほどの借財にあえぐ中、家老の帯刀は大坂の芸妓を身請けして秋月に連れ戻り、下屋敷に囲っていた。

「商人に借財をするため大坂に出向くと称しておるが、なんのことはない、その都度、遊びに金を費やし、借銀を増やしておるのだ」

策蔵が吐き捨てるように言った。手塚龍助が、

「わたしは近ごろ、所用にて桐の越に行きましたが、その折に帯刀が囲ったという女を見かけました」

龍助が見たのは渡辺下屋敷から野歩きに出かけた七與だった。

「絹の着物を着て美しく化粧していましたが、ひどく退屈そうで、わたしと行き合うと笑いかけてきました。あれは危険な女です」

七與は龍助に近づいてくると馴《な》れ馴《な》れしく話しかけた。帯刀の下屋敷には、日ごろは女中と下男ぐらいしかおらず、若い男と話す機会もなかったからだろう。

七與は龍助に自分の事を知っているか、と訊き、龍助が戸惑った様子を見せるとおかしそうに笑った。そして、しきりに下屋敷に誘ったが、龍助はあわてて逃げてきたという。

「なんだ、屋敷に乗り込んで女狐の尻尾《しっぽ》をつかまえてくればよかったものを、だらしないのう」

藤蔵がひやかすように言った。龍助は顔を赤くして、あの女を見ていないから、そのような事が言えるのです、と憤然とした口調になった。惣兵衛が腕組みして、

「帯刀があの女を秋月に連れて来るにあたって、とんでもないことをした、という噂がある。聞いておるか」

小四郎がうなずいた。

「七與という女には大坂に男がおったという話だ。ところが帯刀は七與に執心するあまり、その男を中間《ちゅうげん》を使って殺させたというのだろう」

「その中間も入水《じゅすい》して死んだ。手にかけたのは姫野三弥ではないかと言われておる」

惣兵衛は、これ以上、見過ごしにはできんぞ、と言った。

「そうだ。もはや立つべき時だ」

第蔵がきっぱりと言うと、汀が、

「殿に御訴えいたそう」

と言った。汀は小納戸役として長韶に近侍しているだけに、藩主さえ遠慮させる織部を除きたいという思いが強かった。しかし龍助が頭《かぶり》を振った。

「殿のまわりは織部派の者によって固められています。容易に密訴などできません。それに殿は織部に首根っこを押さえつけられておられる。たとえわれらが訴えても、

おとりあげになるかどうか」

「かと言って、何もせずにいては、われらの不忠となる。道をさがすべきだ。殿もわれらの志を知れば必ずや心を動かされるはずだ」

第蔵の意見で話し合いは締めくくられ、長韶に訴える機会を待とう、ということになった。


秋には吉次ら長崎の石工が秋月に再び来た。

吉次は頬がこけ、目に陰鬱《いんうつ》な光を湛《たた》えていた。小四郎は作業場に吉次に会いに行って、表情が暗いのに驚いた。吉次は石を鑿《のみ》で削りながら、前の石橋が崩落した原因について、

「やはり、梅雨前に土台を仕上げたいと思って焦りすぎたようです」

と話した。秋月の石は長崎に比べて硬く加工が難しかった。しかも梅雨になれば台枠が雨で押し流されてしまう恐れがあったため工期が限られていた。梅雨前に終わろうとした焦りから石切り場での作業がおろそかになったようだ。

組み立ての時に削って修正しようとしたのだが、ここでも硬い石に手こずり、石工は、少しぐらいのことならと目をつぶって手を抜いていったという。

「長崎では一度も橋が崩れるなどということはありませんでした。それだけに皆自

信がありすぎたのです。ちょっとした手抜きぐらいで崩れることはないだろうと思ってしまいました」

その結果、橋は崩落し、吉次を救いたいと思ったいとは宮崎屋敷に女中奉公に上がることになってしまった。何もかも失った吉次は長崎に帰ってもぼう然としていたが、やがて再度、石橋を造るという話が伝わってくると、仲間とともにもう一度秋月に行く決意をしたのだという。

「長崎の石工の名にかけて今度の橋造りは失敗できません」

吉次はきっぱりと言った。そして、低い声で、

「いとのこともありますから」

と付け加えた。この時だけ目にわずかに光が浮かんだ。

「いとのこと?」

「はい、橋ができたら、御家老様に願い出て、いとを御屋敷から下がらせてもらおうと思います。そのうえでいとを女房にして長崎に連れていきます。いとは俺の女房になる女ですから」

吉次は長崎に戻ってからもいとを忘れられなかった。石橋を再び造ることになった時、吉次はいとを取り戻そうと決意したのだ。

この年も暮れ、年が明けた文化七年一月、秋月にある不幸があった。

緒方春朔が二十一日に病没したのである。先年、秋月藩中興の祖と言われた長舒が死去し、いままた秋月藩の名を諸国に高くした春朔が逝ったことは人々の心に影をさした。

長韶は癇癖《かんぺき》の強い暗君と伝えられ、織部の専横はとどまるところを知らなかった。

春朔の弔問に香江良介が長崎から訪れた。良介は落痂《らっか》を運んだ後、春朔のもとで医術を学んでいたが、昨年から長崎へ遊学していた。

良介は小四郎の屋敷にも顔を見せたが、恩師を失って気落ちした表情は隠せなかった。

「長崎での勉学を終えて先生に御報告できる日を楽しみにしていたのですが」

「やむを得ぬことです。香江殿始め残された弟子《でし》の方々に緒方先生の遺業を継いでもらうしかありません」

小四郎が慰め、四方山話《よもやまばなし》をしていたところ、良介がふと、

「このような時に不謹慎な話ですが、わたしは嫁をもらうかもしれません」

「ほう、それはよい」

小四郎がうなずくと良介は顔を赤くした。

「いえ、相手はまだ子供ですので、わたしが長崎での修業を終えてからということ

になるのですが」

「どちらの方ですか」

「それが、実は原古処先生の御息女です」

「ほう」

原古処の娘と言えば小四郎が石橋崩壊の時に助けた猷である。まだ十二歳か十三歳のはずだが、数年すれば嫁入りしても不思議ではないだろう。

「勧めるひとがあって、縁談がまとまったのですが、原先生の御息女なら間違いないだろうと思いました」

良介は一度も猷に会ったことがないのだという。小四郎は石橋でのことを話そうかと思ったが、何となくやめた。あの時は猷を子供だと思い、何のためらいもなく抱きかかえたのだが、少女らしい匂いがしたことを思い出したのだ。

良介はこの日、そんな話をしただけで帰ったが、数日後、思いがけない人物が小四郎の屋敷を訪ねてきた。猷だった。猷は供も連れず一人で玄関先に立つと、小四郎に会いたいとはきはきと言ったのである。寒さが厳しく、朝から雪が降っていた。秋月の町もすっかり雪に覆われていたのだが、その雪をものともせずやってきたようだ。

猷は藍《あい》木綿の着物を着て、三年前より背も伸び、大人びていた。色が白く口元が

ひきしまっている。寒さのためか頰がほんのり紅潮していた。奥座敷に通された猷は恥ずかしがる様子もなく、

「突然、おうかがいして申し訳ございません」

と大人びた挨拶《あいさつ》をした。そして、小四郎の顔を黙ってじっと見つめた。小四郎が閉口して、

「今日はどのような御用事ですか」

「三年前、石橋で助けていただいたお礼を申し上げておりませんでした」

「石橋でのこと？」

今ごろ、礼を言いに来たのだろうか、と小四郎は驚いた。猷はにこりとして、

「そのこともございますが、わたしにこのたび、縁談が参っております」

「香江殿のことなら聞いています。結構な縁談だと思います」

「まことにそう思われますか」

「まことです」

小四郎は苦笑しながら答えた。猷がなぜこのようなことを訊《き》くのだろう、と思った。その時、もよが茶を持ってきた。

猷はもよをチラリと見て、不意に表情を曇らせた。思い詰めたような顔である。もよが茶を置き、頭を下げて下がると、

「ご内室様にございますか」

猷は真剣な表情で訊いた。小四郎はうなずいた。

「そうですが、それがどうかしましたか」

「おきれいな方です」

若い娘から面と向かって妻を褒められても小四郎には返事のしようもなかった。

猷は膝《ひざ》を乗り出して、

「香江様は福岡のお医者だそうです。間様はいかが思われますか」

「医者では不満なのですか」

「いえ、香江様が医師であることは承知しております。ただ、わたしはもっと天下のことを論じられるような方が好もしいのです」

「天下のことを？」

変わった娘だ、と小四郎は思った。武家の娘が嫁ぐ時は親の意見に従うだけである。自らの好みを云々《うんぬん》するなど聞いたことがなかった。

「たとえば間様はお家の行く末を案じられ、様々な意見書を出されているとうかがいました。それだけでなくお仲間と集まられては談合されることしきりだとも聞いております」

猷の言葉に小四郎は眉《まゆ》をひそめた。

「そのような話をどなたから聞かれたのです」

「父からです。父は間様たちがいずれ藩政を動かす時期が来るだろうと申しております。ただ、宮崎ご家老はそのようなことにご理解がないゆえ、気をつけられた方がよい、と案じております」

どうやら猷が来たのは古処の忠告を伝えるためらしい。それだけ小四郎たちの動きは藩内で目立っているのだろう。

「原先生に御心配をおかけして申し訳ない。自重いたしますとお伝えください」

小四郎が頭を下げると、猷はくすくすと笑った。

「わたしが参ったのは香江様のことをおうかがいしたかったからだけです。お礼を申されることはございません。それよりも、わたし、号をつけようと思っております」

「号を？」

猷の話題は、くるくると変わった。若い娘が号などと言うのも似つかわしくない話である。

「ええ、采蘋《さいひん》という号です」

「さいひん？」

猷はにこりとして、

「詩経に、そういう詩句がございます。蘋とは浮き草のことです」

于《ここ》に以《もっ》て蘋を采《と》る
于に以て之《これ》を盛る
于に以て之を奠《お》く
誰か其《そ》れ之を尸《つかさど》る
斎《つつしめ》る季女《きじょ》有り

きれいな浮き草を谷川からとって、神にそなえるのは清純な乙女である、という詩だ。猷はこの詩句の美しさに魅《ひ》かれて号にすることにしたのだという。

そんなことを話した猷は突然、わたし帰ります、と言うとそのままあっさりと辞去した。小四郎は奔放な猷に戸惑うばかりだったが、もよは猷を見送った後で、

「原様のご息女は随分と大人におなりですね」

ため息をつくように言った。

「そうかな、未《いま》だに幼い気分が抜けないから、許婚者《いいなずけ》となるかもしれぬ香江殿のことを訊きに来たのではないか」

「いえ、女子《おなご》は幼くとも油断がなりません。猷様は縁談があったのであなた様に一

度、会っておきたくなったのでしょう」

「わたしに会ってどうするというのだ」

「心を決めたかったのだと思います」

「よくわからんな」

「あなた様は三年前、猷様を助けられたのでしょう。女子はそのようなことをよく心に留めておるものです」

もよは笑いながら言った。小四郎はもよの言う意味がよくわからなかったが、なんとなく面映《おもは》ゆいものを感じて戸惑った。

小四郎は猷の心中のことよりも友人と家老批判の会合を持っていることが藩内に知られるようになっていることの方が気になった。

(もはや猶予はできぬようだ)

小四郎は藩主に訴えて織部を家老の座から降ろそうと考えていた。この動きを織部派に嗅《か》ぎつけられるとしたら、事は急がねばならなかった。小四郎がそんなことを考えていると、

「早く石橋ができると、ようございますね」

もよが何気なく言った。

「石橋が？」

「はい、なんだか、あの橋が崩れて以来、秋月は影がさしたように暗くなっています。新しい橋ができれば気分も変わるように思えます」

もよは、小四郎が友人と不穏な事をしようとしているのを察しているようだった。石橋ができれば、小四郎の気持が変わると思ったのかもしれない。石橋の工事は進んでおり、今年の秋には完成する見込みだった。

（あるいは、その時がよいかもしれぬ）

石橋ができれば長韶が出座しての渡り初めが行われる。その時には織部の警戒心もゆるむのではないだろうか。

石橋が完成したのは、この年十月のことだった。渡り初めは長韶自らが行うことになっていた。織部にとっては積年の懸案をようやく果たせたことになる。

この日、大勢の供を連れ、橋のたもとに立った織部は、感激のためか頰を紅潮させていた。

小四郎は石橋を渡ってきた長韶を迎えるため、橋の対岸にいた。まわりには惣兵衛、左内、安太夫がいた。小四郎は懐に長韶への訴えをまとめた書状を入れていた。橋を渡り終えた長韶に差し出すつもりだった。まわりの者が邪魔しようとした際には惣兵衛と左内、安太夫がこれを制することを打ち合わせていた。対岸にいる汀、第蔵、龍助は失敗した場合の第二陣となる計画だった。

透き通るような秋晴れの日だった。川面《かわも》を吹く風はやや冷たかった。青空にくっきりと浮かび上がった山の峰々は赤や黄に彩られていた。

神官のお祓《はら》いが行われ、渡り初めが行われようとした時、思いがけないことが起きた。

集まっていた近郷の百姓、町人の中から一人の男が走り出て、織部の前に土下座したのである。石工の吉次だった。

「御家老様、お願いでございます。橋は無事できました。いとをお返しくださいませ」

吉次の声があたりに響いた。織部は顔を真っ赤にして怒鳴った。

「不埒者《ふらちもの》、場所をわきまえぬか」

織部は吉次の胸を蹴《け》りあげた。吉次は地面に仰向《あおむ》けに倒れたが、その時、懐からこぼれた物がある。石を削る鑿《のみ》だった。

「畜生——」

吉次が鑿をつかんで立ち上がろうとした時、供の中から三弥が駆け寄った。三弥はスラリと刀を抜くと、次の瞬間には吉次を袈裟《けさ》懸《が》けに斬っていた。水際立った腕前だった。

吉次はそのまま崩れ落ちた。一瞬、あたりは静まり返ったが、

「織部、これは何事じゃ」

長閣が激怒すると、ひとびとはあわてて後始末に騒ぎだした。しかし、長閣はそのまま館《やかた》へと帰り、渡り初めは中止となった。惣兵衛が小四郎の傍に来ると、

「あの石工、とんだことをしてくれたな」

とつぶやいた。

吉次が死んだ後、いとは宮崎屋敷から実家へ戻された。織部は渡り初めを妨げられたのにもかかわらず、吉次のことで他の石工への咎《とが》め立てはしなかった。事を荒立てて自らの所業が暴かれるのを怖れたのだ、というのが家中の見方だった。

いとは実家に戻ったものの身の置き所はなかった。吉次の遺体は石工によってもらい下げられ茶毘《だび》にふされていた。遺骨は長崎に持ち帰られた。

村では織部の妾《めかけ》となっていたいとに冷たい目が向けられ、いとは田で働くこともできず、山あいでひっそりと畑仕事をするようになっていた。小四郎は一度、野道でいとを見かけたが、竹籠《たけかご》を背負ったいとはさびしげな顔をうつむけて通り過ぎただけだった。

七

一年が過ぎた。文化八年十月。

第蔵が呼びかけて小四郎の屋敷に惣兵衛、安太夫、左内、汀、龍助、藤蔵が集まった。

去年、吉次が斬られるという思いがけない事態によって頓挫《とんざ》した直訴《じきそ》をどうするかという話し合いのためだった。惣兵衛は、開口一番、

「やはり殿に訴えて重職方を残らず退陣させ、藩政を改めるしかあるまい」

と口火を切った。左内は生真面目に、

「奸物《かんぶつ》を除くのが先決だ」

と言った。藤蔵が膝《ひざ》を叩《たた》いて、

「話ばかりしておっても仕方があるまい。いっそのこと、宮崎家老を斬ってしまえばよいのではないか」

と目を光らせて言った。

「ま、待て――」

安太夫があわてて何か言おうとした時、縁側にもよが膝を突いて、

「お客様がお見えでございます」

と、小四郎に告げた。

「客？　誰だ」

「姫野三弥殿でございます」

もよは困惑した表情で言った。身分で言えば三弥は平士《へいし》、小四郎は上士《じょうし》である。気軽に訪ねることはできないはずだった。姫野だと、と部屋の中がざわめいた。

「姫野め、宮崎家老の言いつけで探りに来たと見える」

大声で言ったのは安太夫だった。小四郎が手で制して、

「姫野は何の用で参ったと申しておるのだ」

「それが、きょう、皆様がお集まりのことをご存じで、御一同様にお話がしたい、と申しておられます」

「なんだと、知っているのか」

小四郎は苦笑して、それならば通せ、ともよに言った。左内が膝を乗り出して、小四郎の顔を見た。

「大事ないのか」

「集まっておることを知られておるのだ、逃げ隠れもできまい。姫野が何を言うのか、まず聞いてみよう」

三弥の訪問は意外だったが、逃げ隠れしてもしかたがない、という居直った気持があった。やがて三弥が縁側に通された。三弥は縁側にかしこまって座り、頭を低く下げた。相変わらず色白でととのった顔立ちだった。

（この男、どうやって、きょうの集まりを察知したのだろうか）

小四郎は不思議に思いながら三弥の顔を見つめて、

「何用だ」

やや権高に言った。他の七人も鋭い目で三弥をにらんでいる。しかし、三弥には臆《おく》した様子はなかった。

「きょうは間様にあることを申し上げたくて参りました」

「何のことだ」

「ここでは申し上げにくいのですが」

三弥に言われて、小四郎はやむなく部屋に入るように言った。三弥は部屋に入ると惣兵衛たちの顔を見回して、

「きょうは何の談合でございますか」

「お主、何を探りに来たのだ」

安太夫が大きな声を出した。三弥はにこりと笑った。

「皆様はそれがしを誤解されているようです」

「そうとも思えぬが」

第蔵がひややかに言った。

「それがしは宮崎御家老の推挙によって、秋月に参った者です。宮崎御家老の指示を御家のためと思っても、それは至極当然のことと存ずる。さらに同じ御家老の渡辺帯刀様にも近侍いたして参りました。懸命に努めてきましたが、その間にしばしばひとからあらぬ誤解を受けました」

「どういうことだ」

「坂田殿の元のご新造のことです」

「とせ殿のこと?」

小四郎はちらりと第蔵の顔を見た。第蔵は無表情なままだった。

「それがしは坂田殿のご新造のことで思いがけない濡《ぬ》れ衣《ぎぬ》を着せられました。ご新造は思い違いをされたのです」

「とせ殿が勝手に思い込んで、お主に恋い焦がれたと言いたいのか」

「勝手な申しようと聞こえるかもしれませんが、その通りです。それがしの父は本藩の鷹匠頭《たかじょうがしら》でございます。いかに武士らしくしようといたしても軽く見られて参りました。秋月に参っても変わりませんでした。それゆえ、軽く見ない方には、思わずうちとけてしまうところがございます。そのためあらぬ誤解を生んだと思っております」

三弥はゆっくりと話した。

秋月藩に来た三弥は、屋敷が与えられず足軽が住む長屋の一角を住まいにした。裏手は山の崖《がけ》になっているが、わずかばかり空き地が広がっている。

三弥はここを畑にして瓜《うり》を作った。この畑でできた瓜を近くの足軽に振る舞ったところ、足軽の一人が坂田第蔵の家にも持っていった。その日の夕方、とせは礼だと言って、芋の煮物を持ってきた。とせは家僕一人がいるだけの長屋を気の毒そうに見て、

「お身の回りはどうされていらっしゃいますか」

と訊《き》いた。三弥が、まだ妻はおりませんから、と言うと、とせは、

「おさびしいお暮らしですね」

と微笑んだ。それから、時折、食べ物などを持ってくるようになった。それでも長屋の裏手から声をかけて、瓜畑で三弥と立ち話をするだけだった。

「ただ、一度だけ」

三弥は苦しげな表情になった。とせが来た時に折悪しく夕立ちになった。二人はあわてて長屋に裏口から駆け込んだが、その時、稲光が空を走り、裏山の杉に落雷した。凄《すさ》まじい音に驚いてとせは三弥にしがみついた。三弥がかばったのが、思わ

ず抱きしめる形になった。その様子を表から入ってきた家僕が見てしまった。

「その時から、とせ殿の様子が変わられたのです」

三弥は家僕に説明したのだが、とせはその日から思いつめた様子になり、時折、三弥の長屋を訪ねてきては、もはや不倫を働いたも同然だ、と泣いた。さらに三弥にともに逃げてくれとかき口説いた。しかし、三弥はこのころ藤田伝助の娘千紗を見初め、妻にしたいと思うようになっていた。

とせはこのことを知ると狂乱し、長屋に押し掛けて大声で三弥を罵《ののし》った。三弥が相手にしないでいると、今度はあてつけるように若党と関係を持ったのだという。

「しかし、千紗殿はなぜ自害されたのだ」

小四郎はむごいかと思ったが、はっきりと訊いた。

「それがしととせ殿の噂を耳にされたのです。新参者のそれがしには家中《かちゅう》に悪口を言うひとはいても、かばってくれるひとはおりません。千紗殿は耳にした噂の真偽を確かめることもないまま命を絶たれました」

三弥は目を伏せた。三弥の真摯《しんし》な口ぶりが小四郎を戸惑わせた。この男の言っていることはどこまでが本音なのか聞いていてもわからない、と小四郎は思った。第蔵がゆっくりと膝を乗り出した。

「そのことはまあいい。人の心の奥底は誰にもわからぬ。それよりも、お主がここに参った理由を話してもらおうか」

「御家老の失政には目に余るものがあることは、近ごろ、それがしにもわかるようになりました。特に長崎の石工《いしく》の一件は哀れでござった。石工を斬ったことをそれがしも悔いております。ならばこそ、皆様の御役に立ちたいと思うようになりました。石工を斬ったそれがしの罪滅ぼしでございます」

「何をもって、役に立とうというのだ？」

「皆様は殿に御家老の失政を訴えるつもりでございましょうが、それは無駄でございます。御家老は藩内の動きに目を光らせておられます。殿のまわりには宮崎派以外の者は近づくこともできはいたしません。さすれば本藩に訴えられてはいかがでしょうか」

「本藩に？」

　三弥が言い出したのは、小四郎が考えてもいなかった策だった。

「さようです。本藩と秋月藩の間には以前から軋轢《あつれき》があることは、それがしも存じております。しかし、ことは秋月藩の存亡に関わります。本藩としても見過ごしにはできますまい。それがし、本藩には手づるもございます。もし、皆様が決意されれば重役の村上大膳《だいぜん》様に手引きいたすことができます」

「わたしたちを罠《わな》にかけるつもりではなかろうな」

小四郎は三弥の話に戸惑った。三弥は落ち着いた様子で、

「罠とはいかなることですか。それがし、皆様がかように集まられ、宮崎御家老に背こうとしておられることをすでに承知しております。罠になどかけずとも、このまま目付に告げればすむことでございます。それとも、さようにいたせばよろしいのでしょうか」

三弥は微笑を浮かべて言った。その笑みにはどこか測りがたい、ふてぶてしさがあった。

小四郎に思いがけない処分が下ったのは、それから七日後のことである。小四郎は館《やかた》に出頭を命じられ渡辺帯刀から、

――次第これあり、閉門仰せつけられ

との処分を言い渡された。小四郎が思わず顔をあげて、

「何故のお咎《とが》めでございましょうか」

と訊いた。帯刀はつめたい笑みを浮かべて、

「その方の屋敷で近ごろ、談合が行われているとのことだな。みだりに私的な会合を行って咎めを受けぬと思っていたのか」

小四郎はどきりとした。やはり三弥が目付に訴えたのか、と思った。

「恐れながら、お咎めを受けたのは、それがしのみにてございますか」

「このたびはな」

「このたび？」

「その方の屋敷に集まっていた者どもを今は咎めぬということだ。しかし、これ以上、何かあればそうはいかぬ。伊藤惣兵衛、坂田第蔵だけではない。姫野三弥のごとき軽格の者でも罪に問われような」

「姫野がわが屋敷に参ったと申されますか」

「秋月は狭い。どのような些細《ささい》な動きでももれるのだ」

帯刀は傲然《ごうぜん》として言った。小四郎は、だからこそ下屋敷の七與のことや熊平が大坂でひとを殺したことまで知れ渡っているのだ、と言いたかったがこらえた。それよりも三弥に会って、今回の咎めと関わりがあるのかどうかを確かめねばならない、と思った。

館を出ると、そのまま三弥の長屋を訪ねた。閉門処分は屋敷に戻ってからのことだと解釈した。札《ふだ》の辻《つじ》のそばにある長屋は、老僕が一人いるだけで質素だった。長屋の裏側には三弥が話したように畝《うね》が作られ、畑になっていた。三弥が畑で野菜を作っているというのは本当のようだ。

三弥ととせがこの畑で話していたとすれば、その光景は不倫というより、もう少し清らかなものだったのではないか、と思った。しかし、千紗が三弥の不倫の噂を苦にして自害した後も、秋月にとどまっている三弥の心情は理解し難いものがあった。

話を居間で聞いた三弥は顔を曇らせた。

「さようですか。お咎めがございましたか。これで企ては頓挫《とんざ》いたしましたな」

「まことにそう思うか」

「はい、残念でございますが」

小四郎は三弥の顔をしばらく見つめた。

「いや、お主に会ってみて、むしろ福岡出訴の決意がついた。最初はお主が目付に告げたのではないかと思ったが、渡辺御家老の話ではお主もにらまれているようだ。それに福岡出訴のことを言いながら、わざわざ目付に告げては何もならぬ」

小四郎の中に今まで感じたことのなかった強い思いが湧き出てきた。

福岡から種痘《しゅとう》のための落痂《らっか》を運んだ時に殺された藤田伝助の顔が浮かんでいた。さらに熊平や吉次の顔が思い出された。

三人は何が行われているのかわからない闇の中で死んでいった。その闇を晴らしたいという強い衝動があった。三弥の表情が見る見る明るくなった。

「よう御決意されました。これで、御家も救われます」

三弥はすぐに本藩の中老、村上大膳への添え状を書いた。

黒田家は藩祖如水の出身地である播磨国《はりまのくに》以来の家臣を大譜代、豊臣秀吉によって封じられた豊前国中津で仕えた者を古譜代としていた。筑前入国以来、召し抱えられた者は新参と呼ぶ。大膳は新参ながら中老まで昇った出頭人で、いずれ家老になるのは間違いないと見られているという。

「お主、なぜ、そのような重臣の方を知っているのだ」

不審に思って訊《き》くと、三弥は目をそらして答えた。

「それがしの父は昔から村上様の御引き立てを受けております」

そのことは三弥にとって、ひとに言いたくないことのようだった。小四郎がそれ以上は訊かずにうなずくと、

「この企て、必ずや成就いたしますぞ」

三弥は自信ありげに言った。

小四郎は屋敷に戻ると、閉門処分となったことや福岡出訴を決意したことを第蔵への手紙に書いた。手紙を下僕に届けさせると、もよに旅の用意をしておくように言った。

もよは小四郎がどこに行こうとするのか訊こうとはしなかったが、真新しい下着

を用意した。小四郎の覚悟をひそかに察していたのだ。用意を整え終わると、

「ご無事でお戻りになるようお待ちしております」

とだけ言って頭を下げた。小四郎はうなずいて、

「そのつもりだ」

このころ、もよは身籠《みごも》った兆候があった。先日、もよからこっそりと打ち明けられたばかりだった。

(子が生まれるのか)

と嬉《うれ》しかったが、企てに失敗すればわが子の顔すら見ることもできずに切腹することになるかもしれないと思うと、さすがに胸が痛んだ。

家老を訴えるという思い切ったことをすれば、どのような処分を受けるかわからなかった。養家に迷惑をかけることも心苦しかった。それでも愛《いと》しいと思う者が増えるにつれ、それに恥じない行いをする武士でありたいと思う気持は強くなっていた。

(逃げない男になる、と妹に誓ったではないか)

小四郎は自らを励ました。もよは部屋から出て行きかけて、ふと膝《ひざ》を下ろした。

「父上にはどのように申し上げておいたらよいでしょうか」

もよの表情には懸念の色があった。篤は近頃の小四郎の動きを案じている気配が

あった。小四郎を訪ねて、何人もの若侍が来ることを最初は、

「小四郎は人望があるようだ」

と喜んでいたのだが、しだいに藩内の政争に巻き込まれることを心配するようになっていた。閉門処分になったことだけでも気落ちするだろう。そのうえ福岡出訴のことまで話すわけにはいかなかった。

「父上には何も申し上げずにおこう。父上は御存じのないことにしておくのがよいような気がする」

もし、失敗した時、篤は何も知らなかったということで離縁して新たな婿を迎えてもらうしかない、と思った。もよは小四郎の考えを理解したのか、しばらく黙っていたが、やがて、

「そのように仕《つかまつ》ります」

と言って部屋を出ていった。声がわずかに震えていた。

八

「では行って参る」

夕闇が濃くなるころ小四郎は屋敷を抜け出した。もよは一人で裏門から見送った。

小四郎の姿はやがて薄闇に溶けた。

処分を受けてから十日後の十月二十九日夕方のことだった。笠《かさ》をかぶり、羽織袴《はかま》に草鞋《わらじ》の旅姿だった。手紙を受け取った第蔵は惣兵衛たちと話し合い、小四郎とともに安太夫、左内が福岡に行き、護衛役として藤蔵が藩領を出るまで同道すると決めた。ちょうど藩主の長韶が福岡に行くことになった。この機会をとらえ本藩に訴え出て、本藩の仲介で長韶に訴状を差し出そうということになったのだ。

一札の辻で安太夫、左内、藤蔵と落ち合った。第蔵と惣兵衛、汀、龍助が見送りに来ていた。小四郎は笠を傾けた。

「必ずや、首尾をとげてくる」

第蔵がさすがに緊張した声で、

「うまくいくことを祈っておる」

と言った。皆と目を見交わすと、うなずいて出発した。藤蔵はなぜか刀を差さず、無腰で頬被《ほおかぶ》りした百姓のような姿である。その姿のまま一町ほど後からついてきた。長谷山《はせやま》口を出て、夜がふけたころには筑前、筑後の国境の宿場になる野町宿《のまちじゆく》にさしかかっていた。「筑前国続風土記《ちくぜんのくにしよくふどき》」によれば野町宿は、

――秋月町より西の方、筑後の松が崎に通る馬次の宿也。秋月より二里あり

とある。三十数軒の家があり、旅人用の馬が三十四頭用意されていた。小四郎は用意してきた提灯《ちょうちん》に火を灯《とも》して夜道を急いだ。やがて両脇に暗い森が迫る道にさしかかった時、小四郎が不意に足を止めた。

「どうした」

背後にいた左内が声をかけると、小四郎は提灯を持った手をかざしながら振り向いた。

「何者か追ってくるぞ」

「なに」

左内と安太夫が振り向いた時、一町ほど遅れてついてきていた藤蔵の姿は無く、代わって蹄《ひづめ》の音が響いてきた。月明かりで照らされた夜道を馬が駆けているのだ。

「いかん、追手だ」

先を急ごうとした時、すでに騎馬は間近に迫っていた。馬上の男が、

「待てい、間小四郎、それ以上進めば、脱藩とみなして斬り捨てるぞ」

と叫んだ。追手は五騎だった。

「やむを得ん」

小四郎は提灯を投げ捨て、刀の柄《つか》に手をかけた。斬り合うしかない、と思った。

柄にかけた手が緊張のために震えた。しかし、気持は平静だった。

(わたしは、おびえていないようだ)

そのことが嬉しかった。騎馬の男が小四郎の手前で馬を止め、

「歯向かうつもりか」

と嘲笑《あざわら》った。その時、道沿いの森の木がざわめいた。ザザッと大きな音がして太い枝がたわんだかと思うと、その先端から黒い影が宙に跳んだ。騎馬の男がうめき声をあげた。

木の枝から馬に飛び移った男が騎馬の男の首を絞めあげていた。騎馬の男が、ガクリと首《こうべ》をたれると、馬上の黒い影が、

「小四郎、ここはまかせろ」

と怒鳴った。藤蔵だった。小四郎はおうっ、と声をあげるとそのまま走りだした。他の騎馬が追いかけようとしたが、その時には藤蔵がむささびのように飛び移っていた。手綱を持った男は背後から藤蔵に首を絞められ失神して馬から落ちた。他の男たちはそれぞれ馬から飛び下りた。馬上で藤蔵に襲われたら動きがとれないと見たからだ。男たちはサッと刀を抜いて藤蔵が乗った馬を取り囲んだ。

藤蔵は馬上で笑うと、鞍《くら》に足をかけ宙を回転して跳んだ。降り立ったのは男たちの包囲陣の外である。右手を前に突き出し、左足を引いて構えた。

「斬れ――」

男が斬りかかった時、藤蔵の姿は風にそよぐ蘆《あし》のようにゆらゆらと揺れた。先頭の男の刀をかわすと跳躍して、次の男を飛び越えながら後頭部を蹴《け》った。さらにその男の背中を踏み台に跳んだ。

三番目の男の背後に立った時にはすでに首を絞めていた。男がガクリと倒れると、後頭部を蹴られた男もすでに地面に崩れ落ち気を失っていた。最初に斬りかかった男が振り向き、刀を振り上げて、わめきながら突進してきた。藤蔵は背を丸めた構えになった。

男が刀を振り下ろした瞬間、背を丸めたまま飛び込んだ。男の腕をとり、襟をつかむと足を飛ばして気合いとともに投げ飛ばした。男の体は宙を飛び、仰向《あおむ》けに叩《たた》きつけられた。そのまま男は起き上がることはできなかった。

そのころ小四郎たちは両側の森が切れるあたりに差しかかっていた。森の中からバラバラッと数人の男が走り出てきた。

「待てっ、これ以上は行かさぬ」

小四郎は男の声に聞き覚えがあった。小納戸《こなんど》役《やく》で織部の側近の一人、橋本甚五郎の声だった。甚五郎は小四郎と同じ丹石流を使う。道場でのこれまでの立ち合いでは五分だった。甚五郎の他に四人の男がいたが、中でも一番の達者は甚五郎だろう、と思った。

「あの男はわたしが相手をする」

安太夫と左内に声をかけて前に出た。その時、森の外れからもう一つの黒い影が走り出た。影は駆け寄りながら二刀を抜いた。

「姫野だ。やはりわれらを罠《わな》にかけたのだ」

左内がうめいた。しかし、二刀を振りかざした三弥はそのまま甚五郎の背後にいる四人の男に襲いかかった。月光に白刃がきらめいた。

四人はすでに刀を抜いていたが、三弥は駆け寄ると無造作に斬って捨てた。見ていると三弥が通り過ぎただけで四人が次々に倒れていった。

「姫野、貴様――」

甚五郎はうめくと刀を構えた。三弥はさすがに甚五郎に対しては、すぐには斬りかからなかった。月に雲がかかり、闇が濃くなった。二刀を目の前で交差させたままジリッと間合いを詰めた。

なぜか甚五郎に戸惑いの様子が見えた。気合いを発して斬りかかったのは甚五郎だった。面を打つと見せて斬り返して胴を抜く、得意技を仕掛けた。しかし、刀は空を斬った。三弥は甚五郎が胴を抜くより早く体を回転させていた。三弥の脇差は舞の手のように甚五郎の胴を斬り裂いていた。道場で小四郎と立ち合った時に見せた技だった。

甚五郎はゆっくりと倒れた。それを見た三弥は刀を納めると、小四郎に頭を下げただけで、再び森の中へと消えていった。

「あ奴――」

左内がうめいた。三弥に助けられたことよりも、その技の凄《すご》さが印象に残っていた。そのことは小四郎も同じだった。

（橋本甚五郎とはこれまで立ち合って、五分の試合をしてきた。わたしが三弥と真剣で戦っていれば同じように斬られたということか）

あらためて三弥を不気味な男だと思った。甚五郎が三弥の襲撃に驚愕《きょうがく》していたことも気になった。三弥は甚五郎とともに森に潜み、土壇場で寝返ったのではないか、と思った。

坂田第蔵が織部の屋敷に引き立てられたのは十一月二日のことだった。庭に控えさせられた第蔵の前に着流し姿で現れた織部は目を怒らせて怒鳴った。

「その方、間小四郎どもと同心しておろう」

第蔵は、ジロリと織部を見上げた。

「何のことかわかりませぬが」

「とぼけるな、昨日、間らが本藩に駆けこんだことはわかっておる」

「さようでございますか」

第蔵は無事に訴え出ることができたのだと知ってほっとした。小四郎たちは福岡に入ると十一月一日に福岡藩中老、村上大膳に宮崎織部、渡辺帯刀について、

——御政道取り計らいよろしからず
として訴え出た。署名は秋月に残った第蔵も含めた七人だった。このことはすでに織部の耳に入っていた。

「貴様ら、殿が福岡におられる時を狙って動いたな。今頃、殿は福岡できつい詮議《せんぎ》を受けておられるであろう」

「なぜ、そのようなことになったかはおわかりのはず」

第蔵は織部の顔をにらんだ。織部はにらみ返して、

「わしのせいだ、と言いたいようだな」

と言ったが、ふっと苦笑いした。

「もうよい、この男を帰せ。間もなく福岡から殿のお指図が届こう」

織部は怒りから醒《さ》めたように頭《かぶり》を振ると奥へ入っていった。第蔵は目付に連れられて家に戻りながら、

「わしは逃げようと思えば、いくらでも逃げられる。かように取り囲んで家まで送

るなど無用なことだ」

と嘯《うそぶ》いた。本藩に出訴した以上、連名している者もいずれ処分が下ることは覚悟していた。

小四郎は、このころ福岡藩中老村上大膳の屋敷にいた。一日の夜、門前で門番に秋月藩から訴えのことがあって参った、と三弥からの書状を手渡すと、意外なほどあっさりと取り次いだ。そのまま大玄関横の控部屋に入れられて間もなく広間に通された。大蠟燭《ろうそく》が灯《とも》され、着流し姿の五十過ぎの人物が出てきた。鼻が高くあごがはった荘重な顔をしていた。

男は鋭い目で見渡すと、わしが村上だ、と名のった。手には訴状を持っていた。座って、あらためて訴状に目を通した。

「これに書いてあることに相違ないか」

小四郎が膝《ひざ》を乗り出して、

「相違ございません」

と言って平伏すると、安太夫と左内も頭を下げた。大膳はそんな三人をジロリと見て、

「藩士が家老を訴えるとは容易ならざることだな。わしも中老だが、一藩の政事を

行っておれば不平不満を持たれることは多い。そのたびに訴えられてはたまらぬ、と思うが、そのあたりはどうだ」

大膳の語調には揶揄《やゆ》するようなところがあった。小四郎は顔をあげて、

「恐れながら、御家の行く末を案じることに家老と平侍《ひらざむらい》の別はなかろうか、と存じます。われらが為《な》したことが間違っておれば、責めを負うまでのことでございます」

「そうか、間違っておった場合は腹を切ると申すのだな」

「いかにも」

大膳はにやりと笑って立ち上がった。

「このこと、殿に申し上げよう。いかようにではあれ、御裁きは下ることになる」

そう言って広間から出て行こうとしたが、ふと振り向いた。

「しかしながら、わしは、その方たちを忠義の者である、と見た。わが屋敷に駆けこんだこと後悔はさせせんぞ」

小四郎は、その言葉を信じて吉報を待っていた。

大膳はさっそく家老の浦上四郎太夫とともに登城すると、藩主斉清《なりきよ》に小四郎たちの訴えを言上した。斉清と大膳は一刻《いっとき》（二時間）余り、対応を協議した。

そのうえで斉清は福岡城に滞在していた長韶に問いただした。長韶は織部に専横の振る舞いがあることを認めたうえで、出訴した七人とともに織部と帯刀にも逼塞《ひっそく》を命じた。

長韶は二日には秋月に戻り、福岡藩からは村上大膳が大目付、十人目付らを引き連れて乗り込んできた。大膳はすぐに取り調べを始めた。織部は館《やかた》の勝手総詰ノ間で大膳から尋問を受けた。大膳は訴状の内容を読み上げたうえで、

「身に覚えはあるか」

と質《ただ》した。織部はゆるやかに首を振るだけで、傲然《ごうぜん》とした態度を変えようとはしなかった。大膳は厳しい口調で、

「言い逃れは許さぬ。そこもとの行状、調べればわかることだ」

「いかようにもなされるがよい」

織部は観念したようにつぶやいた。十一日には新たな家老として吉田縫殿助と吉田主礼が任じられた。縫殿助は家老吉田斎之助の嫡子だが、この時、まだ十六歳、主礼も馬廻役《うままわりやく》三百石の身分で二人とも本来ならば家老になるはずはなかった。

取り調べはあくまで大膳が行うことになっており、言わば二人とも飾りとして家老の座に就けられたのである。取り調べは一ヶ月にわたって続けられ、吉田縫殿助の屋敷で四郎太夫の立ち会いのもと、織部らに処罰が言い渡されたのは十二月九日

のことだった。

宮崎織部は家老罷免、知行《ちぎょう》召し上げ、福岡へ差し返し、渡辺帯刀も家老罷免、知行八百石のうち五百石を召し上げ、福岡へ差し返しという処分だった。

織部と帯刀の子息にも同様の処分が行われたうえ、さらに宮崎派と見られていた御用人二人、郡奉行《こおりぶぎょう》一人、御目付頭《おめつけがしら》一人、勘定奉行二人など総勢十七人が知行没収、降格などの厳罰に処せられた。

秋月ではこの政変を、

――織部崩れ
と呼んだ。

翌文化九年三月――

〈織部崩れ〉で小四郎たちは御上《おかみ》を恐れぬ所業であるとして閉門を命じられたが、その後、御館に召しだされ、形ばかり叱責《しっせき》された後、

――忠志ノ程御感賞
と、それぞれ二十石を加増された。篤が二十石の加増を喜んで、

「養子をとった甲斐《かい》があった」

と親戚《しんせき》にも言いまわった。実家でも太郎太夫が小四郎の働きを褒めた。

「宮崎家老の失政を暴くなど小四郎もたいしたものよ」

小四郎たちは御家を救った忠臣として称賛を浴びたのだ。さらに七人は内々で登用の達しを受けた。それによると、

間小四郎　学館御目付兼長柄頭《ながえがしら》並鉄砲頭
伊藤惣兵衛　目付頭兼用人
手塚安太夫　勘定奉行
末松左内　御納戸頭
坂本汀　御納戸頭取
手塚龍助　御留守居添役《そえやく》
坂田第蔵　銀奉行

である。しかし、海賀藤蔵だけは福岡行きを助けたが、訴状に名を連ねてはいなかったことから、恩賞はもらえなかった。藤蔵は秋月に乗り込んできた福岡藩の目付に福岡行きに際しての行動を根掘り葉掘り調べられたことに腹を立てた。目付は藤蔵が追手を阻んだことを知ると、

「馬上の者の首を絞めるとはどのような技なのか、やって見せろ」

と言ったのである。藤蔵は目付の物言いに腹を立て、

「そのような技はござらん」

と言い捨てて、調べに応じようとしなかった。そのことも藤蔵が恩賞から漏れた一因だった。このため藤蔵は小四郎に向かって、

「お主は出世のために宮崎織部を叩《たた》き落としたのか」

と毒づいて閉口させた。だが、そのことよりも意外だったのは、政変の後始末をした大膳が、すかさず、

「政変で秋月藩には藩政を動かす者がおらぬことが明らかになった。よって、これからは本藩が差配いたす」

と宣言したことだった。〈織部崩れ〉の際、秋月に乗り込んだ大膳には、いかにも秋月藩のためを思うという態度があったが、いつのまにか豹変《ひょうへん》していた。〈織部崩れ〉で握った秋月の支配権を手放さなかったのだ。その後、福岡藩からは、秋月御用請持として沢木七郎太夫が派遣されることになった。小四郎はこの時になって、

(本藩は最初から織部崩れに乗じて秋月藩を乗っ取るつもりだったのか)

と初めて気づいた。福岡出訴の夜、大膳はこうなることを見越して訴えを取り次いだのか、と思った。屋敷に来た藤蔵は、問いつめるように言った。

「結局、わしらは本藩に利用されたということであろう。違うのか、小四郎。もっとも、不思議なのはわしだけでなく、姫野三弥も恩賞に与《あずか》らなかったことだな」

藤蔵は首をかしげた。政変に伴う人事が行われた時、小四郎は三弥の働きについても福岡藩の目付に申し立てた。小四郎に本藩を頼るように勧め、福岡行きに際しては、剣を振るって助けた三弥は評価されて然《しか》るべきだ、と思ったのである。しかし、目付は三弥の手柄についてはおざなりに聞くだけだった。実際、三弥は政変後も勘定方に留《とど》めおかれただけで、取り立てて賞されることはなかった。

「どうも、わしはあの男を見誤っておったのかもしれんのう。どれだけ働こうと、それによって富貴を求めないところなど、なかなか大したものだ」

藤蔵はあてつけるように三弥を持ち上げた。しかし、小四郎には三弥が無欲恬淡《てんたん》としているようには思えなかった。

(あの男には別な狙いがあったのではないか)

そう思えるのだ。

秋月御用請持として着任した沢木七郎太夫は、三十すぎの長身で目の鋭い男だった。六月になって七郎太夫が命じたのは稽古館の閉鎖、原古処の教授罷免だった。これは学館目付となっていた小四郎が執り行わなければならなかった。館で七郎太夫から指示を受けた小四郎は顔色を変えた。

七郎太夫は借銀返済に向けて、様々な緊縮財政に取り組んでいたが、稽古館の閉鎖が必要なこととは思われなかった。小四郎がそのことを言うと、

「間、そなたは考え違いをしておる」

「考え違いでございますか？」

「さよう、そなたは忠義の士として、このたび抜擢《ばってき》を受けた」

「もったいないことでございます」

「しかし、どなたへの忠義だと思っておるのだ」

七郎太夫の目はつめたかった。小四郎は背にひやりとしたものを感じた。

「それは、わが殿でございます」

「そこがすでに違う。秋月藩は今や福岡藩が預かっておるのと同様だ。秋月の武士はわが福岡藩の殿に忠義を尽くすべき立場だ。だとすると、秋月の誇りなどということは二の次ではないか。いや、そのような事を言いたてることは本藩に負けまいと競う心の表れと申すべきだ。控えねばならぬぞ」

七郎太夫に厳しく言われて、小四郎は返す言葉が無かった。

この時、古処は江戸詰めだったが江戸屋敷で教授解任を告げられ、秋には秋月へ戻ってきた。

館の勝手総詰ノ間で小四郎から稽古館の閉鎖を告げられた古処は、予期していたのか淡々として静かに頭を下げた。小四郎は思わず、

「先生、かような次第になって、申し訳もございません」

とうつむいた。古処は微笑して、

「かようなこともあろうか、と思っておりました。わたしは亀井先生の不遇を見ておりますから」

古処はすでに覚悟していたようだった。

「わたしのもとで学びたいと申す者もいますので、これからは私塾を開くことになると思います。わたしはそれでよいが、間殿は――」

古処は何か言いかけたが、口をつぐんだ。

「それがしはいかがなことになると思われますか」

「さよう、重き荷を背負って、辛《つら》い道を歩かれることになるかと思います」

古処は小四郎の顔を見つめて言った。

小四郎はこの日、夕刻になって今では目鏡《めがね》橋と呼ばれるようになった石橋のたもとに行った。身を切る、つめたい風が吹き渡っていた。川底の丸い石の連なりが透明な流れの中、秋の日差しに輝いている。なめらかな表面にうっすらと苔《こけ》がつき、

歳月の陰影を与えていた。小四郎は目鏡橋のたもとで斬られた吉次を思い出した。三弥に斬られた瞬間に吉次は、弾《はじ》け飛ぶようにして空を仰いだ。吉次は何かを叫んだようだったが、小四郎の耳には届かなかった。吉次の叫び声そのものが三弥の刀によって断ち切られたようだった。

(三弥は吉次が何かを叫ぼうとしたから斬ったのかもしれない)

そんな考えがふと浮かんだ。前から頭の隅にあったのだが、この時になってはっきりと意識した。

稽古館の閉鎖という思いがけない事態になって、この間の成り行きをあらためて考えた。宮崎織部の悪政を糺《ただ》すために福岡出訴を行ったことに悔いはなかったが、その後の推移は不本意なものだった。

藤蔵に謗《そし》られるまでもなく、藩内には七郎太夫によって用いられるようになった七人を、本藩に通じて出世したと見なす者が多い。ある者はよそよそしくなり、ある者は必要以上に媚《こ》びた。それは心地よいものではなかった。

(三弥の言ったことをすべて鵜《う》呑《の》みにはできない)

三弥が話したとせとのことにも、どこか嘘があるのではないか。三弥自身は嘘だと思っていなくても、別な色彩で語られるべき事実がありそうな気がした。そんなことを考えている時、橋の向こう側に女が立っているのに気づいた。

竹籠《たけかご》を背負い、頭を手拭《てぬぐ》いでおおった女だ。粗末な身なりだが、手拭いの下にのぞいた顔は色が白くまだ若かった。いとだった。いとは沈んだ表情で川面《かわも》を見ていた。悲しみの色が姿に滲《にじ》んで見えた。

「吉次を弔っているのか」

と声をかけた。いとはびくっとして振り向いた。

「申し訳ございません」

「謝ることはない。わたしも同じ気持で来たのだ」

「お武家様も？」

いとはかつて吉次と話をしていた武士を思い出したようだ。いとの顔に懐かしげな表情が浮かんだが、すぐに消えた。いとのととのった顔にはひとを寄せ付けないものが漂っていた。

「いま少し早くに家老の非事を訴えておれば、吉次は死なずにすんだのかもしれぬ」

小四郎がつぶやくと、いとは意外なことを言った。

「ご家老様はどのような悪いことをされたのでしょうか」

「なに――」

「わたしにはわかりません」

いとは一言だけ言って押し黙った。いとの中にある激情の火がちらりとかいま見えて、すぐに隠れたように思えた。

「御家老はそなたを無理やり妾《めかけ》としたのではないのか」

「みんな、そう思っていますが、わたしはただ女中奉公していただけです。ご家老様はそんな方ではありませんでした」

「まさか」

小四郎は息を呑《の》んだ。織部がいとに手をつけていないとは考えもしないことだった。そう思ったからこそ吉次も織部に訴え出たのだ。

「わたしを無理に女中奉公させたのは、姫野様というお武家です。ご家老様はわたしが女中奉公にあがると、長崎の石工《いしく》を入牢《じゅろう》させているのは、もう一度、石橋を造るためだ、とおっしゃってなぐさめてくださいました」

「宮崎織部がそのようなことを」

思いがけない織部への評価だった。織部は藩士に慰めの言葉をかけたりすることはなかった。常に傲然《ごうぜん》としていた。

「ご家老様は短気で人あたりの悪いお方でしたが、一生懸命、お家のために働いておられました。悪いのはご家老様のまわりの渡辺帯刀様や姫野様です。あの方たちはご家老様に近づいてご家老様を利用しておられたのです」

「悪評はまわりの者のせいだというのか。だとすると、なぜ、そんな者を追い払わなかったのだ」

「わたしなんかにはわかりません。でも、ご家老様はそんなひとを本当は嫌っておられたのだと思います」

いとは、そう言うと立ち去ろうとした。言いたいことを言ったためか、背に負った竹籠が軽くなったようだ。小四郎はいとをそのまま立ち去らせることにためらいがあった。もっと訊《き》かねばならないことがあるような気がした。

「いと、困ったことがあったら、わたしを頼ってこい。わたしの名は間小四郎だ」

声をかけると、いとは振り向いて、頭を下げた。無言のままで、小四郎の言葉をどう受け止めたのかはわからなかった。それでも、いとが拒む様子を見せなかったことにほっとした。

この日、屋敷に戻ってから、いとと会ったことを、もよに話した。もよは先ごろ初の男子を産んでいた。子供を産んで、美しさを増していたが、それとともにひとへの思いやりの心が深くなったようだ。

「それでは、あの娘は今も亡くなった石工のことを思っているのですね」

もよは涙ぐんだ。

「そうであろうな」

うなずきつつ、いとが言ったことを考えていた。

(宮崎織部がまことは悪人ではなかった、というのか。そのようなことがあるものだろうか)

しかし、考えてみれば、これまで織部の評判を悪くしていたのは、いとを妾にしたと風評された以外は政事を独裁したということだけだ。

悪評の源は渡辺帯刀であり、姫野三弥だった。〈織部崩れ〉には小四郎が思っていたのとは違う裏があるのではないかという思いが湧いてきた。

九

小四郎は十日後、七郎太夫に福岡への出張を願い出た。稽古館を廃止した後の藩士の教育について福岡藩校の教授方に教えを請いたいという名目だった。

「ほう、それはよいお考えだ。さしずめ瀬沼霞軒《せぬまかけん》殿あたりがよかろうか」

「瀬沼様ですか」

「さよう、瀬沼殿はしばらく病を得て教授方から退いておられたが、近ごろ、平癒されたと聞いておる。わしもかねてから秋月藩の教導をおまかせするなら瀬沼殿がよいと思っておった」

「さすれば、さっそく参りたいと思いますが、その際、供として海賀藤蔵を連れて参りたいと思いますが、お許しいただけますか」

「海賀を？」

「はい、御承知のごとく、福岡には失脚した宮崎織部が蟄居《ちっきょ》しております。織部の親戚《しんせき》の者も多いことゆえ、それがしが福岡城下に入ったと伝われば、不測のことも起こりかねません」

　ふーむ、と七郎太夫はしばらく考えたが、やがて、

「よし、よかろう。海賀を連れて行け。ただし、間、そこもと不穏なことは考えておるまいな」

「不穏なことと申されますと？」

「さしずめ、われらが秋月藩を預かったことが不満だというようなことだ」

「滅相もございません」

「ならばよいが、藩内にはことさら本藩を誹謗《ひぼう》する者もおるようだ。よいか、わしには秋月の動きはどのような小さなことでも耳に入るということを忘れぬことだ」

　七郎太夫はじろりと小四郎を見た。

　三日後には藤蔵を供にして福岡に出向いた。福岡藩学問所で瀬沼霞軒に面会した。

霞軒は色が黒く、ずんぐりとして体に不似合いなほど頭が大きかった。髷《まげ》は結わず、総髪にしておりあごの張った顔は大づくりで目鼻立ちははっきりとしていた。年は四十すぎのようだ。

霞軒は小四郎の顔を見るなり、

「秋月もようやく正道に目覚められたかな」

と辛辣《しんらつ》な口調で訊いた。

「正道でございますか？」

「秋月は随分とひさしく異学をされておった。徂徠学を学んだ者からは時折、分際を忘れお上をも恐れぬ者が出る」

「さようですか」

生返事をすると、霞軒の左眉《ひだりまゆ》があがった。

「学問というものは、おのれを正すためにある。そのことがわかっておるのか」

霞軒が徂徠学を非難するのは、荻生徂徠が儒教を治国安民の政治学としたからだった。徂徠は、

——聖人の道は天下国家を治むる道なり

とした。朱子学では治者が道徳的であれば天下国家は無事に治まるとしているが、徂徠は政治の結果責任を負う者こそが治者だというのだ。

徂徠によれば、どれほど至誠の心があっても民を安んずることができなければ徒《いたずら》な仁でしかない。このことは朱子学者にとって聖人君子としての道徳をないがしろにする考えだった。霞軒には秋月の学問は聖賢の道を踏み外したものに見えたのである。

「間殿はいかがお考えか」

「瀬沼様の御説ごもっともと存じます。ただ、これまで秋月では徂徠学を学んで参りました。そのことが間違っていたとも思えませぬ」

きっぱりと言うと、霞軒は冷笑した。

「その秋月を救うために、わたしには考えていることがある」

「ほう、どのようなことでしょうか」

「秋月において学問ができる者はことごとく、わが福岡藩の学問所に入れる。しかる後、学なった者たちを秋月に戻して教授にいたすのだ」

「なるほど、されど秋月にも素養深き者はおりますが」

小四郎の反論に霞軒は答えようともしなかった。

この日、小四郎が宿舎を抜け出し、織部が蟄居する屋敷に向かったのは夜遅くになってからのことである。昼間のうちに藤蔵が織部の屋敷を訪ね、訪問したいこと

を告げておいた。家僕は藤蔵に対し、

「織部様は夜中にならお会いになるということです」

と伝えてきた。屋敷の門前に立つと、家僕があたりをうかがいながら脇門から二人を中に入れた。通されたのは離れの部屋だった。部屋に入った時、織部は文机《ふづくえ》に向かい、燭台《しょくだい》の明かりで何か書きものをしていた。

「間と海賀か。珍しい者がきたな」

織部は背を向けたままつぶやいた。

「きょうはおうかがいいたしたいことがあって参りました」

織部は振り向くと面倒臭そうに手を振った。

「来た理由は見当がついておる」

「…………」

「このたび、わしが失脚したのは、おのれの手柄だと思っていたが、どうも違うのではないか、とようやく気づいたのであろう。馬鹿者め」

「やはり、さようでございますか」

小四郎は鋭い目になって織部を見つめた。その後ろで藤蔵が身じろぎしたのは、意外な話だったからだ。

「今回のことはな、もともと、わしが本藩に借財を願い出たことから始まっておる」

「そうだ、その方たちも知っておるように、秋月藩の先君は名君であった。藩を興すため様々な事業を行われた。しかし、名君というのは金がかかるのだ」

織部は複雑な表情をした。永年、胸にたまっていた不満を思わず口にしてしまったようだ。

「早い話が目鏡《めがね》橋にしても、まことに造られることを望まれたのは先君であった。わしは、お上の意に従ったに過ぎん。金がかかる橋造りを行うことで先君へ家臣の不満が出てはいかんから、わしが望んだように振る舞っただけのことだ」

織部はため息をついて話し続けた。

「だが、無理を重ねれば借財は増えて首がまわらぬようになる。そこで、わしは思いあまって本藩に助けを求めた。本藩はかねてからわが藩を乗っ取りたいと願っておった。ある程度のことなら目をつむって、とにかく金が欲しいとわしは考えたのだ。ところが、本藩は思ったよりも吝嗇《りんしょく》だった。わしの見込みは甘かったのだ。本藩ではわしの借金申し込みに応じないで内情を知るためと称して姫野三弥を押し付けてきた」

「姫野を？」

「そうだ、あの男は伏影《ふせかげ》だ」

かつて惣兵衛と安太夫が伏影について話していたことを思い出した。

「伏影ですと」

「伏影については知っておるか」

「名を聞いたことはありますが」

「ならば、謂《い》われは知っておろう。本藩には探索方、御庭方という隠密役《おんみつ》があるが、伏影は殿の身の回りに仕える隠密役だ。殿の命によって意に沿わぬ家臣を仕物《しもの》にかけることもあるため、重職といえど、その実態は知らぬということに昔からなっておる」

「今は違うということですか」

「本藩の殿は家臣を仕物にかけることを厭《いと》うようになられた。このため、伏影は御用を仰せつけられることもなくなっていたのだ。ところが、近ごろではなぜか中老の村上大膳と結びついておる。御納戸役だった大膳が四千石の中老にまで昇り詰めたのも伏影の後押しがあったからだ。伏影は表向き鷹匠《たかじょう》、鳥見役《とりみやく》ということになっておる。伏影の頭《かしら》は姫野弾正《だんじょう》という鷹匠頭だ。おそらく三弥の父だろう。つまるところ、本藩はわが藩の内部をかく乱して、その隙に乗じて、乗っ取ろうと企《たくら》んだのだ。藤田伝助に知らされて、わしもやっとそのことに気づいた」

「それでは、藤田先生が殺されたのは——」

「伝助は姫野三弥の正体を探っておった。三弥は坂田第蔵の妻女や伝助の娘を誑《たぶら》かし、藩内に諍《いさか》いの種をまいた。三弥が伏影であることがわかれば、わしは本藩に対して、その非を突いて抗議することができたはずだ。だが、伝助は伏影に監視されて博多を出ることができなかった。そこで、わしが種痘《しゅとう》の一件に絡んで博多を脱《ぬ》け出すよう手紙で勧めたのだ。お前と坂田第蔵を遣わしたのは伝助が門弟の中から腕の立つ者として、指名したからだ。しかし、このことを察知した伏影によって伝助は殺された。殺したのは、そのころ福岡にいた三弥かもしれぬ。伏影はさらに渡辺帯刀の中間、長崎の石工を殺して、わしと帯刀の評判が悪くなるように仕向けた」

「そこまでおわかりで、なぜ本藩の企みを家中の者に暴こうとされなかったのです。さすれば、われらも直訴《じきそ》などいたしませなんだ」

「暴いてもわが藩に金が無いことに変わりはないではないか」

織部はしばらく瞑目《めいもく》すると、

「わしは先君に御誓いした。何としても藩の苦況を救うとな。そのためには虎穴《こけつ》に入って虎児を得るしかない、と思った」

「虎穴に？」

「本藩が秋月を乗っ取るつもりなら乗っ取らせる。そのかわり、秋月が背負った借財は本藩に返済してもらう。そのうえで秋月を再び独立させれば借財が消えることになる、とな」

「そのように思惑通りにはできると思えませぬ」

「そうだ、わしにはできぬ。しかし、お前ならどうだ」

「わたしが？」

「訴状に連名した七人はいずれも将来、秋月を背負うと見込んでいた者ばかりだ。わしは、お前らが訴え出た時、坂田第蔵を屋敷に連れてこさせて会ってみたが、なるほど胆《きも》の据わった男であった。これなら大丈夫だと思った」

「それでは、わたしたちに後事を託して、自ら失脚されたというのですか」

「政事を行うとは、そういうことだ。捨て石になる者がおらねば何も動かぬ。後はお前らの仕事だ」

と言うと、織部はにやりと笑った。

「つまるところ、わしはお前らに藩の立て直しを押し付けることにした。お前らは貧乏くじを引いた、ということだ」

この夜、遅くなって小四郎と藤蔵は屋敷を出た。月が道を青白く照らしていた。

織部は小四郎が門を出る前に、

「注意して参れ。この屋敷は見張られておる。お前たちがわしに会ったことが知られれば、生きて秋月には戻れぬかもしれぬ」

と目を光らせて言った。さらに、

「村上大膳に遠慮はいらぬぞ。わしの見たところ、今回の件は本藩の意向と言うより、大膳の私欲から出ている。あの男は秋月藩に子飼いの者を送り込んで自分の支配下に置くつもりなのだ。尻尾《しっぽ》をつかんだ時は、がん、とやってやれ」

と思わぬ激しい言い方をした。屋敷を出て夜道を歩きながら、藤蔵が憤然とした。

「しかし、驚いたな。まんまと姫野にしてやられたというわけだ」

「いや、宮崎織部という古狸にだまされたということかもしれぬ」

小四郎が笑った時、藤蔵の足が止まった。どうした、と声をかけようとして前方の闇の中に人影が立っているのに気づいた。ハッとして振り向くと背後にも数人の人影が立っている。

「囲まれたぞ」

藤蔵があたりを見回して言った。小四郎はうなずいた。

「わずかでも不審な動きがあれば容赦せぬということか」

「お主は宿まで走れ。わしがこ奴らを引き受ける」

「そうはいかん。騙《だま》されていたことがわかったばかりだ。わたしも今夜は気が立っている」

「なに――」

小四郎はジリッと足を踏み出した。すでに前方には殺気が満ちていた。闇が熱くなった。前方の男たちが刀を抜いて斬りかかった。月光に白刃が光った。

小四郎は前に跳躍しながら刀を抜いた。踏み込んで斬りかかった男の刀を弾《はじ》き返した瞬間、刀は相手の胴に吸い込まれた。うめき声をあげて相手が倒れた時にはもう一人の男と数合、斬り結んでいた。闇の中に火花が散り、男たちの荒い息遣いが聞こえた。

藤蔵は後方の男に向かって腰を落として構えた。刀を抜こうとはしない。気合いとともに斬りかかった男の腕をつかんで足を払い、鳩尾《みぞおち》を拳《こぶし》で突いていた。男が地響きを上げて倒れ、藤蔵の体は怪鳥《けちょう》のように宙を飛んだ。一人が胸を蹴《け》られ、もう一人は後頭部に手刀を受けていた。一瞬で三人を倒した藤蔵が前に駆け戻ると、小四郎は一人に手傷を負わせ、もう一人と対峙《たいじ》していた。小柄だが、腰が据わってしぶとい剣さばきの男だった。間合いを詰めようとすると、相手は藤蔵が来たことに気づいて、

「どうやら、ここまでだな。これ以上、福岡でよけいなことは探らぬがよい」

落ち着いた声で言うと、すーっと闇の中に退《ひ》いた。

「待てっ」

藤蔵が追おうとしたが、小四郎は、

「藤蔵、見逃せ。福岡でこれ以上、騒ぎを大きくはできぬ」

と言うと左腕を押さえた。藤蔵は、やっ、斬られておったか、と声をあげた。小四郎の左腕の上のあたりから血がしたたっていた。


翌朝、旅籠《はたご》に香江良介を呼んで傷の手当てをしてもらった。良介はこのころ福岡藩のお抱え医師となっていた。小四郎の傷を診た良介は刀傷だと気がついたが何も言わず、焼酎《しょうちゅう》で傷口を洗い、油薬を塗るとさらしを巻いた。

「福岡まで来て、無茶はされぬことですな」

と言う良介はどことなく元気がなかった。小四郎が袖《そで》を入れながら、

「そう言えば、原先生の御息女との祝言はもうじきではありませんでしたか」

「いや、それが、藩のお許しが出ないようなのです」

良介は肩を落とした。小四郎はうなずいて、

「やはり、そうですか。いま、本藩と秋月の間柄は難しいようです」

「それゆえ、お抱え医師をご辞退して、江戸に出ようかと思っております」

「ほう、江戸に」

「江戸に参るのであれば、猷殿を妻といたしても、とやかく言われることはありま

すまいから」

「それはよい考えかもしれませんな」

猷という才気煥発《かんぱつ》な娘には江戸の町が似合いそうな気がした。

「しかし、気がかりなのは、それだけではありません」

「他にも何かあるのですか」

「猷殿とは、しばしば文のやり取りをいたしておるのです。その文に猷殿は和歌や漢詩のことばかりを書いてこられますが、その他に間殿の名がしばしば出て参ります」

「わたしの名が？」

「さようです。宮崎家老の非事を訴えた間殿の行いは義挙であると、たいそう称賛されております」

「それは、また――」

小四郎は苦笑いした。すべては三弥に謀られてのことだったと思えば、義挙などと言われるのが恥ずかしかった。しかし、良介はそんな小四郎の思いも知らぬげに、

「どうも猷殿は間殿のような方のもとへ嫁ぎたいと思っておられたようです」

と愚痴めいたことを言った。それを聞いて藤蔵が噴き出した。

「小四郎、思わぬところに慕ってくれる者がいるものだな。一杯食わされたお主も

まだまだ捨てたものではない」

「よさぬか、冗談が過ぎるぞ」

顔をしかめたが、良介は不審そうに、

「一杯食わされたとはどのようなことですか」

「いや、それは――」

小四郎は藤蔵をにらんだ。本藩と秋月藩の確執について、本藩お抱え医師の良介に話すわけにはいかなかった。それでも良介が執拗《しつよう》に訊《き》くと根負けした。

「これは香江殿とわたしの間柄には関わり無きことです」

と前置きして、昨夜、織部から聞いたことを話した。話を聞くうちに良介の顔がみるみる青ざめた。

「そのようなことが――」

良介は絶句した。

秋月に戻った小四郎は三日後、訴状に連名した六人の仲間を屋敷に集めた。風の強い日だった。鳴るような音をたてて風が吹き、屋敷の中まで土煙を運んできていた。

一座には藤蔵も加わっていた。織部の話をすると六人は押し黙った。最初に口を開いたのは安太夫だった。

「では、わしらがしたことは何だったというのだ。福岡出訴では藩内の者の血が流れているのだぞ」

安太夫の顔は青ざめていた。他の者も深刻な表情になったが、やがて第蔵がポツリと言った。

「本藩に操られて乗っ取りを手伝わされたということか」

「しかし、織部の話がすべてまことともは限らぬぞ」

惣兵衛が疑問を口にした。小四郎は頭《かぶり》を振った。

「わたしは、まことだと思った。すべての辻褄《つじつま》があうのだ。残念だが、われらは利用されたのだ」

藤蔵がうなずいて、

「わしもまことだと思うぞ。織部もあそこまでの偽りを申す男ではない。お主らの手柄もこれで帳消しだな」

嘲《あざけ》るように言うと、ひややかな空気が流れた。これはかなわんな、と誰かがつぶやいた。今まで宮崎織部の非事を本藩に訴えて、藩政を改める殊勲をあげたと思っていたのだ。それが一転して本藩による秋月藩乗っ取りの手先として使われたということになった。誰の胸にも重苦しいものがのしかかっていた。小四郎は腕組みをといて両手を膝《ひざ》に置いた。

「われらがなさねばならぬことはただ一つだと思う。口惜しいが織部の狙い通り、われらの手で秋月藩を本藩から取り戻すしかない」

　安太夫が顔をしかめた。

「しかし、このことは他の者にもらすわけにはいかぬ。辛《つら》いことになった」

「織部め、われらをはめて、背負いきれぬほどのものを抱え込ませたのだ」

　第蔵も苦笑した。話し合いはそのまま終わったが、藤蔵が小四郎に目で合図した。傍に行くと藤蔵は低い声でささやいた。

「今夜、坂田第蔵から目を離さぬがよいぞ。あいつの目には殺気があった。おそらく姫野三弥を斬るつもりだ」

「なに――」

　すでに第蔵は惣兵衛たちとともに屋敷を辞していた。

「まさか、あの第蔵がそのような短慮をするだろうか」

「妻女のことがある。それに、おのれの命を賭《か》けた忠義を弄《もてあそ》ばれたのだ。無理もないとは思わぬか」

　藤蔵に言われてみれば、もっともなことだ。藩政を改革したいというのは第蔵にとって、かねてからの念願だった。それを本藩のために利用されたとあっては、悔しさは並大抵ではないだろう。小四郎は刀をとって玄関に向かった。三弥の長屋に行くつもりだった。

「わしも行くぞ」

藤蔵があわてて後を追った。外はすでに暗くなり、月が出ていた。小四郎は足を急がせて、間もなく三弥の長屋の前についたが、中にひとの気配はなかった。かわりに長屋の横の空き地で何かの物音がした。

「あっちだぞ」

藤蔵が長い脛《すね》を飛ばして走った。続いて行くと、薄闇の中、空き地に黒い二つの人影が見えた。しかも、その人影が同時に刀を抜いた。きらっと白刃が光った。止めようとしたが、その時には凄《すさ》まじい掛け声とともに二つの影が駆け寄り金属音が響いた。

数合斬り合ったかに見えたが、次の瞬間にはパッと二人は間合いをとった。しかも一つの影はさらに、するすると退いたかと思うと脇差を抜き、二刀になった。こちらが三弥らしかった。

「待てっ」

小四郎は二人の間に飛び込み、三弥の前に立ちふさがった。

「小四郎、退《ひ》け」

背後から第蔵の落ち着いた声が聞こえた。

「そうはいかぬ。ここでこの男を斬れば、本藩の思うつぼではないか。第蔵ともあろう者がそれしきのことがわからぬのか」

「わしは、その男が武士として許せぬのだ」

第蔵の声には沈鬱《ちんうつ》なものがこもっていた。三弥はひややかに言った。

「わたしは使命を果たしたまでのことだ。とやかく言うのは未練と申すもの」

「お主、伏影だというのは、まことか」

小四郎は三弥を睨《にら》んだ。

「さてな、そのようなことを知ったところで、どうなるものでもあるまい」

「藤田先生を撃ったのはお主なのか、と訊いておるのだ」

「答える筋合いはない」

月に雲がかかろうとしていた。三弥はジリッと間合いを詰めようとした。その足がピタリと止まった。三弥の背後にいつのまにか藤蔵が立っていた。

「もう、そのぐらいにしておけ。お主の腕なら、その二人を斬ることはできようが、わしも加わると、ちと骨だぞ」

藤蔵が言うと三弥は無言のまま刀を鞘《さや》に納めた。そのまま背を向けた。

「待て、とせ殿のことも嘘だったのか」

小四郎の問いに三弥は何も答えなかった。三弥が立ち去るのを見て、第蔵も刀を納めた。

「第蔵、わたしは余計なことをしたのか」

「いや、立ち合ってみて、すぐにわかった。あの男は強い。いま少し斬り合えば、わしは斬られていただろう。お主に命を助けられたということになるのだろうが、礼を言う気にもなれぬのだ」

「そうか」

「小四郎、わしらはこれから悪人と呼ばれることになるぞ。そのこと覚悟しておけ」

言い残して立ち去る第蔵の背中には寂寥《せきりょう》が浮かんでいた。第蔵の後ろ姿を見送っていると藤蔵が、

「さきほど、姫野は月が雲に隠れるのに合わせて動こうとした。このことを覚えておいた方がいいぞ。おそらく何かの技がある」

と言った。言われてみれば、藤蔵が声をかける直前、三弥はわずかに動いたが、月が陰った瞬間を巧みに利用しようとしたように思えた。

「そう言えば、福岡出訴のおりに、姫野は橋本甚五郎を斬ったが、あの時も月が雲に隠れた。甚五郎は何か戸惑った様子だったが、闇に隠れた姫野を見失ったのかも

しれぬ」

「それだ。影に入ったのだ。それゆえ伏影の名があるのだろう」

「伏影の剣か」

あらためて三弥を強敵だ、と思った。

翌日の夕方、館《やかた》から戻ると玄関に迎え出たもよが、原古処の家から使いが手紙を持って来たと告げた。

「古処先生から？」

小四郎はもよが差し出した手紙を開いた。

「福岡藩お抱え医師の香江良介殿が深手を負って原先生の屋敷にかつぎこまれたそうだ。今から行ってみる」

「何事でございましょう」

「香江殿には先日、わたしの傷の手当てをしてもらったばかりだ。ともかく、行って参る」

本藩の動きは思いのほか早く、小四郎たちを封じようとしているのかもしれない。

古処の屋敷は今小路《いまこうじ》横町にあった。門をくぐると、すぐに猷が出迎えた。猷はこの年、十五歳になっている。背が伸びて娘らしさが増していた。

「間様、こちらへ」

猷に案内されて奥まった一室に入った。八畳ほどの部屋に良介は寝かされ、かたわらに古処が座っていた。良介は頭や肩から胸にかけてさらしを巻きつけているが、血が滲《にじ》んで痛々しい様子だった。古処は小四郎を手招きして座らせると、

「野町の宿で襲われたらしい。大人しくしておればよいものを、馬子《まご》に頼んで馬に乗って秋月まで来たのだ。おかげで傷口が開いた。医者らしくない無茶をするものだ」

良介は昨日、昼過ぎに福岡を出たが、夜になって野町宿の宿に入った。その夜、寝込みを襲われた。宿に忍び込んだ者に刀で夜具の上から刺されたのだという。

良介が何事かうめいた。

「どうした。物は言わぬ方がよいのではないか」

小四郎が顔を寄せて言うと、良介は青ざめた顔であえぎながら、

「お渡しせねばならぬ物があって、参ったのです」

と言うと、震える手で懐から油紙の包みを取り出した。中には手紙が入っていた。

「これは?」

「種痘《しゅとう》のため落痂《らっか》を秋月に運んだ時、藤田様からわたしがお預かりしたものです」

「藤田先生が、そのようなことをされていたのか」

「あの時、庄屋《しょうや》屋敷に泊まりましたが、その夜、藤田様は万一の用心だとおっしゃって、わたしにこれをお預けになったのです。ところが、あのような事になって、藤田様は亡くなられ、わたしはこれをどうしたらよいかわかりませんでした。申し訳ないことですが、中身を読みましたら、どなたにもお見せすべきものではないように思えたのです。それで、ひそかにお預かりしたままにしておりましたが、先日、間殿のお話をうかがって、藤田様がこれを秋月に持っていこうとされていた意味がようやくわかったのです」

「それで、秋月まで来られたのか」

「わたしが間殿の手当てをしたことは藩の者に知られていたようです。秋月に行くことは藩庁に届けましたから、わたしが何事か間殿に伝えに行くと見られて、待ち伏せされたようです」

「それにしても隠密《おんみつ》に狙われてよく助かったものだ」

「念のために鎖の入った刺子《さしこ》を着てまいりましたから。わたしを襲った者は止《とど》めを刺さなかったので助かりました」

良介は笑いを浮かべようとしたが、顔色は蒼白《そうはく》になった。古処が身を乗り出して、

「もう話さぬ方がよい。言いたかったことは間殿に伝わったのだからな」

良介はうなずいたが、震える手をのばして、

「――猷殿」

と呼んだ。猷があわててそばに寄り、手を握ると、

「江戸へ、江戸へ参りましょう」

という言葉を残し、微笑したまま良介は目を閉じた。

「香江様――」

猷が泣き伏した。古処は瞑目《めいもく》し、小四郎は良介の顔を見つめた。そして良介が持ってきた手紙を開いて読んだ。

「どうやら、藩を取り戻す前にやらねばならぬことがあるようだ」

小四郎の目には怒りが浮かんでいた。


秋月に瀬沼霞軒が乗り込んできたのは翌年三月のことだった。

霞軒は学術優秀な藩士を呼び出しては講義を行った。さらに郷村の大庄屋をまわって農民にも話を聞かせてまわった。本藩の威光を背景に藩士だけでなく領民も朱子学で教導しようと考えているようだった。

霞軒が郷村をまわる時、供をするのは姫野三弥だった。このころ三弥が本藩の意向に従って動いていたことは秋月藩家中でも知られるようになっていた。それだけに三弥は恐れられ、傲慢《ごうまん》な振る舞いが目立っていた。

　十日後の夕刻、郷村をまわった霞軒が三弥と目鏡橋《めがね》にさしかかった。前方に数人の黒い人影が立った。三弥が提灯《ちょうちん》を手にツッと前に出た。

「何者だ」

　問いに答えはなかった。三弥は提灯を橋に捨てると刀の柄《つか》に手をかけた。提灯が燃え上がった。その明かりに照らされたのは小四郎だった。さらに伊藤惣兵衛、手塚安太夫、末松左内もいた。三弥たちの背後にまわって退路を封じているのは藤蔵と坂田第蔵、坂本汀、手塚龍助だ。

「そうか、お主らか」

「お待ちしていた」

　小四郎は静かに言った。

「わたしへの遺恨を晴らそうというのか」

「いや、何年も前のことだが、稽古館で立ち合ったことがある。その時の決着をつけようというのだ」

「わたしを斬るということは本藩への謀反《むほん》だぞ」

「さて、それはどうかな。そのために半年、待ったのだ。一つはお主と勝負することができるよう稽古《けいこ》を重ねるため。もう一つは秋月でのお主の評判が悪くなるのを待つためだ」

「なに――」

「お主が伏影であることも藩内のひとびとに知らせた。皆、お主を恐れ、お主も傲慢に振る舞うようになった。今では本藩から来た沢木殿までも、お主を苦々しく思っておる」

「馬鹿な」

「もともと、沢木殿は伏影を好んではおらん。秋月乗っ取りでお主の果たす役割はもう終わった。お主はいなくなって欲しいと沢木殿は思っているのだ」

――謀ったな
三弥がうめくと、小四郎は前に出た。第蔵が三弥の背後から声をかけた。

「今夜の立ち合いについては、われら七人が証人となる。あくまで武道の争いであると証言するつもりだ」

小四郎がスラリと刀を抜いた。三弥は腰を落として居合の構えになった。すると霞軒が大声をあげた。

「姫野、遠慮はいらぬ。斬ってしまえ。こ奴らの企《たくら》み、このわしがしっかと見届けるぞ」

そう叫ぶ霞軒に藤蔵が後ろから近づいた。次の瞬間、霞軒の体はふわりと宙に浮いて、橋の上から野鳥川へと落ちていた。ザブンという水音がしたが、溺《おぼ》れるほど深さのある川ではない。霞軒は川底に足をついて橋を見上げた。

「おのれ無礼な」

藤蔵はにやりと笑って、

「学者殿にはそこにいていただこう。武道の争いに口出し無用だ」

三弥は川に落ちた霞軒に目を向けず、小四郎に対した構えのままだった。小四郎は正眼に構えた。

「先日、亡くなった香江良介殿は藤田先生からの預かり物を届けてくれたぞ」

「なんだと？」

「藤田先生が預けておられたのは、千紗殿の遺書だった。それには、お主とのことがすべて書かれていた」

「…………」

「お主は秋月に来て、騒動の種をまくため女人に近づいたが、千紗殿に対しては本気だったのだな。秋月に来た目的だけでなく、お主自身のことまで打ち明けたのだからな。お主は鷹匠頭《たかじょうがしら》、姫野弾正の子ということになっているが、まことは村上大膳が屋敷の下働きの女に手をつけ、産ませた子だ」

月に照らされた三弥の顔に、冷笑が浮かんだ。小四郎が初めて見る顔だった。

「大膳は処置に困ってお主を姫野弾正の養子にした。大膳と伏影の結びつきが深まったのは、それからだ。今回のこともお主を秋月藩の重役として出世させるのが狙いだった。お主はそのことを話して千紗殿に妻になるよう求めた。しかし、千紗殿は自ら命を絶った。お主にさような陰謀から身を引かせたかったのだ」

「言うな――」

三弥の居合が鞘走《さやばし》った。白光がきらめき、鋭い金属音が続けざまに響いた。三弥は二刀を抜いている。小四郎は袖《そで》と襟を斬られていた。藤蔵の顔に危惧《きぐ》する表情が浮かんだ。しかし、小四郎は平然として刀を上段に構えた。

「わたしは藤田先生、香江良介殿の恨みをはらすために、お主を斬る」

二刀の流儀は左右に激しく動き回る時は威力を発揮するが、橋の上で場所が限られると防禦《ぼうぎょ》が主となってしまう。小四郎の上段は三弥を追いつめていた。小四郎が目鏡橋で待ち受けたのはこのためだった。

「なるほど工夫したな」

三弥がつぶやいたが、小四郎は何も言わない。月が雲に隠れようとしていた。先に間合いを詰め、斬りかかったのは小四郎だった。伏影の技を使う余裕を与えないためだ。三弥は二刀を交錯させて小四郎の刀を受け止めつつ、満身の力で押し返した。

二人の体がもつれあったと見えた時には、三弥が体を開いて小四郎の刀を外し、独楽《こま》のように体を回転させた。大刀が袈裟懸《けさが》けに斬りつけたかと思うと、小刀が胴をないだ。しかし、それよりも速く小四郎は踏み込んでいた。上段からの斬り込みが胴から転じて、刀をはねあげた。

小四郎はそのまま駆け抜け、振り向いて刀を八双に構えた。三弥は脇腹を斬られていた。膝《ひざ》を突いてグラリと横に倒れた。小四郎はゆっくりと三弥に近づいた。止《とど》めを刺そうとした瞬間、三弥の体がパッと跳ねた。下からの刀が二度、三度、小四郎に斬りつけた。跳びのいた小四郎が足をとられて仰向《あおむ》けに倒れた。

「小四郎――」

藤蔵が叫んで飛び出そうとしたが、三弥が振り向いて、

「寄るなっ」

と叫んだ。苦しげに脇腹を押さえながら、倒れた小四郎に近づいた。三弥は刀をぶらりと下げて見下ろすと、

「お前らに村上大膳がなぜ秋月を欲しがったかを教えてやろう。あの男は中老から家老に昇るため、重役にばらまく金がいる。秋月をおのれの支配下に置いた上で大坂商人から借銀させ、その中から金を得ようというのだ。秋月をおのれの金蔵にしようというのが、あの男の狙いだ。わたしを秋月の重役にするなど、そのための手段に過ぎぬ。わたしは使われただけのことだ」

くっくっ、と笑った。ふと、夜空を見上げて、

「わたしはとせ殿も千紗も騙《だま》すつもりはなかった。ただめぐりあわせが悪かったのだ」

と言うと崩れ落ちた。小四郎は起き上がって近づき、息を確かめた。すでに事切れていた。

「この男も哀れな――」

小四郎はつぶやいた。中天にさしかかった月の光はすべての風景を青白く照らしていた。


小四郎と三弥の決闘について藩では不問に付した。七人の藩士が武道上での争いであったと証言したうえ、霞軒が郷村をまわった際に庄屋《しょうや》にもてなしを強制し、中には金品や村の女を差し出させていたことが判明したからだ。

七郎太夫は霞軒を叱責《しっせき》し、小四郎への指弾を取り上げなかった。このことは小四郎の一件が詮議《せんぎ》されていたころ、福岡である動きがあったことも関係していた。

この年、八月、福岡城下で投げ文訴訟が行われた。訴えたのは、処罰され福岡に差し戻されていた渡辺帯刀始め五人だった。その中には織部の弟もいた。

処分を不当であるという訴えは福岡藩に通じなかった。詮議を命じられた福岡藩

用人、御目付頭などは、

「先に軽い処罰に留《とど》めたのに、慎むどころか投げ文いたすとは何事か」

と厳しい処分を行うことを決めた。

──重々不届キノ次第罪科軽カラズ候
訴えた五人に流罪が言い渡されたほか、織部にも同様の申し渡しがあった。流されたのは玄界島、大島《おおしま》、姫島《ひめしま》、於呂《おろ》の島《しま》の四島だった。この処分が下ると、七郎太夫は小四郎を館《やかた》に呼び出し、

「そこもとが姫野三弥と私闘を行った件は不問にいたす。先の織部崩れでの処分に不満を持つ輩《やから》が出たこの時期に、功労者のそこもとを咎《とが》めることは避けたいというのが本藩の意向だ」

「恐れ入ってございます」

小四郎が頭を下げると、七郎太夫は咳払《せきばら》いして、

「姫野三弥はかねてから秋月の者と軋轢《あつれき》があった、と聞いておる。しかし、そこもとの処分が決まったことで、すべてを水に流すつもりじゃが、いかがか」

「ありがたき幸せでございます」

小四郎は、また深々と頭を下げたが、織部は弟の動きをなぜ止めなかったのだろうか、と思った。

(投げ文などすれば、さらに重い処罰を受けることが見通せぬ織部でもないはずだが)

小四郎は不審を抱いたまま御用部屋へと下がった。そこには第蔵がいた。

大坂への出張から戻ったところだった。小四郎が織部に流罪が言い渡されたことを話すと、第蔵は顔をしかめて、

「さすがに織部は、したたかだな」

とつぶやいた。

「どういうことだ」

「決まっておろう。織部が投げ文を黙って見ておったのは、わしらがやりよいようにするためだ」

「なに?」

「投げ文があったことで、本藩は秋月ではできるだけ公正に振る舞わねば、不満が起きるとわかったはずだ。そうなれば、わしらは動きやすくなる」

「しかし、そのために流罪になるのだぞ」

「それだけの覚悟をわしらにも求めておるのだ。だから、古狸だというのだ」

そうか、とうなずきながら織部の執念に粛然とするものを感じた。はたして自分は織部ほどの覚悟を持って秋月藩を取り戻すことができるのだろうか。

十

文化十二年八月――

「それがしを郡奉行《こおりぶぎょう》にと仰せでございますか」

小四郎は耳を疑った。七郎太夫は笑みを浮かべていた。

「一昨年、そこもとが姫野三弥を斬ったことは水に流すと申したであろう。これは、その証《あかし》と思ってもらってもよい」

「それは、ありがたき仰せですが、それがし、何分にも若輩でございます」

小四郎は二十九歳である。郡奉行は農事や百姓の暮らし向きに精通していなければ務まらないことから、これまでは四、五十代の奉行が多かった。

「慣れた者はそれだけ、怠惰になり務めをないがしろにする。去年のことがよい例であろう。まことに情けなきことだ。このようなことは本藩ではなかった」

今年になって、去年の旱魃《かんばつ》の際、被害の実情を調べていた郡方に対し、山隈村の庄屋たちが賄賂《わいろ》を贈って御救米《おすくいまい》の給付に手心を加えてもらおうとしたことが露見していた。

この贈収賄事件発覚により、郡奉行が罷免されたほか郡方五人が入牢《じゅろう》、追放、秋月一里四方永の御暇《おいとま》などの処分を受けた。さらに大庄屋が役儀を取り上げられ、庄屋六人が追放となった。

秋月でもかつてない疑獄事件で、それを七郎太夫によって摘発されたことで藩内は面目を失墜した思いで意気消沈していた。七郎太夫は、その郡奉行に小四郎を登用しようというのである。

「郡奉行所は随分とゆるみきっておったようだ。そこもとに引き締めてもらわねばならん。しっかりとやってくれい」

七郎太夫は励ますように言った。屋敷に戻って郡奉行になることを知らせると、篤は小四郎の出世を喜んだものの、

「郡奉行所は古参の者が多く、難しいところだ。しかし、御実家の父君は郡方を務められたことがあったはずだ。さっそく心得など、うかがってはどうか」

と言った。言われて実父の太郎太夫がしばらく郡方にいたことを思い出した。そのころ太郎太夫は朝早く屋敷を出ると夜遅くまで帰らず、風水害のおりには二、三日、奉行所に泊まり込んで戻らなかった。何かと言えば天候に一喜一憂し、家族と話をすることも少なくなっていた。

篤の忠告に従って実家に行くと、太郎太夫はすでに小四郎が郡奉行に就任することを知っていた。

「郡方は難しい御役目だぞ」

太郎太夫はそう言いながら、奥から覚書や日記を持ち出してきた。筆まめな太郎太夫は郡方時代に天候や作柄、風水害の被害から村で起きた事件などを細かに記録していたのだ。

（さすがに親父殿だ）

小四郎があらためて感心すると、太郎太夫は前に座って、生真面目な表情で言った。

「よいか、郡奉行になっても就任早々、奉行所に踏ん反りかえっておってはならんぞ。書類の決裁などは当分、下役に任せておけばよい。村をまわり、田や畑を隅々まで見てまわって百姓の話を聞くことだ」

「今までの奉行は皆そのようにしておったのですか」

「さて、一人か二人であろうな。おおかたの奉行は田畑を見てまわることなど奉行の役目ではないと思っておる。だからこそ、お前がやるのだ」

太郎太夫は父親の威厳を込めて言った。小四郎がうなずいて、さように仕《つかまつ》りましょう、と言うと、太郎太夫はほっとした顔になった。

「郡方はつらくてきつい御勤めだが、館勤《やかたづと》めとは違うよいところがある」

「どのようなことでございますか」

ことができる」

「野の風に吹かれ、川の水に手をひたし、山野の風物を愛《め》で、作物の実りを楽しむ
「それは――」

小四郎は思わず、笑い出しそうになった。太郎太夫はそんなことを楽しみに毎朝早く勤めに出て、夜遅くまで帰ってこなかったのかと思った。しかし、太郎太夫は真面目な顔のまま、

「そなたにはまだわからぬかもしれぬが、ひとにとって、存外に大事なことなのだ」

聖人の教訓を述べるように言った。


小四郎は郡奉行になると、太郎太夫に言われたように領内を見てまわった。

奉行所の役人は変人を見るように眺めていたが、やがてそれを当然のこととして奉行所に小四郎の姿が見えなくても気にしなくなった。

騎馬や徒歩で、わずかな供廻《ともまわ》りだけを連れて視察を続けた。ちょうど夏から秋にかけての収穫の時期だった。水田の水の張り具合から、稲が実り、やがて稲穂が風にそよぐのを間近に見た。

子供のころから見慣れた風景ではあったが、郡奉行として作物の出来に責任を負

っているのだと思えば、わずかな天候の差が気になり、黄金色の田が殊更《ことさら》美しく見えた。夜更けに屋敷に戻り、遅い夕食をとりながら、もよに話した。

「どうやら、わたしはこの歳になって、ようやく実家の父上が言っていた意味がわかったようだ」

「それはどういうことでございましょう」

もよは給仕をしながら、微笑して訊《き》いた。もよはこのころ二番目の子を産んでいた。生まれたのは娘だった。間家では長男の千代丸が四つになり可愛さを増しており、篤や貞だけでなく、太郎太夫や辰もしばしば間家を訪れ、にぎやかにしていた。そんな日々の満ち足りた暮らしが落ち着きを与えているようだった。

「田で働く百姓の話を聞くと、まことに真面目なのだ。あれは自分が米を作らねば、この世のひとびとが飢えることを知っているからだ」

「それはそうでございましょう」

「真面目に努めれば天は恵みの雨を降らせ、地は慈しんで米を育ててくれる。いや、時に天の恵みが得られなければ、凶作となり、ひとは飢える。しかし、これは試練だ。乗り越えるには、やはり怠らずに努めるしかない」

「随分とお百姓の気持がわかるようになられました」

「いや、わかってなどおらぬ。しかし、わかったこともある。この世での一番の悪とは怠け心だということだ」

「怠け心？」

「米を作るには懸命に努めるしかない。しかし、ひとが作った米を奪うのであれば努めることはいらぬ。そう思う怠け心がひとの物を力によって奪い取ろうとするのだ。わたしは以前、正しいことを行えば、藩もひとびとの暮らしもよくなると思っていた。しかし、あれも怠け心の一つだったな」

「それは、また――」

もよは、小四郎が〈織部崩れ〉のことを言っているのだ、と思った。

「皆が生きるために励むという大道を歩まねば、悪人を除いたからといって民百姓が豊かになるというものではない。正しいことさえ行えば、というのは、努めることからの逃げ口上になる時があるのだ」

そう言いながら、村の外れを騎馬で通り過ぎた時、いとを見かけたことを思い出した。この日、いとは家の者と稲刈りに出ていたようだが、畦道《あぜみち》を通る時、近くの百姓の若い男から何か言葉を投げつけられていた。

小四郎には聞こえなかったが、歩いているいとの姿勢がこわばるのが感じられ、侮蔑《ぶべつ》の言葉を浴びせられたのだろう、と察した。家の者もそれをわかっていて、むしろ不機嫌そうに押し黙って歩いていた。

騎馬で通り過ぎた小四郎は、いとのことを思うと、〈織部崩れ〉で自分たちが命をかける思いでしたことは何だったのかと、ひどく虚《むな》しい気持がした。

「では、あなた様のこれからの敵はひとの怠け心ということになりますのでしょうか」

もよに訊かれて、小四郎はうなずいた。

(本藩が秋月藩を乗っ取ったのも、励むことで本藩の体面を保つよりも秋月藩を無くした方が早いという怠け心からだ)

と思うのだった。


小四郎が郡奉行になって、二年がたった。

文化十四年五月。秋月藩に思いがけない難題が持ち込まれた。幕府から京の中宮御所造立《ぞうりゅう》、仙洞《せんとう》御所修復を命じられたのである。

このことは参勤《さんきん》交代の帰途についていた藩主長韶に江戸からの早馬で知らされた。驚いた長韶はすぐに家老の吉田久右衛門を福岡に派遣した。

久右衛門は福岡藩の家老に事態を説明した後、秋月に戻り、重職と対応を協議した。久右衛門が困惑したのは福岡藩秋月御用請持、沢木七郎太夫のひややかな対応だった。

「秋月藩はいつまで本藩を頼りにされるおつもりか。無い袖《そで》は振れませんぞ」

中宮御所造立、仙洞御所修復にかかる費用はおよそ八千五百両と見込まれていた。

七郎太夫の表情には、これ以上の負担を拒もうという意図がありありとうかがえた。さらに、

「そもそも、かようなことについて、御用請持のそれがしを通さず、本藩の重役に先にお話しになったのは、いかなる御所存なのか」

と言い出した。久右衛門はぎくりとした。長韶が幕府からの命令が下ったことに動転して、すぐに久右衛門を福岡に派遣したことが七郎太夫の面子《めんつ》をつぶしたことになった、とようやく気づいたのだ。

「そのこと、まことにそれがしの粗忽《そこつ》でござった」

久右衛門は青ざめて謝ったが、七郎太夫は無表情なまま、

「いずれにしても、今度のことは秋月藩のみにて処置されるがよかろう」

「されど、なにせ御家にはさような金はござらん。なにとぞ、御助力願えまいか」

久右衛門は汗だくになって懇願したが、取りつく島もなかった。このため久右衛門は藩内での協議を重ねたが、名案が出るはずもなかった。

重職会議の後、惣兵衛は執務室に小四郎を呼んだ。小四郎は郡奉行になってから重職会議にも出席するようになっていた。福岡出訴の際の同志である惣兵衛が目付《めつけ》

頭《がしら》兼用人、安太夫が勘定奉行、第蔵が銀奉行とそれぞれ重職の一角を占めていた。

小四郎は若手官僚の代表としての力を持つようになっていた。

「どうだ、なんとかせねばならんところだが、知恵はないか」

「知恵か？」

小四郎は首をかしげたが、しばらくして、

「あるいは、と思うことはあるが」

「なに、策があるか」

「策というほどのことでもない。身を捨ててこそ、浮かぶ瀬もある、と言うではないか」

「どうする？」

「まず、御家老に覚悟を決めてもらわねばならぬ」

「吉田殿にか？　それは無理だ。気の小さいひとだぞ」

「だが、ここにいたっては腹をくくるしかあるまい。うまくいけば、沢木七郎太夫殿にお引き取り願うことができるかもしれん」

「ほう、そうなれば、われらの素志がはたせることになるが」

惣兵衛は疑わしそうに小四郎の顔を見た。

小四郎はその日の夜、久右衛門の屋敷をひそかに訪れた。小四郎が夜中に訪れたことを不審に思いながら久右衛門が出てきた。小四郎が言い出したのは意外なことだった。

「御家老、明日からの出仕はおやめください」

「なんだと」

久右衛門は眉《まゆ》を逆立てた。この男、わしに責任をとって隠退しろと言いに来たのか、と思ったのだ。小四郎は平然として、

「いえ、家老を辞めろと申しているわけではござらん。屋敷に引き籠《こも》り、すべてを投げ出していただきたいのです」

「投げ出す？　そのようなことができるか」

久右衛門は吐き捨てるように言った。

「いまの事態を変えるためには、それしかございません」

「どういうことだ。わかるように言え」

小四郎は膝《ひざ》を乗り出した。

「されば、御家老が引き籠られれば、政事は滞ります」

「そうであろう。殿への不忠であるし、藩の者にとっても迷惑だ」

苦々しげに言った。小四郎は微笑した。

「そうですが、困るのは藩の者だけではありません。沢木殿も困られます」

「沢木殿が？」

「さよう、沢木殿はわが藩を治めるため本藩から遣わされたのです。わが藩の政事が立ち行かなくなれば、責を問われます」

「たとえ、そうだとしても、何のためにそんなことをするのだ」

「沢木殿では、どれだけ御家老が頼まれても、わが藩の望みを聞いてはくれますまい。本藩が沢木殿を罷免し、別な者を秋月御用請持に命じるように仕向けるのです。新任の秋月御用請持は沢木殿の失敗を繰り返さないために、わが藩からの借用申し入れを受けるに違いありません」

小四郎の目が鋭くなった。久右衛門はうつむいて腕を組んだ。しばらくして目をあげると、

「しかし、そのような怠慢をすれば、わしが殿から咎《とが》めを受けることになるぞ」

「御案じなさいますな。このことは用人の伊藤惣兵衛から殿にひそかに言上いたします。さらに他の重職にはそれがしと手塚安太夫が内々にて説いてまわります。さすれば、御家老がどのような腹であるかは伝わります」

「ふむ、しかし、本藩がそのような思惑通りに動くかな？」

「今、他に手段はございません。やってみてだめなら、また別の策を考えるまでの

ことです」

きっぱりと言った小四郎の気迫に押されるようにして、久右衛門は翌日、

――御政事筋才判成り難し
と届けを出し、屋敷に引き籠った。七郎太夫は驚いて吉田屋敷に使いを出して出仕を命じたが、頑として、これに応じず月番も務めなかった。

(馬鹿な、これ以上、出仕せねば切腹を申しつけられるだけではないか)

七郎太夫は嘲《あざけ》った。しかし久右衛門が引き籠ったままだと政事は動かず、藩内は混乱した。それでも久右衛門に対する非難の声は起きなかった。それどころか、長韶が、

「久右衛門は幕府から国役《くにやく》を命じられたことを真っ先に本藩に報じたことを沢木になじられ、そのため借用の話も進まず困りはてておったそうな。哀れなことよ」

ともらしたことが伝えられた。

藩内では七郎太夫を憎み、久右衛門に同情する者が多かったのである。あせった七郎太夫は自ら説得のために吉田屋敷に赴いた。久右衛門は会いこそしたが、むっつりと押し黙ったままで、出仕するとは言わなかった。

「なぜ、そのように意地を張るのだ」

「意地を張っておるわけではござらん。できぬものはできぬ、と申しておるのです。

それ、無い袖は振れませぬからな」

以前、七郎太夫に言われたことを言って見せた。

（こ奴、わしを嘲弄《ちょうろう》するか）

七郎太夫は苦虫を嚙《か》み潰《つぶ》したような顔になった。これまで侮ってきた久右衛門がこれほどの抵抗を示すとは夢にも思わなかった。しかし、久右衛門の態度は鈍重な牛のようで、手綱を引っ張ったぐらいでは動きそうにもなかった。七郎太夫は翌日、小四郎を御用部屋に呼び出した。

「そなたから、吉田殿を説いてもらえぬか」

小四郎は首をかしげて、

「それがしが、説きましても」

「無駄だと申すのか」

小四郎ははっきりとうなずいた。

「さよう、おそらくは――」

七郎太夫はこの時になって、初めて不審なものを感じた。久右衛門の抵抗の背景には、何か不穏なものがあるような気がした。

「なぜだ、なぜ、吉田は引き籠って出てこようとはせぬのだ」

「このことが福岡に伝わるのを待っておられるのでしょう」

「さようです、秋月藩は家老が引き籠るほど万策尽きているとおわかりいただくためでございます。さすれば中宮御所造立、仙洞御所修復もできぬことになり、公儀からのお咎めはわが藩だけでなく本藩にまでおよびましょう。そのことをわかっていただきたいのではないか、と存じます」

小四郎は平然として言った。七郎太夫は怪訝《けげん》な目を小四郎に向けたが、不意に、

——そうか、謀ったな

とつぶやいた。じろりと小四郎をにらむと、

「吉田久右衛門を焚《た》きつけたのは、そこもとだな」

「焚きつけるなど、滅相もございません」

「いや、久右衛門にはかほどのことを企《たくら》む胆力は無い。そなたが陰で唆《そそのか》したに違いない」

七郎太夫は苦々しげに言った。

「そのようなことはございませんが、吉田殿のことは間もなく本藩にも知られましょう。その時、吉田殿に切腹させれば、もう一人、腹を切らなければならない方が出て参ります」

「もう一人だと?」

「本藩に?」

さよう、とうなずいた小四郎は、じっと七郎太夫の顔を見た。七郎太夫はしだいに青ざめてきた。

「久右衛門に責めを負わせれば、わしも同じ責めを負わねばならぬということか。企んだな、間——」

うめくように言った。小四郎が〈織部崩れ〉以降、藩内で登用されながらも福岡藩に対しての反発心を抱き続けていたことをこの時、初めて知ったのである。

「そなたが姫野三弥を斬った時に腹を切らせておくべきだったな。それにしても家老を引き籠らせて本藩を脅すとは——」

悪辣《あくらつ》なものだ、と吐き捨てるように言ったが、小四郎は表情を変えなかった。

十一

沢木七郎太夫が罷免されたのは、それから一月後、七月のことだった。代わって福岡藩からは新たな〈秋月藩御用請持〉として井手《いで》勘七が赴任した。

勘七は五十すぎの穏やかな顔をした男だった。晩秋に着任したが、この時、思わぬことがあった。勘七はわずかな供廻《ともまわ》りを連れ、騎馬で秋月に入った。田はすでに刈り入れを終わっていた。

館《やかた》に行く川沿いの道をたどっている途中、道沿いの岩壁の上にある屋敷の柿の木に登っている者がいた。道からはかなりの高さだった。

柿の木にはすでに柿が赤く熟し始めていた。青空に映えて鮮やかだった。その柿をとるつもりらしい男は下を通る勘七を見下ろす形になった。

「あ奴、無礼な」

従者が駆け寄って、男を下ろそうとした時、バタッ、という音がした。勘七の乗った馬の傍らに男が立ち、頭を下げていた。道まで飛び降りることができるとは思えない高さだったが、男は顔に不敵な笑みを浮かべただけで平然としている。

藤蔵だった。勘七は馬上から、

「お主、名は――」

と声をかけた。五十すぎの勘七は小柄でおとなしげな顔立ちだが、声はよく響いた。

「海賀藤蔵と申す」

「秋月には柔《やわら》の名人がいると聞いた。その方のことだな」

微笑すると、それ以上のことは言わず、すぐに藤蔵のことを忘れたように馬を進めていった。藤蔵は見送りながら、首をかしげて、

「あの声はどこかで聞いたことがある」

とつぶやいた。

勘七は館に着くと、翌日には役職にある者を大広間に集めた。そして、打ち出したのは、

――俸禄《ほうろく》半減
という方針だった。驚く藩士たちに勘七は、

「秋月藩が国役を務めるための八千五百両を本藩からの借財で賄おうとするなら、まず、その前に秋月藩自身が持っているものをすべて出さなければならないのが道理でござる。半知を承知なされるなら、それがしが掛け合い、本藩に八千五百両を立て替えさせましょう。いかがかな」

と穏やかな表情で言った。

この日は勘七からの一方的な申し渡しだけで終わったが、御用部屋に入った勘七はさっそく方針通りに執務を始めた。小四郎を呼び出したのは、それから間もなくのことである。小四郎が御用部屋に行くと、勘七は何かの書類を見ていたが、まわりには帳面や書状の類《たぐい》がうずたかく積まれていた。勘七は書類から目を上げると、近くに来るよう、うながした。

「間殿におうかがいしたいことがござってな」

勘七は値ぶみするようにじっと小四郎を見た。

「郡方《こおりかた》のことでございましたら、すでに報告書を出しておりますが」

「いや、郡方のことではない。うかがいたいのは、そこもとが姫野三弥を斬られた一件だ」

「それはすでに決着いたしたことでございます」

小四郎が弁明すると勘七は手で制した。

「それがしは事の真偽を明らかにしようとしているのではない。本藩から乗り込んで来た者が差配をするのであれば、いろいろな事があろうかと存ずる。そのことを詮議《せんぎ》して荒立てようとは思っておらん」

「と言われますと？」

「村上大膳様が秋月藩に対し策謀を行ったらしいことは存じておる。断っておくが、わしは村上様の派閥に属しているわけではない。与えられた御役目を果たそうとしておるだけだ。村上様の策謀をそこもとが姫野三弥を斬ることによってつぶしたということであれば、わしの関わるところではない。言わばお互い様と申すものだ」

「…………」

「いま、秋月藩が陥っている窮状はそのようなことを言いたてても脱《ぬ》け出せるものではない。そのことがおわかりいただけようか」

小四郎は黙って頭を下げた。勘七は見かけとは違う器量人のようだ、と思った。

「されば、わしの命に従っていただく。昨日、わしが秋月に入った時、柿の木から見下ろした者がおる。おそらく、わしを恫喝《どうかつ》しようというつもりであったろうが、今後はそのような者は許さん」

「許さぬ、と申されますと」

「それがしにとって秋月での御役目は戦だと思っておる。されば、逆らう者はことごとく斬り捨てる」

　勘七の目が底光りした。

　その日、小四郎の屋敷に藤蔵が訪ねてきた。

「本藩から来た新しい差配役に会ったか？」

「ああ、のっけからわが命に従わねば斬ると脅された。秋月に入る時、柿の木に登って脅した者がいたそうだ。おおかた、お主のことだろう」

　藤蔵は無精《ぶしょう》ひげを生やしたあごをなでながら、

「ああ、わしのことだ。しかし、お主、直《じか》に話して気づかなんだか？」

「何のことだ」

「宮崎織部を訪ねて福岡に行った時のことを覚えておろう」

「うむ」

「あの時、本藩の侍に襲われたが、その中にわしらに声をかけて退《ひ》いた男がいた」

藤蔵に言われて小四郎ははっとした。福岡城下の暗闇で数人の相手と斬り合った時、中にしぶとい剣を使う男がいた。男は他の者が倒されても悠然と小四郎に迫った。藤蔵が加勢しようとしたのを察して、

「どうやら、ここまでだな」

と言い残して闇に消えた。気がついた時には小四郎は腕に傷を負わされていた。もし、藤蔵が来るのが遅れれば斬られていたのかもしれない。

「あの時の男が井手殿だというのか」

小四郎はがく然とした。

「そうだ。わしはあの男の声を覚えている」

「ということは井手殿もまた伏影《ふせかげ》なのか」

「いや、あの夜、わしらを襲った武士は忍びではなかった。おそらく宮崎織部の屋敷を見張っていた目付だろう。だが、本藩の秘密を知ったわしらを斬ろうとしたことに変わりはない」

一見、温和な能吏に見える勘七は、いざとなれば闇で剣を振るうことも辞さない男なのだ。

「つまり、あの男は斬ると言ったら、まことに斬る男だ。油断せぬ方がよいな」

「なるほど、手強《てごわ》い相手が来たということか」

小四郎は腕組みをした。

「郡奉行殿もしっかりすることだ」

藤蔵は小四郎の顔を覗《のぞ》き込むようにして言うと、ところで、俸禄が半分になるというのは本当か、と訊《き》いた。

「間違いあるまいな」

藤蔵は目をむいた。

「半減は勘弁してもらいたいものだな。なんとか手はないのか」

「いまのわが藩は本藩の意向に逆らうことができぬ。どうしようもあるまい」

小四郎に言われて、藤蔵はがくりと肩を落とした。


小四郎は翌年一月になって観音山に視察に赴いた。

前年の大風で観音山の谷川に崩落があり、水路が変わり、水不足となった下流の村があったからだ。小四郎は六人の供とともに、昨日の雪が残る山道を上がっていった。

途中、山道であわてて平伏した女がいた。

竹籠《たけかご》を背負い、手に鎌《かま》を持っている。山仕事をしてきた百姓女のようだった。小四郎は通り過ぎようとして、ふと、女の顔に目をとめた。

「いとではないか」

小四郎に声をかけられて、女は顔をあげた。

「どうした、元気でいたか」

いとは地面に額をこすりつけた。小四郎がうなずいて、立ち去ろうとすると、不意に顔をあげた。

「間様、お願いがございます」

いとが小四郎に声をかけたことに、供たちは驚き、

「これ、無礼であるぞ」

叱責《しっせき》して引き立てていこうとした。

「まて、その女、かねてから存じよりのものだ。相談事があればいつでもこい、と言ってある」

小四郎は引き返してきた。

「この近くにわたしの家がございます。そこに見ていただきたいものがございます」

「見て欲しいもの？」

「はい、間様は郡奉行様になられたとお聞きしました。お奉行様に見ていただきた

いのです」

　いとの目には必死な色があった。小四郎はうなずいて、いとの家に行くことにした。いとの家は山裾《やますそ》にあった。父親と兄が田を耕し、いとは山仕事をしているのだという。

　この日、家には誰もいなかった。いとが見せたいと言ったのは納屋のそばに置いた大きな樽《たる》だった。

　いとにうながされて樽をのぞきこんだ。樽には水がたっぷりとはられ、その底に何か白い物が沈澱《ちんでん》していた。豆腐のようでもあり、さらに清々《すがすが》しい純白な雪のようなものだった。

「これは葛《くず》か？」

「そうです」

　いとは誇らしげに言った。秋月周辺の山野にはいたるところに蔓《つる》状の葛が群生しており、寒根蔓《かんねかずら》と呼ばれている。その根を砕いて真水をかけ、取りだした澱粉《でんぷん》を真水に入れてかきまぜ、幾度となく晒《さら》していくと葛ができあがる。納屋には板を置き、樽から出した葛を乾燥させていた。よい香りが漂っていた。

「これはお前が作ったのか」

「はい、山仕事をしている時、寒根蔓を晒せば葛ができるらしいと聞きました。このあたりには寒根蔓はいっぱいありますから、やり方さえ覚えれば葛を作ることができます」

葛作りは山林に囲まれ、空気が澄み、清流が流れ、しかも寒気厳しい地が向いているのだという。小四郎はあらためて、いとの顔を見なおした。

いとは葛を作るまでのことを話した。吉次が死に、宮崎屋敷から村に戻ったいとを待ち受けていたのは村人からの蔑視《べっし》だった。

特に若い男は村にいたころのいとに誘いの声をかけたことがある者ばかりだっただけに、長崎の石工《いしく》と恋仲になり、宮崎織部の手がついたと噂されたいとに辛《つら》くあたった。

家族にまでそのことは及び、いとは家にいても遠慮せざるを得ず、一生、家の厄介者になるのかと思うと目の前が暗くなった。

田畑の仕事よりも村人と顔を合わさないですむ山仕事を進んでやるようになった。だが、百姓の山仕事は限られている。どれだけ働いてもさほど家の役には立たなかった。

居づらい気持で暮らしていると、思い出すのは吉次のことばかりだった。

石橋の仕事で来た吉次は、他の石工と庄屋《しょうや》屋敷の下男部屋に寝泊まりしていた。食事は台所で庄屋の下男たちと食べることになっていたが、一番若い吉次は石切り場での道具の後片付けなどで食べはぐれ、腹を空《す》かせていることが多かった。

庄屋の下働きを手伝っていたいとは、それを見かねて吉次のための握り飯を別にとっておいた。いとからそのことを告げられ、大根の漬物と握り飯を頬張った吉次は、

「こんなうまい握り飯は初めてだ」

と喜んだ。それから長崎の話をしてくれた。いとは、その後も吉次に昼の弁当を届けたりするうち、恋仲になった。吉次は、長崎に戻るときは連れていくと約束してくれた。

秋月を出ることが実際にできるかどうかわからなかったが、そう考えるのは楽しかった。しかし石橋が崩落して、いとと吉次の運命は変わった。

いとは吉次を助けたい一心で宮崎屋敷に奉公に出て村人から蔑視されることになった。

山仕事をしていて死んだ吉次を思い出すと、涙が出てきて止まらなくなり、崖《がけ》の下に隠れて泣いた。それでもひとと顔を合わすことがない山あいで鳥のさえずりを聞き、どこまでも青々とした山並み、深い色をした空を見ていると、不思議に生きていく気力だけは湧いて来た。そのなかで思ったのは、誰かの役に立ちたいということだった。

ひとの役に立っていると思いたかった。そのため機織りをしようかと思った。機で綿布を織り、商人に売れば金になって家を助けられる。そのためには機を買わねばならなかった。金を得るためにはまず金がいるのだ。

考えあぐねていたとき、祖母から寒根蔓のことを聞いた。いとが山仕事をしていて、いつも見る蔓だった。

「あれを晒したら葛ができる。そしたら金になる」

と聞かされた。それを聞いてから、山に行った時には必ず寒根蔓を採ってきた。祖母から聞いた話を頼りに蔓を晒してみた。しかし、うまくできなかった。

水が悪いのかいくら晒しても、純白の葛はできない。その間に祖母も亡くなってしまい、頼る相手がいなくなった。それでも、数年やり続けるうちに、寒気の中、冷たい水をいとわずにかき回し、晒すことで葛ができるのだ、とわかってきた。

それからは雪が降り積もった冬の朝、樽に張った氷を割って素手でかきまぜた。手が凍えて赤くなり痺《しび》れたが、くじけずにやり続けた。そのころ、いとが山で蔓を採るのを久助《きゅうすけ》が手伝ってくれるようになった。

久助は山仕事に来ていて崖から滑り落ちて足をくじいたことがあった。その時、通りがかったいとが助けたことから話すようになった。久助は五歳年下で、いとが宮崎屋敷に奉公したことや死んだ吉次のことも知らなかった。

いとが村人からどう思われているかを話しても久助は態度が変わらず、いとの葛作りを手伝うようになった。そうなると、久助が村人からいじめられることになると心配したが、

「葛ができるようになったら、みんなわかってくれるよ」

久助は笑顔で言った。いつのまにか、いとにとって葛は生きる張り合いになっていた。

いとがこれまでのことを話すと、小四郎はうなずいた。

「それで、わたしにどうせよ、というのだ」

「お奉行様に、この葛を皆が作れるようにしていただきたいのです」

「皆が作る？」

「はい、秋月は生《な》り物が少なく、皆、苦しい暮らしをしています。葛は皆の助けになります」

「そう言うが、村の者はお前を爪弾《つまはじ》きにしてきたのではないのか」

「でも、昔はやさしくしてくれました。いいひとたちなんです。だから、わたしは皆の役に立ちたいのです」

そう言ったいとは、小四郎越しに何かを見たらしく微笑んだ。

小四郎が振り向くと、庭先に鎌《かま》を持った若い男が立っていた。背に負った竹籠《たけかご》に

は寒根蔓がいっぱい入っていた。若い男は小四郎に見られて、あわてて平伏した。

「久助さんです。葛を作るのを手伝ってくれています」

いとの声には情がこもっていた。そうか、いとにも相手ができていたのか、と小四郎はほっとする思いだった。

「この葛は秋月の名産になるかもしれぬな。わたしが名をつけてやろう。白ヶ《しらが》嶽《たけ》葛というのはどうだ」

白ヶ嶽とは古処山の別名である。葛の純白さと神々しさを表すのには良い名だと思ったのだ。

「白ヶ嶽葛——」

いとは嬉《うれ》しそうにつぶやいたが、ごほん、と咳《せ》き込んだ。咳は続けざまに出て苦しそうに膝《ひざ》をついた。

「いとさん」

久助があわてて駆け寄り、いとの背をさすった。いとはなおも苦しそうにしていたが、やがて口をおおっていた手の間から赤い物が地面にこぼれた。久助が悲しげな声をあげた。いとは喀血《かっけつ》していた。

この日、小四郎はいとの薬代にと金を渡して奉行所に戻った。夕刻、屋敷に戻ってからも、いとの家で見た葛《くず》の清冽《せいれつ》な白さが忘れられなかった。

いとは葛をつくるため極寒の季節の水を素手でかきまぜ、肺を患ったのだろう、と思った。居間に茶を持ってきたもよに、いとのことを話した。

「いとさんは、どうなるのでしょうか」

「労咳《ろうがい》では助からぬかもしれぬな」

「それでは、あまりにむごいではありませんか。せっかく懸命に葛を作ったのに」

「そうだが、もし、いとがいなくなっても、葛はあの久助という男が作り続けるのではないかな。そんな気がする。そうすることでいとのしたことは生き続けるのだからな」

そう言いながら、小四郎はあの葛の純白さは、いとの心のようだった、と思った。

(ひとがこの世で為《な》すことは、いとが作った葛のようであるべきではないのか)

小四郎はそう思った時、どのような悪評にも耐えて為すべきことを行おうという覚悟が定まってくるのを感じるのだった。

「でも秋月の女は偉うございますね」

もよがしみじみと言った。

「ほう、そう思うか」

「いとさん、原先生のお嬢様――」

猷はすでに二十二歳になっている。五年前から古処が不在の時には塾で代講をするようになっていた。猷の学才は弟子にも認められていたからだ。弟子たちは十七歳の乙女の講義を喜び、嬉々《きき》として聴講した。

猷はこのころから、もっぱら采蘋《さいひん》という号で呼ばれるようになっていた。いい歳をした弟子たちが、

——采蘋先生

と恭しく呼んだ。

古処は猷が十八歳になった文化十二年から十三年にかけて中国地方や豊後《ぶんご》にかけて度々、遊歴した。猷は結った髪を背にたらし、袴《はかま》をつけ脇差を差した男姿を始めた。古処とともに各地の詩人を訪ねる旅の途中は男の姿の方が都合がよいからというのだ。古処はこのことを咎《とが》めなかった。

古処には江戸御留守居を務める白圭《はっけい》という長男と瑾次郎《きんじろう》という二男がいる。いずれも病弱だった。古処は詩才に抜きんでている猷に期待するところがあった。猷が男装したのも、そんな父の期待に応《こた》えるためかもしれない。

各地の文人、学者を訪ねる旅に出ると半年ほどは秋月に戻らなかった。美しい男装の猷はどこに行っても歓迎され、その詩才も広く知られるようになった。

日田では広瀬淡窓《たんそう》の咸宜園《かんぎえん》を訪れた。淡窓は菅茶山《かんさざん》、頼山陽《らいさんよう》と並び称される漢詩

人で〈海西の詩聖〉と呼ばれていた。塾には全国から若者が集まっていた。古処たちが訪れた時、淡窓は門弟を集め、酒宴を開いてもてなした。淡窓と門弟が度肝を抜かれたのは猷が男に交じって詩を論じて引けをとらず、酒豪でもあったからだ。感嘆した淡窓は、

紅顔寧《いずくん》ぞ仮らん青綾の障
詩軍酒敵幾《ほとん》どに囲を解く

と詩を献じた。この時、淡窓は猷の印象を、

――その行事磊々《らいらい》落々男子に異ならず。又能《よ》く豪飲す

と日記に記している。

二月後、小四郎はいとの家を訪れた。ようやく春になり、いとの病状も少しは回復に向かったのではないか、と思ったのだ。ちょうど納屋から出て来た久助と顔を合わせた。相変わらず家族は誰もいないようだった。庭で鶏の鳴き声がした。久助

は小四郎を見て、ひどく驚いた様子で地面に跪《ひざまず》いた。

「いとの具合はどうだ」

小四郎が訊くと、久助は悲しげな顔で頭《かぶり》を振った。そして、納屋の方に目をやった。

「まさか、病人を納屋にいれておるのか」

「家族の者が病を怖がりますものですから」

小四郎は駆け寄って納屋の戸を開けた。薄暗い納屋の奥に藁《わら》が敷かれていた。そのうえに粗末な夜具をかけられたいとが寝ていた。いとは痩《や》せ衰え、色はさらに白くなっていた。

「どうしたことだ。わたしが与えた金で薬は購《あがな》わなかったのか」

小四郎が久助に訊くと、その声に、いとが薄目を開けた。

「お奉行様――」

いとがかすれた声で言った。小四郎は枕もとに膝《ひざ》をついた。

「百姓は貧しいのです。治らない病人に高い薬を使うのはもったいないから、薬はいらない、とわたしが申したのです。お叱りを受けねばならないのは、わたしです」

「そなたという女は――」

「わたしは葛を作ることができたから、幸せです。思い残すことはありません。きっと久助さんが立派な葛を作ってくれて、皆の暮らしの助けになります」

「ならば、なおのこと養生すればよいではないか」

「いいえ、もうよいのです」

「なに――」

「わたしは、もう人の役に立ちましたから」

いとは静かに目を閉じた。小四郎の背後で久助が忍び泣いた。いとが息を引き取ったのはそれから一月後だった。

十二

文政四年八月、小四郎は郡奉行《こおりぶぎょう》に加え町奉行を兼務し、さらに御用人本役を仰せつけられた。小四郎、この年、三十五歳。若くして重職を兼務することになった。もはや家老に次ぐ藩の重役だった。

昇進が言い渡された日、小四郎は勘七の御用部屋に呼ばれた。

勘七は相変わらず書類に埋もれるようにして文机《ふづくえ》に向かっていたが、小四郎が部屋に入ると、にこやかな顔を向けた。

「まずは、御出世めでたい」

「恐れ入ります」

小四郎が頭を下げると、

「とは言っても、これからが大変でござる。出世したと喜べるのも、今のうちだけかもしれませんぞ」

勘七は笑みを湛《たた》えたまま、気になることを言った。小四郎は勘七の顔を見た。自分を登用する以上、勘七には何か考えがあるのだろう、と思っていた。勘七はうなずくと、

「そこもとには十一月にそれがしとともに大坂に上っていただく」

「大坂でございますか」

小四郎は緊張した。大坂と言えば、商人たちから借りまくった借財の整理の話に決まっている。

「さよう、それがしと難事にあたっていただく」

「はて、算勘に長《た》けた者なら手塚安太夫がおりますし、他にも勘定方に人材がおりましょう。それがし、これまで郡奉行を務め、百姓の暮らし向きや生《な》り物のことならいささか存じておりますが、大坂の商人を相手にしたことなどございません」

「だからこそよいのだ」

と言った勘七は、大坂商人に手管《てくだ》は通じぬ、当たって砕ける愚直しかないのだ、と言った。小四郎は愚直と言われて嬉《うれ》しくはなかったが、商売上手の大坂商人にはそれぐらいしか手がないだろう、とも思った。勘七は小四郎の思いを気にする風もなかった。

「御承知のように今年秋から所務渡米を百石につき七十俵に戻す。半知といたして、すでに三年になる。これ以上は藩内がもたぬからな」

「まことにさようです」

小四郎も日々の窮乏は身にしみているだけにうなずいた。重職の小四郎でもそうなのだから軽格、足軽にとっては文字通り死活問題だろうと思った。

三十四俵から七十俵に戻すという藩の方針が伝えられると藩士の顔にひさしぶりに明るさが戻ったのである。

「しかしながら、それでは今後の借財返済がとても賄えぬ。されば大坂に出向き、借財返済を十二年間、停止することを申し入れる」

「十二年もでござるか」

「まことは二十年か三十年停止したいのだが、それでは向こうが承知すまい。ぎりぎりのところが十二年だ」

「しかし、商人がそのようなことを承知いたしますか」

「だからこそ、御手前と二人にて乗り込む。話が不調に終われば、二人そろって腹を切ることになろう」

勘七は平然として言った。

「大坂に行くにあたっては心得があるぞ」

小四郎に忠告したのは惣兵衛である。二人は御用人の部屋にいる。

「心得？」

「井手殿は、まことは半知をやめ、七十俵に戻すことに反対なのだ。藩内であまりに声が多いゆえ、仕方なく同意されたに過ぎぬ」

「だからこそ、大坂商人からの借財返済を十二年停止しようというのではないか」

「そのようなことができると思うのか」

「なに？」

「大坂商人は利に敏《さと》い。返済を十二年停止するなら、その見返りを求めてくるぞ」

「それは、そうであろうな。だが見返りに出す物など何もないぞ」

「ただ一つだけある」

「なんだ」

「本藩の保証だ」

惣兵衛は目を光らせた。

「なるほど」

「今、わが藩は本藩から差配を受けておる。それに加え十二年間の借財停止の保証を受ければ、もはや丸抱えと同じだ。いずれ藩領を本藩に戻すことになろう。井手殿はそこを狙っておるのだ」

「なるほどな」

不意に惣兵衛の顔に疲労の色が浮かんだ。惣兵衛はその力量を認められ、近く中老に登用されようとしていたが、それだけ精励恪勤《かっきん》してきた。休養をとれない苛立《いらだ》ちのようなものが全身に滲《にじ》んでいた。

「正直わしはそれでも仕方がないと近ごろ思うようになった。わが藩の財政のやりくりは、もはやどうにもならぬ。本藩と一つになってもやむを得ぬかもしれぬ」

「わたしは、そうは思わぬ」

「なぜだ、お主とて、特段の手立てはあるまい」

「それはそうだが、わたしは本藩にさほどの負い目を感じておらぬ」

「なに――」

「わが藩が多年、長崎巡察を務めてきたのは何のためだ。天明年間に先君長舒様が藩主となられる時、本藩から妨害があった。それをはねのけるため幕府老中に働きかけ、本藩に代わって長崎巡察を務めるという条件で藩の存続にこぎつけた。その長崎巡察が負担となって財政に欠乏をきたしてきた。本藩になりかわって長崎巡察の出費を行ってきたがゆえの貧困でもあるのだぞ」

「今さら言いたてても仕方があるまい」

惣兵衛は鼻白んだ。

「いや、長崎巡察だけではない。中宮御所造立《ぞうりゅう》、仙洞御所修復の国役《くにやく》にしても、わが藩が命じられなければ本藩に行っていただけの話だ。わが藩は目に見えぬところで本藩の負担を軽くしてきた。いまは、そのつけがまわって見返りを本藩に求めているのだ」

「つまり、本藩に保証を求めぬ、という腹か」

つぶやくように言った惣兵衛の顔は険しくなっていた。その表情を見て、小四郎ははっとした。

「惣兵衛、お主、井手殿に言われて、わたしを納得させるために話したのか」

惣兵衛は答えなかったが、目がそうだ、と言っていた。惣兵衛は少し老けたように見えた。勘七はいつのまにか惣兵衛にまで手をまわしていたのだ。惣兵衛は目をそらした。

「わしは疲れた。わしだけではない。安太夫も左内も、織部崩れの時に連名した者もほとんどが疲れた。違うのはお主くらいのものだろう。お主は郡奉行として村方ばかりしてきたから、館《やかた》におってやりくりに頭を悩ませてきたわしらの苦労がわからんのだ」

「それで、本藩に屈するというのか」

「いや、井手殿にはわれらの気持を汲《く》みとる度量がある。それにすがるべきだ、と申しているのだ」

「井手殿が器量人であることはわたしも知っておる。しかし秋月を取り戻すと誓ったではないか」

「つまらぬ意地を張っては皆が迷惑するぞ」

惣兵衛は小四郎をにらんだ。惣兵衛は子供のころから餓鬼大将でひとの上に立って指図するのが好きだった。重役に向いているとも言えるが、反対意見を言われると露骨に嫌な顔をする。小四郎はしばらく黙っていたが、失礼する、と言って立ち上がった。部屋から出て行く小四郎に惣兵衛は、

「小四郎、一人では何もできぬぞ」

と声をかけた。

「一人だけとは限るまい」

小四郎は振り向かずに出ていった。

館から下がると小四郎は手塚安太夫を訪ねた。安太夫は迷惑げな顔で玄関先まで出てくると、

「わしは、いま勘定方失態の責めを負って、蟄居《ちっきょ》の身だ。あがってもらうわけにはいかんし、政事向きの話もできん」

「されど、このまま本藩のやり方を見過ごすのか」

小四郎に言われて、安太夫は頭をかいた。

「とは言っても、わしらにはもはや何もできぬ」

「できることはあるはずだ」

いや、と安太夫はため息をついた。

「皆、それぞれに妻《めと》を娶り、子も生まれた。藩での御役目にもついておる。つまり、それぞれ立場というものがあるようになったのだ。いつまでも若いころのようにはいかん」

安太夫はそれ以上、話そうとはせず、小四郎も説得をあきらめた。

小四郎自身、〈織部崩れ〉の翌年、生まれた男子がすでに十歳となっている。安太夫の気持もわからないではない。

（しかし、宮崎織部はその地位を失っても藩政を考え続けたではないか）

そう思うと、今も流刑《るけい》のまま島にいる織部に対して後ろめたさがこみ上げた。

小四郎が屋敷に戻ると、坂本汀と手塚龍助が訪ねてきていた。

大坂行きを知って訪れたのだという。居室で二人に会った小四郎がうかがうような目を向けると、汀が膝《ひざ》を乗り出した。

「きょう、うかがったのは、井手殿と和していただきたいからだ」

「和解するだと？　お主たちまで惣兵衛と同じことを言うのか」

汀と龍助は顔を見合わせた。そして龍助が、

「われらは、殿の思《おぼ》し召しを伝えにきたのだ」

「殿の――」

小四郎は座りなおして威儀を正した。汀と龍助は小納戸《こなんど》役《やく》として藩主長韶の側近となっていた。汀は真剣な表情で、

「殿は本藩との間に軋轢《あつれき》が起きるのを心配しておられるのだ」

「しかし、わが藩は本藩に乗っ取られておるのだぞ。やがては無くなるかもしれん。殿はそれでもよいと仰せなのか」

汀は苦しげな顔になった。龍助は顔をそむけ、

「殿は先まで考えてはおられん。今は本藩の救いがなければやっていけぬと思っておられるのだ」

「それは惰弱に過ぎる。そのようなことをお諫《いさ》めしてこその側近ではないか」

「殿は癇性《かんしょう》だ。わしらの言など用いられぬ。それより、このままでは殿は意に逆らう者を罰せられるかもしれぬ」

「それは脅しておるのか？」

ひややかに言うと二人は目を伏せた。小四郎は友人の間で孤立していると感じた。それぞれの立場もわかるが、自分が間違っているとも思えなかった。福岡出訴の同志とはいえ、考えが違ってしまえば袂《たもと》を分かつしかないのだろう。

翌日、小四郎は坂田第蔵を訪ねた。第蔵は銀奉行となったいまも昔と変わらぬ家に住んでいた。

「そうか、惣兵衛がな」

小四郎の話を聞いて第蔵はうなずいた。

「変わったのは惣兵衛だけではないようだ」

「やはりな、かようになりそうな気がしておった」

第蔵はあごをなでながら言った。小四郎は第蔵の顔を見た。

「だからこそお主に力を貸してもらいたい」

「何をしろ、と言うのだ」

「わたしとともに大坂に行ってくれ」

「大坂に？」

「わたしは郡奉行だ。村方はわかっても財用の知識がない。それでは大坂商人と渡りあえぬ。そこで銀奉行のお主にともに来てもらいたいのだ」

「そうは言っても、大坂商人を説く策はあるのか。それがなければ、わしが行っても無駄だ」

「一つだけある」

「ほう、どのような策だ」

「今は言えぬ。大坂に行ってからでなければ、わたしにも、その策が使えるかどうかわからぬのだ」

「ふむ、あてにならぬ話だな」

第蔵は苦笑いした。

この年十一月、小四郎は勘七とともに秋月から小倉に行き、船で大坂に出た。一行は勘定方など六人。銀奉行の坂田第蔵も加わっていた。大坂に着いて小四郎が驚いたのは、初めて目の当たりにした大坂商人の隆盛である。どの店もひとであふれ、蔵には金がうなっているのがありありとわかった。

秋月藩の借財など大坂の富商にとって何ほどの物でもないだろう。しかし、商人は、どのようにわずかな金でも決しておろそかにはしない。

店を訪れると、愛想のいい手代がすぐに奥へ通し、うまい茶が出されたが、それから一刻《いっとき》(二時間)ほどは待たされた。ようやく出てきたのも若い番頭だった。勘七が来訪の用件を告げると、にこやかに聞いていた番頭が頭をかしげ、

「それは難しゅうおますなあ」

といかにも心外そうに言った。勘七と小四郎が何度も頭を下げて、年かさの番頭が出てきたのは、さらに半刻後である。この番頭はむっつりとして話を聞いていたが、勘七が言い終えると、

「あきまへんな」

と、にべもなかった。

「そこを何とか、御主人にとりついでもらえまいか」

「大旦那《おおだんな》にでっか、うちの大旦那は、こんな――」

小さな取引の話には出てこないと言いたかったのだろうが、商売の話は苦手でしてな、と言い換えた。勘七はうなずいて、

「でも、あろうが、わが藩では銀主の方々を招いて一席もうけたいと思っておる。そこへおいでいただくだけなら、いかがか」

「ほう――」

大番頭の目が一瞬、きらりと光った。銀主を供応するというなら、それなりの算段があってのことだろうと思ったようだ。このあたりの呼吸はどの店でも同じだった。

結局、秋月藩の銀主となっている葛野《かどの》五左衛門、奥野善兵衛、井坂次郎左衛門、大寺四郎五郎、油屋可兵衛の五人を大坂中之島の秋月藩蔵屋敷に蔵抜《くらびら》きの招待と称して招いた。

五人はいずれも絹の贅沢《ぜいたく》な羽織袴《はかま》姿だった。その中で油屋可兵衛が六十を過ぎて、年長でもあり、重きをなしていた。

可兵衛は痩《や》せて頬がこけ、目も落ちくぼんだ陰気な老人で、膳《ぜん》が並んだ広間に入っても、下座に背を丸めて座り、接待役の藩士が何と言っても動こうとしなかった。その様子を見て、まだ三十代の葛野五左衛門が、

「油屋さんは好きなようにさせてくださりませ。座りたくなれば上座へでも、どこへでも座られる御人ですさかい」

笑いながら言った。同時に他の商人も笑ったから、可兵衛の頑固とわがままは皆、知っているのだろう。勘七は仕方なく挨拶《あいさつ》をして、酒宴を始めた。

勘七がうなずくと酌をするために呼んでいた芸妓《げいぎ》がはなやかな衣装で居流れ、蔵屋敷にふさわしくない脂粉の香が漂った。

商人たちは珍しくもない顔をして杯を口に運び、可兵衛だけは酒を飲まずにしきりに料理を食べていた。座がくつろいできたところで勘七がふと杯を置くと、

「どうでござろう。先日来お頼みいたしておる、借財返済十二年停止の件でござるが。お考えいただけたであろうか」

勘七が言い終わらないうちに、可兵衛がにべもなく、

「あかんな」

うつむいて、料理を口に運びながら言った。小藩の役人など歯牙《しが》にもかけていない様子だった。勘七が鼻白むと、五左衛門が手を打って笑った。

「井手様、そら、無理ですがな。大坂商人に何の利もない話を言わはったかて」

「しからば、いかがいたせば」

「さて、どうしたもんやろか」

五左衛門はあごに手をかけて、しばらく考えたが、

「やっぱり、保証していただきとうおすなあ」

「保証と言われると？」

「福岡藩が秋月藩の借銀の後始末をしていただけるというお約束どす」

「さあ、それは——」

勘七が言いよどむと、五左衛門はチラリと小四郎を見た。

「井手様は福岡藩から秋月藩に遣わされた御用請持やと聞いております。井手様の口からは何とも言われしまへんやろ。そこで、間様の出番や。間様が命に代えても福岡藩から保証を取り付けます、と言われたら、この話は進むかもしれまへんが、どないされます」

五左衛門は鋭い目になっていた。どうやら、勘七と五左衛門はあらかじめ打ち合わせをしたうえで、小四郎の言質《げんち》をとろうとしているようだ。その時、可兵衛がうつむいたまま、くっくっと笑った。

「なんや、猿芝居みたいやな。そこの御方、どないしはりまんのや。もっとも逃げ道はないやろけどな」

小四郎は居並んだ商人を見渡した。

「それがし、皆様にお見せしたいものがござる」

小四郎は振り向いて、後ろにいた第蔵をうながした。第蔵は勘定方とともに商人たちに書付けを配ってまわった。その様子を見て、勘七が、

「間、何の真似だ」

厳しい声を出した。小四郎は勘七に会釈して、

「そこに書かれておるのは、わが藩の財政の一部始終でござる」

と言い切った。書付けに書かれているのはこの三年間の秋月藩での年貢の穫《と》れ高

から、江戸、大坂、国元での出費にいたるまであらいざらいだった。五左衛門はさらさらと目を通すと、つめたい声で、

「わたしらに裸になって、何もかも見せて、金を出させようというなら、それは甘うございまっせ。この書付けを見たら、この先、どうやっても金が返せそうにないやおまへんか」

「これだけで金を貸してくれ、とは申しません」

「ほう、それなら、何がありますのや」

五左衛門の表情には苛立《いらだ》ちが浮かんでいた。小四郎は笑みを浮かべて、

「そこに書いてないものをお見せしたいのでござる」

「ここに書いてないもの？」

五左衛門が戸惑った顔になると、小四郎は手を叩《たた》いた。廊下に一人の町人がひかえていた。背後に数人の女中がいる。

町人は膝《ひざ》をついて部屋に入ると頭を下げた。それとともに女中たちが皿を配ってまわった。皿には白い羊羹《ようかん》に似たものが載せられている。砂糖と黄粉《きなこ》、黒蜜《くろみつ》が添えてあった。

「これを食していただきたい」

廊下に近い下座に座っている可兵衛が皿をのぞき、

「これは、葛《くず》やな」

と不思議そうな声を出した。

「いかにも、さよう。わが藩の百姓の娘がつくった葛でございます。その娘は亡くなりましたが、死ぬ間際まで村人のためにと葛を作りました。京や大坂で売り出してみましたが、いまひとつ売れ行きが伸びませんでした。そこで、その娘と親しかった、この者が大坂にて修業をいたし、より一層の味に仕上げたのが、この葛でございます」

葛を持ってきた男は久助だった。久助は大坂に出てくると晒葛《さらしくず》を売っている店をすべて訪ね歩いた。その中に紀州保田村の晒葛をあつかっている店があった。

雪のように真っ白で口に入れるとほんのりと溶けていくような味わいだった。久助はさっそく保田村を訪ねて葛作りの職人として雇ってもらい、二年の修業をしたのだ。

葛は水桶《みずおけ》にいれて晒し、取り出したものを乾燥させ、豆腐ぐらいの大きさに切って一年寝かせておく。久助はいとと作った白ヶ嶽葛にさらに磨きをかけていた。

「この葛、近くわが殿に献上いたし、しかる後、江戸にても売り出す所存にございます」

小四郎が静かに言うと、五左衛門が笑った。

「葛を名産にしたいというお考えですやろけど、仮にうまくいっても、それぐらいではたかがしれてますなあ。誰もそんなものに惑わされはしまへんで」

しかし、可兵衛は五左衛門の話にも素知らぬ顔で箸《はし》をのばして黒蜜をつけた葛を口にいれた。

「ほう、うまいがな。こりゃ、上出来や」

可兵衛がつぶやくと、他の商人も次々に砂糖や黄粉をつけた葛を口にした。そして、

「なかなかのもんや」

「これは、売れるで」

と嘆声があがった。可兵衛はにやりとして、

「この葛は作った者の心がこもってますな。その久助はんだけやない。最初に作った娘はんのきれいな心が雪のような葛になったんやろ。そないな心は大事にせな、いい物はできんし、商売も成り立たんということは、わてらもようわかってます。商売はそんな心を守るためのもんでもあるはずや。そやけどな、それだけでは商売では勝てん。五左衛門はんが言う通り、わてらを動かすには、もう一ついりまっせ」

と問いかけるように言った。小四郎に答えがあるなら言ってみろ、とうながして

いるようだった。

「油屋殿が言われる通り、われらはこの葛で秋月の心をお見せした。されど、それだけですむとは、もちろん思っておりません。葛野殿は先ほど、それがしに本藩の保証を取り付けることを言明せよと言われたが、それはお考え違いでござる」

「考え違いと申されますと」

五左衛門はひややかに小四郎を見た。

「さよう、保証など取り付けずとも本藩は秋月を見捨てるわけにはいかぬということを御存じないからです」

勘七が身じろぎした。

「間、言葉が過ぎよう」

「このように、ここに井手殿がおられるのが、なによりの証《あかし》でござる。秋月藩は本藩に代わり長崎巡察を引き受けて参りました。長崎の巡察に藩士を出せばかなりの大金がかかります。秋月藩ができなくなれば本藩が幕府より命じられましょう。その費用をいかがなされるおつもりか。本藩にとっては、われらが貧苦にあえぎつつ、国役を引き受けるのが、最も望ましいのでござる。されば約定《やくじょう》も証文も要り申さぬ。われらの借財は本藩にとっての借財でもあるのでござる」

小四郎が言いきると、可兵衛がぴしゃりと自分の膝を叩いた。

た。

「そうやなあ、証文なんぞ、いくらもろうても、踏み倒す気になれば同じ事や。それより、この雪のように白い葛の心意気を買った方がええかもわからへんなあ」

五左衛門は嫌な顔をしたが反対はしなかった。他の商人も口々に可兵衛に賛同した。

大坂商人たちは借財返済十二年停止を受け入れて蔵屋敷から帰っていった。その後、勘七は御用部屋に小四郎と第蔵を呼ぶと、

「その方らかねてから打ち合わせておったのか」

苦々しげに訊《き》いた。小四郎は頭を下げた。

「商人たちが納得せねばやむをえぬかと思っておりました」

「それで、わしの目論見《もくろみ》をつぶしたわけか」

「滅相もない。すべては借財返済十二年停止を認めさせる方便でございます」

「方便のう？　まことにさようなのか、坂田——」

第蔵は同じように頭を下げて、

「秋月藩を守るため、やむなき仕儀かと」

「やはり秋月のみを考えておるのだな」

勘七はため息をついた。

「秋月藩の窮状を商人どもにさらけだし、さらに本藩がかならず秋月藩をかばうなどと言いふらすのは、まことに言語道断だ。これでは、わしも考えをあらためねばなるまい」

「考えをあらためると仰せになりますと」

「秋月に対しもっと強硬に行うべきだ、と申す本藩の重役もおった。反対しておったのは、わし一人だと言ってもよい。村上殿の指図で伏影《ふせかげ》が動いてきたことは知っておろう」

「いかにも存じております」

小四郎は顔をあげた。

「伏影は、わしの供として秋月にも入っておる。どう動いておるのかは、わしもよく知らん。だが、今日の一件でもはや、わしの抑えは利かぬと覚悟することだな」

勘七は吐き捨てるように言うと、二人を残して御用部屋から出ていった。勘七の後ろ姿を見送った第蔵は、舌打ちした。

「これは、やはり惣兵衛の申したように、井手殿を押し立てていくべきであったかな」

「何を言う。お主は先ほどやむを得ぬ仕儀だと言ったではないか」

「されど、伏影が動くということは、本藩の意に逆らう者は闇に葬るということだろう」

「伏影は忍びの技に長《た》けておる。毒でも使われれば、わしらは防ぎようがなかろう」

「おそらくはな」

「それはそうだ」

小四郎はうなずいたが、本藩との戦いを選んだことに悔いはなかった。借財のことは大坂商人を説きつけたことで、ここしばらくの見通しが立った。

(これからは本藩の指図は受けぬ)

そして秋月藩を取り戻すことこそ、流罪となった織部が望んでいたことだった、とあらためて思った。

十三

文政五年——。秋月に戻った小四郎を待っていたのは藩内の非難の声だった。大坂商人との交渉での成功よりも、藩の財政を大坂商人にあからさまにしたことが問題になった。このころの記録に、

——勘七小四郎ヲ信任シ、金穀ノ務メヲ幹理セシム。是《ここ》ニ於《お》イテ先ンジテ大坂ニ到リ、意ニ任セテ弛張《しちよう》ス。遂《つい》ニ国計ノ大本ヲ洩《も》ラス

とある。小四郎を見る藩内の目はひややかだった。小四郎は孤立した。そんな小四郎をひさしぶりに猷が訪ねてきた。猷はこのところ父の古処とともに福岡、長崎を遊歴し、たまに秋月に戻るような暮らしだった。

旅に出る時はいつも髪を結って後ろにたらし、袴《はかま》をつけた男装で腰には朱鞘《しゆざや》の大刀を差した。秋月にいる間も刀こそ差さないが身についた男装は変えなかった。

この年、猷は二十五歳になる。茶を運んだもよが思わず見とれるほどの美しさだった。猷は小四郎の前に座ると、

「福岡で奇妙な話を聞きました」

「福岡で？」

古処と猷が福岡を訪れるのは百道《ももち》に亀井家があるからだった。亀井南冥は藩校の教授を逐《お》われてから、それまでの唐人町《とうじんまち》の屋敷が火災にあったこともあって百道へ移転し、逼塞《ひつそく》した。八年前に再び火災にあい、その際に南冥が焼死していた。

だが、南冥の嫡男、昭陽《しようよう》はなお健在だった。昭陽には友という長女がいた。友は猷と同じ年で、少琹《しようきん》と号して詩、書画をよくした。

猷にとって友は心置きなく語り合える友人だった。昭陽は一時、秋月藩に招かれるという話もあったことから秋月に関心が深く、たまたま耳にした噂を猷に話したのだという。

「何でも間様を仇《かたき》と狙うひとがいるのだそうです。そのうち福岡から秋月まで仇討《あだう》ちに来るのではないでしょうか」

「わたしを仇と狙うとは――」

小四郎が姫野三弥を斬ったのは九年前のことである。今頃になって仇討ち話が出るだろうか、と小四郎は首をかしげた。

「間様、もしそのような者が現れたなら、どうなさいます」

「まことに仇討ちであれば立ち合うしかありますまい」

「お逃げになってはいかがですか。たとえば江戸へ」

「馬鹿な、そんなことはできるはずもない」

「そうですか。わたしはいずれ江戸へ行くつもりですから、御一緒できたら楽しいかと思いましたが、間様はなぜ秋月に縛られるのですか」

「なぜ、と言って、秋月はそれがしの故郷ですから」

「故郷に縛られぬ生き方もあるのではありませんか。わたしの父が間様はこのままでは秋月の犠牲になるかもしれぬと申しておりました」

「それは、また——」

小四郎は苦笑したが、古処の言う通りかもしれない。すでに藩内では孤立しつつある。この先、本藩の影響力を排除しても誰も小四郎の功を認めないだろう。それどころか非難の声はさらに高まると思うと、さすがに虚《むな》しかった。

猷はこの日、言うだけのことを言って帰っていったが、数日後、猷のもたらした噂がまことであることがわかった。

小四郎はひさしぶりに勘七に呼び出された。御用部屋で迎えた勘七は以前と変わらぬ態度で、

「実は困ったことが起きた」

「何事でございましょうか」

「そこもとの一身に関わることだ」

勘七はじろりと小四郎の顔を見た。小四郎は猷が言っていたことではないかと思って、

「仇討ちでございますか」

「これは驚いた。もう御存じか、さすがに早耳だな。実は、そこもとを仇だと申す者が福岡におって、かねてから仇討ちを願い出ておった」

「どなたでございますか」

「姫野弾正という鷹匠頭《たかじょうがしら》だ。そこもとが斬った姫野三弥の父でもある」

「やはりさようですか」

三弥を斬って以来、鳴りを潜めていた伏影《ふせかげ》がまた動き出したのだ。当然、その背後には村上大膳がいるに違いない。

「姫野弾正は三弥が死んで以来、仇討ちを願い出ておったが、これまで許されなかった。父が子の仇を討つのは逆縁で仇討ちの作法にないからな。しかも弾正は鷹匠頭だ。そのような気儘《きまま》は許されなんだ」

そこまで聞いて小四郎は、本藩の鷹匠と鳥見役《とりみやく》こそ伏影なのだ、とわかった。鷹匠と鷹狩りの場を管理する鳥見役なら藩主が野外で密命を下すこともできるだろう。

(伏影はわたしを暗殺するのではなく白昼堂々と討つつもりなのだ)

それが秋月藩への見せしめにもなると考えてのことではないか。

「わしとしては、九年もたっての仇討ちなど認められぬと言ってやったのだが、それなら武道争いの上での果たし合いという名目で許したらどうだ、という者もおる。そなたの意見を聞いておかねばなるまいと思ったのだ」

勘七は小四郎の顔を見た。

「御配慮かたじけなく存じますが、仇と狙われるのであれば、受けて立つのが武士の習い。それが果たし合いという名目であろうとも構いませぬ」

「そうか、受けるか」

　勘七はにこりと笑った。そして、

「仇討ちの名義人は姫野弾正だが、親類縁者が少ないゆえ配下の鳥見役十六人が助太刀となる。弾正も加えれば十七人が立ち合うというわけだ」

「わたし一人に十七人――」

　小四郎は絶句した。十七人が一人を討つ仇討ちなど聞いたことがない。

「なに、鷹匠、鳥見役と言えばほとんどが足軽だ。たいしたことはない。それに間殿も親類縁者、朋輩《ほうばい》は多いことゆえ、助太刀には事欠くまい」

「双方、合わせて数十人が斬り合えば、仇討ちと申すより、もはや争闘になりますぞ。それをお認めなさいますのか」

「諸国に例を見ないわけではあるまい。それに、そこもとは近ごろ、本藩に対して何やら含むところがあるように見受けられる。弾正も秋月に乗り込んで仇討ちをする以上、どのような仕掛けがあるかと用心深くなったのであろう。人数を多くするのも無理からぬ。相手方が多人数なのを恐れるなら、助太刀を頼むがよい」

　勘七は小四郎の藩内での孤立を知っているのだ。小四郎は、承知仕《つかまつ》った、と答えるしかなかった。

勘七は仇討ちが行われる期日について、二月後の三月十日、場所は瓦坂前の広場とした。当日、藩士は助太刀の者以外は禁足されて見物は許されず、立ち会うのは勘七だけだという。小四郎は篤、実父の太郎太夫始め兄弟、親類からの助太刀の申し出を断った。心配した太郎太夫は屋敷まで辰を伴って訪ねてきた。小四郎は助太刀を断る理由を説明した。

「本藩の狙いは逆らう者をことごとく除くことです。もしわたしに助太刀すれば、家がお取りつぶしになるでしょう。しかも相手は本藩隠密《おんみつ》の十七人です。助太刀がいても、斬られる者が増えるだけです」

「馬鹿な、それではわしらの面目がつぶれることになる。お前は一人で十七人を相手にするつもりか」

「やむを得ません。本藩は仇討ちに名を借りて、わたしに助太刀する者がどれだけいるのか、あぶり出すつもりでしょう」

「あまりにむごいやり方ではありませんか」

辰は袖《そで》で涙をぬぐった。傍らにひかえていたもよも何も言えずうつむいた。間家では仇討ちの報《しら》せがあってから篤は仏間に引き籠《こも》り、長男の幾之進も黙しがちだった。

「なんの、わたしは秋月藩を取り戻す先駆けとなるのですから、満足です」

小四郎は明るく言うしかなかった。

小四郎は二月の間を無駄に過ごしはしなかった。館《やかた》の道場に行って木刀を振るい、鍛練に励んだ。相手をしたのは藤蔵だった。稽古《けいこ》の相手を頼むと、藤蔵は、

「わしに助太刀は頼まぬのか」

と訊《き》いた。小四郎はうなずいて、

「無論だ。いくらお主でも十七人の隠密相手では助太刀してくれても無駄というものだ。鍛練しておくのは、見苦しく、なぶり殺しにあいたくないからだ」

「なるほどな、ならば相手をしてやろう」

藤蔵は木刀を持って道場で立ち合った。小四郎はいきなり上段に構え、気合いを発すると体当たりするようにぶつかっていった。藤蔵はふわりと横にかわし、すかさず足をかけて小四郎を倒した。小四郎が道場の床に転がると、

「相討ちを狙うつもりだろうが、それでは身の動きが死んでしまうぞ。さあ、斬ってくれと言うようなものだ」

藤蔵は苦い顔で言った。小四郎は起き上がって、

「死ぬ気でやる、というのも難しいものなのだな」

「剣は無心でなければならん。命を捨ててというのは、逆に命にとらわれておるの

だ」

藤蔵が言った時、道場の入り口から女の声がした。

「命にとらわれて何が悪いのですか」

藤蔵が振り向くと、そこには猷が立っていた。猷は道場に入ると、

「先ほど、長崎から戻りました。塾で仇討《あだう》ちの話を聞きました。まことなのでしょうか」

猷はまた長崎に行っていたらしい。旅装のまま来たため、腰には朱鞘《しゅざや》の大刀を差した男装だった。その姿で館に来たのか、と小四郎は驚いた。

「まことだが、猷殿には関わりなきことだ」

「いえ、さようには思いません」

この時、藤蔵は猷の男装を物珍しそうに見ていた。しかし、猷はそんな視線を気にする様子もなく藤蔵に、

「なぜ助太刀をされないのですか」

「これは迷惑だな。仇討ちの相手方は十七人。しかも本藩隠密の手練《てだれ》の者だ。助太刀の一人や二人おったとしても、とうていかなわぬ。助太刀すれば無駄死にするだけだ」

「ならば一人、二人ではなく、何人もが助太刀をなされればよいのです」

「昔、間様とともに福岡に出訴されたお仲間は六人いたと聞いております。その方たちが助太刀されればよいではありませんか」

「それにわしを加えても七人だぞ。小四郎とともに闘っても相手の半数に足りん」

それでも、と言いかけた猷は涙がこらえきれなくなったのか頭を下げ、

「失礼いたします」

と言うと、道場から走り出ていった。見送った藤蔵はポツリと、

「これは驚いた。あの娘、お主に本気で惚《ほ》れているようだ」

「馬鹿なことを言うな。原古処先生のお嬢様だぞ」

「誰の娘でも、同じことだ。あの娘、他の六人の所も回って、なぜ助太刀をしないのか、と責め立てるであろうな」

「無益なことだ、誰も立つまい」

「ほう、そう思うのか」

「皆がわたしに不満なのはわかっている。井手殿は良吏だ。秋月を思ってくださるのだからゆだねればよい、それに逆らうわたしは我儘者《わがままもの》だと思っているのだ」

「あたっていないことでもあるまい」

小四郎は道場の格子窓に近寄って外を見た。差し込む夕方の日差しが小四郎の顔

をうっすらと赤くしていた。

「わたしは幼いころ妹を病で失った。その妹が犬に追われた時、わたしは怖くて逃げだして助けることができなかった。妹は通りがかったひとに助けられたが、その夜、熱を出した。そのため緒方先生の種痘《しゅとう》が受けられず疱瘡《ほうそう》に罹《かか》り、幼くして死んでしまったのだ。あの時、わたしにほんのわずかな勇気があったら、妹は死なずにすんだのかもしれぬ。自らの大事なものは自ら守らねばならぬ。そうしなければ大事なものは、いつかなくなってしまう」

「なるほどな」

「わたしは命がけで守るものがあって幸せだ、と思っておる」

藤蔵は何も言わず、鼻をぐずつかせたが、やがて、

「おい、稽古だ」

と言った。

猷はこの日、六人の屋敷をまわった。

最初に訪れたのは末松左内の家だった。福岡出訴の時、小四郎とともに福岡に出向いたのは左内と安太夫だった。猷は古処から左内が友情に厚い男だと聞いていた。

(左内様なら助太刀をしてくださるのではないか)

左内の家は秋月の西の外れにあった。大きな楠《くすのき》が家のそばにあって黒々とした影を投げかけている。

猷が案内を請うと、左内自身が戸口に出てきた。左内も猷を知っていたが、男装姿を見たのは初めてだった。袴《はかま》をつけ刀を差した猷には異様な美しさがあった。左内は猷に、

「お話があって参りました」

と言われて家にあげた。左内の部屋は図面に埋もれていた。猷が怪訝《けげん》な顔をすると、

「川の浚渫《しゅんせつ》工事の図面と資料です。嘉麻《かま》川で行った浚渫がほかでもできぬものかと思って調べておるのです」

秋月藩領内を流れる嘉麻川の浚渫は寛政六年（一七九四）に行われた。目的は米の輸送だった。秋月藩では、それまで馬によって飯塚《いいづか》の蔵所に運び、そこから川舟で黒崎まで送っていた。その数はおよそ二万俵だった。馬で運ぶ場合、一頭に二俵のせたとして一万頭いることになる。仮に百頭によって一日二往復して運んだとしても五十日かかる。

百姓にとっては大きな負担だった。嘉麻川の浚渫によって、直《じか》に川舟六隻によって米を運ぶことができるようになると百姓たちの苦難も大幅に減っていた。

左内は他の川でも浚渫ができないか調べているのだという。領民の暮らしに役立つことをやりたいのだろうと猷は思った。しかし、猷の舌鋒《ぜっぽう》はひるまなかった。

「末松様は間様とともに福岡に出訴されたと聞いております。さように勇気がおありの方がなぜ恐れられますか」

「それがしが、なさねばならぬのは別のことです」

左内は目を鋭くして言った。

「ご自分がなさりたいことができれば、それでよろしいのですか。ひとには皆、やりたいことがございましょう。しかし、一人ではできません。おたがいに力を貸し合って、それぞれのなしたいことをやりとげるのが人の世というものではございませんか」

左内はさすがに押し黙った。

猷が次に訪れたのは手塚安太夫の屋敷だった。

(手塚殿は小四郎殿と幼友達だと聞いている)

門をくぐる時、猷の顔に庭の松が青い影を落とした。安太夫は突然の猷の訪問に驚いたが、小四郎の助太刀をしてくれ、という話に困惑を隠さなかった。安太夫は猷に気弱げな表情を見せて、

「それがしには、とても、とても」

と繰り返すばかりだった。

「間様は福岡出訴の同志ではありませんか」

猷は詰問口調になった。安太夫は閉口して、

「あの時は若かったのだ。いまのわしには無理なことだ」

と正直なことを言った。憤然として手塚屋敷を出た猷が次に向かったのは坂田第蔵の家だった。硬骨漢という評判の第蔵なら、小四郎の味方になってくれるのではないか、と思った。しかし、猷に会った第蔵は苦い顔で、

「さような話を持ってまわっては小四郎の恥となるだけですぞ」

と言うだけで黙して語らなかった。猷が説得しようとしても厚い壁に弾《はじ》き返されるだけだった。その後、猷がまわったのは坂本汀と手塚龍助の家だ。汀は猷の話を聞くと、

「殿の御意向というものがございます」

の一点張りだった。

「殿は秋月藩士が本藩の者になぶり殺しにされてもよいと仰せになったのですか」

「そうではありませんが、助太刀が出れば、それだけで秋月藩と本藩の争いになっていきます。これは御家のためにはなりますまい」

「家臣を守らぬのがお家のためだとは思えませぬ」

猷が言い募ると、汀は当惑した顔を伏せた。龍助もまた汀と同じように殿の御意向だと言って、猷の説得に困惑した顔を向けるだけだった。

(どなたも小四郎様を助けてはくださらないのか)

暗然とした猷は、頼みの綱にすがる思いで伊藤惣兵衛の屋敷を訪れた。男装の猷が訪れを告げると、家僕は目を丸くした。惣兵衛は猷を客間にあげると、うんざりした顔で、

「猷殿が手塚安太夫らを訪ねられたこと、聞いておりますぞ」

「では、用件はおわかりなのですね」

「間に助太刀をしろ、というのでしょう」

「さようです」

「しかし、それは無理だ」

惣兵衛は苦々しげに言った。猷は膝《ひざ》を乗り出した。必死になっていた。

「なぜでございますか」

「今度の仇討《あだう》ちの裏にはわが藩と本藩の間の確執がござる。われらと間はかつて志を同じくしていたが、いまは意見を異にしている」

「それで助けるわけにはいかぬと言われるのですか」

「助けるいわれがないのだ」

「手塚様は、もそっと正直でした」

「なんですと」

「本藩に逆らうのが怖い、と」

「馬鹿な、そのようなこと言うはずがない」

「言わずとも、お顔に書いてありました。皆様、お怖いのです」

猷がにらんで言うと、惣兵衛は苦笑した。

「わしは間に忠告した。しかし、間は聞かなかった。間と運命をともにせねばならぬとは思わぬ」

「間様が勝手にやったことだと言われますのか」

「勝手と言えば、勝手だ」

「さようでしょうか、皆様が胸の中でやりたいと思われたことを、されただけではないのですか」

「なんですと――」

惣兵衛は顔を赤くして、猷をにらんだ。猷は平然として、間様はこのような方だと思います、と言って漢詩を口にした。

孤《ひと》り幽谷《ゆうこく》の裏《うら》に生じ

豈《あに》世人の知るを願はんや
時に清風の至る有れば
芬芳《ふんぽう》自《おのずか》ら持《じ》し難し

広瀬淡窓の「蘭」という詩だった。蘭は奥深い谷間に独り生え、世間に知られることを願わない。しかし、一たび、清々《すがすが》しい風が吹けば、その香を自ら隠そうとしても隠せない、というのである。

「わたしには、皆様が間様のお気持にわざと気づかぬ振りをなされているように思えてなりません」

猷はそれだけを言うと帰っていった。残された惣兵衛は目をつむり、

「いささか小四郎を褒めすぎではないのか」

とつぶやいた。

十四

姫野弾正が秋月に入ってきたのは三月九日のことだった。鳥見役《とりみやく》十六人はいずれも饅頭笠《まんじゅうがさ》をかぶり、茶のぶっさき羽織、裁着袴《たっつけばかま》をはいて、鷹狩《たかが》りの時の装束だった。

猛禽《もうきん》を腕にのせ、騎馬で秋月領内に入った。

弾正はすでに六十を過ぎて白髪、痩身《そうしん》で眉《まゆ》だけは黒々としており、鼻が高く、猛禽を思わせる顔をしていた。黒い頭巾《ずきん》をかぶり、〈金剛《こんごう》〉と名づけられた鷹を腕にのせ、騎馬で秋月領内に入った。

〈金剛〉は福岡藩から秋月藩へ贈られたものだ。弾正は鷹を輸送する一行を宰領して秋月に入った。弾正は館《やかた》の広間で長韶に拝謁した。この時、仇討ちの話は出なかった。

弾正の仇討ちは、あくまで私事としてひそかに行われるというのが両藩の了解だったからである。弾正は鷹を披露したうえで、館の前の広場で放ってご覧にいれたい、と言上した。〈金剛〉を試しに広場で放って見せようというのである。

この時、弾正を狙う者が館の中にいた。名を伊原仙十郎という。

仙十郎の父、伊原甚太夫は、かつて〈織部崩れ〉の際、福岡に追放となり、さらに〈投げ文訴訟〉にも連名した。その後、流罪となっていたが、この年、二月に玄界島で突如、自刃して果てた。それも帯刀を許されていなかったため、包丁で腹を切って死んだのである。仙十郎は藩に願い出て玄界島まで行き、父の葬儀を行った。

仙十郎は父の無念さに歯噛《はが》みする思いだった。

〈父が織部崩れに巻き込まれたのは冤罪《えんざい》であった。なぜ、このような最期を迎えな

ければならなかったのだ)

仙十郎は秋月に戻って、本藩から弾正が乗り込んで来ることを知った。

このころには藩内でも姫野三弥が小四郎たちを唆《そそのか》して〈織部崩れ〉を引き起こしたことは知られるようになっていた。そして三弥がそのようなことをしたのは伏影《ふせかげ》である弾正の指図であることも薄々、伝わっていた。

仙十郎は、小四郎が弾正に仇討ちの名目で討たれようとしていることに同情する気持はなかった。仙十郎にとって、小四郎は本藩の策にのって父を冤罪に落とした一人にすぎなかったからだ。しかし、弾正が小四郎を討とうとする以上、たとえ多人数であっても返り討ちにあわぬとは限らない。

(先んじられては姫野弾正を討つことができなくなるやもしれぬ)

そう思った仙十郎はこの日、ひそかに館を出て門前の瓦坂のそばに潜んだ。

弾正が大門《おおもん》を出て瓦坂にさしかかったところを背後から斬りかかるつもりだった。

やがて左手に鷹を据えた弾正が鳥見役に先導されて悠然と出てきた。

門前の松の陰に潜んでいた仙十郎は走り出た。すでに刀を抜いており、振りかぶりざま、弾正の背に斬りつけた。その瞬間、仙十郎は弾正の姿を見失った。文字通り、視界から消えたのだ。ハッとした時には仙十郎は背中に熱い物を感じた。

「まさか」

仙十郎のつぶやきはうめきに変わった。弾正は仙十郎の背後にまわり、脇差で脾腹《ひばら》を突き刺していたのだ。口から血を吐きながら、仙十郎は崩れ落ちた。弾正は倒れた仙十郎をひややかに見つめた。

「何者だ」

弾正が誰にともなく言うと、配下の一人が、

「玄界島にて自決いたしました伊原甚太夫の倅《せがれ》かと思われます。恨みを抱いていたのでございましょう」

ひそやかに言った。弾正はうなずいた。

「これで、明日はやりようなった」

仙十郎の襲撃があったことで、小四郎に対して十七人で臨むことの大義名分を得た、と思ったのである。

弾正が仙十郎を斬ったと知った勘七は眉をひそめた。弾正を御用部屋に呼んで、

「そなたなら、いかに突如、斬りかかられても手捕りにすることができたのではないか」

と言った。弾正は頭《かぶり》を振って、

「井手様は鷹匠が行う、〈詰め〉ということを御存じでござるか」

「いや、知らぬ」

勘七が苦い顔で言うと、

「鷹を使うには、まず仕込まねばなりませぬ。そのために、鷹を小屋に入れ、餌を与えずにおくのです。すると鷹は弱って参ります。そのまま死ぬ鷹もございますが、そこを見極め、餌を与えれば、これを食べ、以後、使うことができるようになります。これを〈詰め〉と申します」

「いまは秋月藩を〈詰め〉にかけているところだと言いたいのか」

「いかにも、辛《つら》き目にあわせて、その誇りをくじかねば使うことはできますまい」

弾正は、小四郎を斬るだけなら配下を使う必要などないと思っていた。自ら立ち合って斬ればいいだけのことだ。十七人でかかるのは秋月藩内への見せしめのためだった。

藩士が多数によってなぶり殺しになるのを止めることができなければ、秋月藩の士道は廃れ、今後、本藩に抗することもできなくなる、と見ていた。

この日、小四郎は弾正の一行が館を訪れているのを憚《はばか》り、館には出仕せず、原古処の屋敷を訪ねた。

古処は門人と甘木での詩会に行っており、屋敷には猷がいた。

白い辛夷《こぶし》の花が咲く中庭に面した居間に通された小四郎は古処の不在を知って、

早々に辞去しようと思った。しかし、相変わらず男装の猷は小四郎の前に座った。

「どなたか助太刀の申し出はございましたか」

「いや、ありません」

「一人も？」

猷は悲しげにつぶやいた。小四郎はうなずいて、

「それでよいのです。無駄に死ぬ者が増えることはない」

「間様は無駄死にだと思われているのですか」

「さあ、どうでしょうか」

「無駄死になら、おやめになるべきではありませんか」

「ひとにはそれぞれ、役割というものがあります。わたしは自らに課せられた役割から逃れようとは思いません」

小四郎が淡々と言うと、猷は黙ってうつむいた。しばらく黙っていた猷は不意に顔を上げた。

「死んでいただきたくありません」

何かを訴えるように小四郎を見た。小四郎もふと胸を突かれる思いがした。

「猷殿、そなたは江戸に行かねばならない身だ。死んだ香江良介殿はそれを望まれていた」

「それは——」

「香江殿はそなたを江戸に連れて行き、才華を花開かせたいと思われたのだ。その思いを果たしてやって欲しい」

小四郎の脳裏には香江良介の顔が浮かんでいた。良介は不慮の死を遂げさえしなければ、猷を江戸に伴い、良き夫として暮らしただろう、と思った。

猷が悄然《しょうぜん》として肩を落とすと、小四郎は立ち上がって、そのまま廊下を玄関へと向かった。辛夷の香が風に運ばれて漂ってきた。

瓦坂の前の広場には松の大木が三本あった。その南側に井戸があり、北側には勘定方の役所があった。広場の南側には内馬場があり、長屋門の前には稽古《けいこ》用の馬がつながれ、乗馬を稽古する藩士の詰所もあった。
——三月十日、九ツ（正午）
小四郎は白鉢巻、白い襷掛《たすきが》けの姿で屋敷を出て通りを歩き広場に着いた。ついてきたのは実家のころからの家僕、五平だけである。五平を供にしたのは遺体の後始末をさせるためだった。
広場に着いた小四郎が見ると、松の根方に床几《しょうぎ》を置いて勘七が一人、黙然と座っていた。黒漆に金の定紋《じょうもん》が入った陣笠《じんがさ》をかぶり、ぶっさき羽織を着ている。

勘七の隣には弾正が丸頭巾《ずきん》をかぶり、黒の袖無《そでな》し羽織、同じ色の袴《はかま》をつけ左腕に鷹《たか》を据えて立っている。小四郎はズラリと並んだ男たちを見て息が白いことに気づいた。

（そうか、きょうは寒気が厳しいのか）

と、ようやく気がついた。屋敷を出る時、もよが水杯《みずさかずき》を用意していたが、口に含んでも冷たさを感じなかったのは、気がうわずっていたからだ、と恥じた。

小四郎は弾正の真正面に立った。

弾正はゆっくりと前に出た。左腕の鷹がバサリと羽ばたきながら、鋭い目で小四郎を見た。男たちが横に広がって、たちまち小四郎を円く取り巻いた。

小四郎は刀の柄《つか》に手をかけたが、弾正を睨《にら》み据えただけで動かなかった。十七人に取り囲まれてしまえば、どう動こうとも助かる術《すべ》はなかった。

小四郎はすでに何も考えなかった。弾正が殺気を発した。小四郎は弾《はじ》かれたように横に動いた。その動きを待っていたかのように、弾正の左腕から鷹が放たれた。

空中を影が走った。鷹は鋭い爪で小四郎の顔を襲った。とっさに片手で避《よ》けると腕の肉が爪で裂かれた。熱い火箸《ひばし》をあてたような痛みに腕が痺《しび》れた。

鷹は本来、自分より大きい獲物を襲わない。しかし、この鷹は弾正によって仕込まれていた。小四郎が刀を抜こうとすると、

「わが君より秋月藩へ贈られし御鷹に刃《やいば》を向けるつもりか」

弾正に叱咤《しった》され、小四郎は刀を抜くのを思いとどまった。

「卑怯《ひきょう》——、多人数であるのに、なぜ鷹を使う」

小四郎が叫ぶと、弾正は嗤《わら》った。

「われらは鷹匠だ。鷹を使うのに何の不思議もない。鷹匠の成敗とはこのようなものだ」

その間にも鷹は小四郎の顔に爪をたてようとした。小四郎はたまらず刀を抜いた。鷹は一瞬、宙高く舞い上がったが、すぐに反転して小四郎を襲おうとした。その時、ヒュッという空気を切る音とともに何かが鷹に向かって飛んだ。鷹は鳴き声とともに回転して地面に落ちた。鷹の羽があたりに飛び散った。

見ると、落ちた鷹の傍に大きな石が転がっている。何者かが鷹に礫《つぶて》を打ったのだ。

「誰だ——」

声をあげたのは勘七だった。その声に応じるかのように南の通りから男が近づいてきた。袴ははいているが刀は差さず無腰である。

「貴様の仕業か——」

勘七はにらんだ。男は藤蔵だった。藤蔵はゆっくりと鳥見役の間を通り、小四郎の傍らに立った。

「殿の御鷹をかようなところで放すなど感心せぬな。大切な鷹を失ったのだ。その責は鷹匠殿にあろう。さっさと腹を切ったらどうだ」

「雑言《ぞうごん》、許さぬ」

弾正がサッと刀を抜いた。それにつれて鳥見役も刀を抜いた。その殺気はすでに鳥見役ではなく伏影のものだった。小四郎も刀を正眼に構えながら、

「藤蔵、なぜ来たのだ。勝てぬ戦だぞ」

「ふん、勝てぬ戦もたまには面白かろう」

「馬鹿な、無駄死にではないか」

「そんな馬鹿はわしだけではないようだ。わしはおしゃべりでな。お主から聞いた話を皆にしてしもうた」

瓦坂から伊藤惣兵衛が下りてきた。白鉢巻をして襷をかけている。

「伊藤惣兵衛、助太刀いたす」

惣兵衛は大声で怒鳴った。勘七が床几から立ち上がった。

「伊藤、なにゆえの助勢だ」

「友でござれば、やむを得ませぬ」

惣兵衛は苦笑いして言った。その時、内馬場の詰所から坂本汀と手塚龍助が出てきた。

「坂本汀参る」

「同じく手塚龍助――」

それぞれが名乗りをあげて刀を抜いた。汀が、

「間殿、生きて殿に忠誠を尽くしていただきますぞ」

と大声で言った。龍助も、

「わが藩は藩士を見殺しにはせぬ」

と叫んだ時、

「手塚安太夫じゃ」

と声がした。その声に小四郎が振り向くと、勘定方役所から手塚安太夫と末松左内も出てきて刀を抜いていた。

「わしも友じゃからな」

安太夫の体は小刻みに震えていた。それでも必死の顔で前に出てくる。その傍らの左内が、

「末松左内、参る」

と言うと、小四郎を見て、

「お主を死なせては、わしのやりたいこともできぬようだ」

さらに通りから坂田第蔵が来て、ゆっくりと刀を抜いた。

「坂田第蔵だ」

第蔵は笑った。

「小四郎、どこまでも世話を焼かせるやつだ」

伏影たちは戸惑う様子も見せず、広がって六人を包囲の中に入れた。小四郎と藤蔵をいれても総勢は八人である。十七人の伏影にとって優位は動かない。弾正は勘七を見た。

「不穏の輩《やから》、これでことごとくあぶり出せましたな」

勘七は苦い顔になって床几に腰かけた。その間にもジリジリと包囲網が狭まっていた。藤蔵が七人を見渡して、

「お主ら、一人一人で斬り合っては、とても奴らにかなわぬぞ。背を合わせて円陣を組め、斬りかかることはいらぬから、ただ防げ。そして十二人を引き受けろ。わしは四人を引き受けてやる。その間に小四郎は姫野弾正を斬れ。仇討《あだう》ちの名義人は奴一人。奴を倒せばこちらの勝ちだ」

藤蔵の言葉に六人が、おう、と応じて背を合わせるのと、伏影が斬りかかるのが、同時だった。袈裟懸《けさが》けを仕掛けた伏影の刀を惣兵衛は力まかせに弾き返した。それとともに安太夫は突かれ、かろうじてこれをかわした。踏み込んで斬りかかると、伏影は退く。追おうとする安太夫に左内が、

「出るなっ」

と叫んだ。その左内も数合斬りかかられ、頬に血が滲《にじ》んでいた。龍助と汀もすでに襟や袖が斬り裂かれ、表情は青ざめていた。その中で坂田第蔵が伏影の斬り込みを巧みにかわし、相手の喉《のど》もとに突きをいれた。うめき声をあげて一人が倒れた。その体を他の伏影がすぐさま抱え、後方に運んだ。伏影の攻撃は第蔵に集中した。

「まわれ、まわれっ。第蔵だけに相手をさせるな」

惣兵衛が怒鳴り、円陣がズズッとまわりながら横に動いた。その時、藤蔵は円陣の外で四人に取り囲まれていた。藤蔵は腰を落として構えていたが、一人が斬り込むと跳躍して、その肩を蹴《け》った。さらに宙を跳ねて、もう一人の頭を蹴ろうとした。狙った相手はとっさに地面に転がって避けた。藤蔵は地面に降り立つと斬りかかった二人を次々に投げ飛ばした。二人は地面に転がって、土煙があがった。

「こやつ――」

伏影の一人が刀を捨てて、藤蔵に組みかかった。

――おうっ
藤蔵がこれに応じて組んだ。二人はもつれあうようにして、ぐるぐると回ったが、伏影は藤蔵の背後にまわり、あごの下に腕をさしいれて首を絞めようとした。藤蔵は相手の腕をかかえ、腰を沈めた。男の体は宙を回転して地面に叩《たた》きつけられた。

惣兵衛たちは伏影と斬り結んだが、すでに手傷を負っていない者はいなかった。金属音の響きと気合い、荒い息遣いが広場に響いた。その間に小四郎は弾正の前に立って身構えた。ジリッと間合いを詰める。弾正はまだ刀を抜いていない。小四郎の額につめたい汗が浮かんだ。息苦しくなる。弾正が小四郎の呼吸を測っているのがわかった。ゆっくりと刀の柄《つか》に手をかけた。

（いかん、気圧《けお》されておる）

小四郎は腹に力を込めて気力を充実させると、刀を大上段に振りかぶった。大きく腹を突き出し、

──死ぬのだ

胸の中でつぶやいた時、足がしなやかに動いて、間合いの内に入っていた。考える間もなく、小四郎は大上段に振りかぶった刀を気合いとともに斬りおろしていた。がいん、という音とともに小四郎の刀が弾《はじ》かれた。弾正は腰を落として刀を抜き打っていた。

小四郎は構わず、刀をまわして連続して斬りつけた。金属音が響き、青い火花が散った。弾正が詰め寄っていた。小四郎は足に鋭い痛みを感じた。

弾正はいつのまにか脇差を抜き、二刀を手にしていた。そのまま小四郎を斬ることができたはずだが、脇差を小四郎の腿《もも》に突き立てていた。小四郎はどう、と地面

に倒れた。弾正は二刀をぶらりと下げたまま、小四郎をつめたく見下ろしている。

「なぶり殺しにするつもりか」

小四郎があえぐと、

「そうせねば、三弥も浮かばれまいからな」

「なに——」

弾正は倒れた小四郎を突き刺そうとした。小四郎は地面を転がって逃げると痛む足を引きずって立ち上がった。顔は汗と土で汚れ、大きくあえいで、呼吸が乱れていた。

ようやく正眼に構えたものの刀をひどく重く感じた。足の傷から出血しているためか、体が冷えていき、力が抜けていく気がした。さらに、目の前にいる弾正しか目に入らず、あたりは闇に閉ざされているように思えた。

惣兵衛たちを取り巻いている伏影は懐に手を入れた。片手で握ったのは棒手裏剣だった。

「卑怯《ひきょう》な——」

惣兵衛が叫んだが、その時には伏影の手から棒手裏剣が投げられていた。左内と第蔵が刀で叩き落とした。しかし、安太夫がうめいて膝《ひざ》をついた。左腕に棒手裏剣が突き刺さっていた。さらに、汀が、くそっ、と怒鳴った。腿に棒手裏剣が突き立ち、よろめいていた。伏影は棒手裏剣を構えたまま、六人のまわりをぐるぐるとまわり始めた。

次に棒手裏剣が投じられれば、また何人かが手傷を負うのは目に見えていた。伏影は狩のように獲物を追いつめていた。惣兵衛の目に絶望の色が浮かんだ。第蔵が振り向いて、

「このままではやられるだけだ。斬り込むしかない」

「やむを得ぬ」

惣兵衛は、やれっ、と怒鳴った。第蔵が真っ先に進み、続いて左内も斬り込んだ。惣兵衛と龍助は安太夫と汀をかばいつつ、伏影と斬り合った。そのそばで藤蔵は伏影と闘っていた。すでに二人の伏影を倒していた。残り二人が藤蔵を取り巻いていた。一人が、

「捕り縄だ」

と叫ぶと同時に二人は刀を納め、腰の鉤縄《かぎなわ》を藤蔵に向かって投げた。蛇のように空中を飛んだ二本の鉤縄は藤蔵の両腕に巻きついた。藤蔵は宙を跳んで体を回転させた。その勢いで縄を持った男がたたらを踏んで倒れた。

藤蔵はとっさにもう一本の鉤縄を両手で引き、よろけた男の腹に蹴りを入れた。さらにこの男の脇差を抜きとり、縄を斬り捨てた。そこに斬り込んできた男の胴を

脇差で斬った。その瞬間、鉤縄が藤蔵の足にからみついた。惣兵衛たちを取り巻いていた中から三人が藤蔵に向かっていた。鉤縄が引かれ、藤蔵は地面に音をたてて倒れた。藤蔵は起き上がりながら、脇差を投げつけた。男の胸に脇差が突き立った。しかし、その時には藤蔵の腕や足に再び鉤縄が巻きついていた。藤蔵は小四郎を振り向いて叫んだ。

「小四郎、早くせい。皆、長くはもたんぞ」

それを聞いた小四郎は痛む足を引きずって弾正に斬りかかった。弾正がこれを大刀で受け、脇差で小四郎の胴をないできた。かつて三弥が使った技だ。その瞬間、弾正は、

「ヤッ、貴様――」

とうめいた。小四郎の胴をないだ脇差が硬い物で阻まれていた。

「鎖を着ておるな」

弾正がうめいた時、小四郎は刀を捨てて弾正の脇差を持つ手を抱え込んだ。脇差が小四郎の胴にふれ、ガチガチと鳴った。

小四郎が身につけているのは、かつて香江良介が野町宿で襲われた時、着ていた鎖を縫い込んだ刺子《さしこ》だった。昨日、猷が届けてきたのだ。弾正は振り放そうとしたが、小四郎はしがみついて離れなかった。そのまま、ズズッともみ合って動いた。

弾正は大刀の柄でなぐりつけ、脇差の刃先が足にふれて袴《はかま》が破れ、血がにじんだが、小四郎は必死の思いで、弾正の腕を放さなかった。

「おのれ――」

業を煮やした弾正は大刀を捨て、自由になった右手で小四郎につかみかかろうとした。その瞬間、小四郎は身を低くして腰を弾正の体に押し付けた。足を払うと左手を抱え、自ら倒れ込みながら投げを打った。

藤蔵から仕込まれた投げ技だった。弾正の体は宙に浮き、一回転して地面に叩きつけられた。小四郎は弾正の腕をなおも放さず、馬乗りになると脇差をもぎ取った。そのまま弾正の胸を刺した。弾正はうめき声とともに血を吐いた。

「それまでじゃ」

勘七が床几《しょうぎ》から立ち上がって鋭い声で言った。

「仇討《あだう》ちの名義人は討たれた。双方、退《ひ》けい」

勘七の言葉に伏影は一斉に退いた。すでに手傷を負って危うかった六人は、あえぎながらその場に膝をついた。

藤蔵は鉤縄を引きちぎって、そばにいた伏影を腹いせのように投げ飛ばした。土煙をあげて地面に叩きつけられた伏影が、すばやく立ち上がって斬りかかろうとしたが、他の者に制された。勘七は小四郎のそばに来た。

「見事であった」

一言だけ言うと背を向けた。そして歩き去りながら、

「これで、秋月藩を取り戻せたなどと思うでないぞ。秋月藩はまだ本藩の力が無ければ生きていけぬのだ」

勘七の言葉は小四郎の胸を刺した。

十五

小四郎は姫野弾正を倒した年の十二月、

――大坂表御銀用精勤を仰せ立てられ
ということで、御鞍《おくら》、白銀三十数枚を拝領した。

大坂での借銀返済交渉の功を認められたのだ。そして、翌文政六年五月、井手勘七は〈秋月御用請持〉を罷免された。

弾正が討たれた後、村上大膳もその地位を追われ、失脚していた。福岡藩では、とうとう秋月藩を支配することを断念した。このことが公になった日、勘七は小四郎の屋敷を供一人連れただけで訪ねてきた。

「それがし、福岡に戻ることになった」

座敷に座った勘七は穏やかな表情で言った。

「いかい、お世話になりました」

小四郎が手をついて頭を下げると、勘七はいやいや、というように頭《かぶり》を振った。

「お主らにとっては、望みが果たせたと思うところだろうが、それは、いささか早計だぞ」

「と、言われますと」

小四郎は勘七の顔をじっと見た。

「わしは、秋月に来て私心なく務めたつもりだ。そこもとらにとっては藩を乗っ取られたということになろうが、われらが来なければ秋月藩の財政を立て直すことができなかったのも事実ではないのかな。政事には憎まれ役が必要なのだ。わしが秋月を去れば、今度はそこもとらが藩内の憎まれ役とならねばなるまい」

「昔、同じことを宮崎織部様より言われました」

「そうか、ならば、わかっているであろう。目の前の敵がいなくなれば、味方の中に敵ができる。そのこと覚悟されい」

勘七は笑って言うと立ち上がった。小四郎は膝《ひざ》を乗り出した。

「井手様はそれがしを憎んでおられますのか」

「それが、不思議と憎くはないのだ。わしも同じ立場であれば、そこもとと同じことをしたであろうからな。同じ心で御役目を果たすことができればよかった、と思っている」

勘七はそう言って、背を向けたが、

「本藩は村上殿が退かれた以上、しばらくは動くまいが秋月藩のことを忘れたわけではない。いずれ、また何かの動きがあろう。気をつけることだ」

と言い残して玄関へ向かった。勘七が帰った後、茶を下げにきたもよが、

「井手様はどことなく、さびしげなご様子でした」

「そうか、不思議だが、わたしもそのような心持ちがしている」

小四郎は腕を組んだ。敵がいなくなれば味方の中に敵ができるのだ、という勘七の言葉が身にしみていた。

姫野弾正を倒した時、七人が助太刀してくれたことで、昔の友情が復活したと思った。しかし、七人が福岡に出訴したのは二十四、五歳のころだった。すでに十年以上の時を経て昔とは違っていた。

出世ということで言えば、最も上位にいたのは伊藤惣兵衛であり、次に小四郎、手塚安太夫、という順だった。末松左内と坂田第蔵は、それぞれ役目に精勤して立場を重くしていたし、坂本汀と手塚龍助は藩主長韶の側近である。

惣兵衛の周辺にはすでに将来、家老になりそうだ、と見込んでかつごうとする者

が集まり始めていた。その者たちには小四郎は惣兵衛の競争相手と見えているようだ。そして近ごろ、小四郎のまわりにも押したてようとする者が集まっていた。

小四郎はその夜、もよの酌で酒を飲んだ。縁側の雨戸を閉めず、庭の石灯籠《いしどうろう》に灯《あか》りをいれた。躑躅《つつじ》が赤く浮かび上がっていた。昨日まで雨が続き、庭は湿り気を帯びている。庭木もしっとりとしているようだった。

「不思議なものだ。若いころは本藩から来た者を追い払えば、さぞさわやかな心地がするだろうと思ったが、いまはただ、重苦しく、さびしい気がしておる」

「旦那《だんな》様のお立場が変わられたからでしょう」

「わたしだけではない。惣兵衛も、安太夫もいや他の者も皆、秋月を背負っておるつもりなのだ。なのに気持が離れていくのはどういうわけか」

小四郎は苦笑いした。惣兵衛との間の溝はさらに広がっていくのではないか、と思った。もよは微笑して小四郎の杯に酒を注ぎながら、

「道が分かれていくことが悪いばかりとも限りませぬ。ひとが自らの道を歩めば、おのずと遠ざかることになるのですから」

もよは、たとえば、猷様がそうです、と言った。

「猷殿が？」

「猷様は古処先生のお勧めで、近く江戸へ参られるとのことです」

「ほう、江戸へ。それはよい。猷殿の詩才は天下に知らしめるに足る」

「それで、わたしも安心でございます」

「猷殿が江戸に行くことがなぜ、安心なのだ」

「もし、猷様の行く道と旦那様の道が交われば困りますから」

「何を馬鹿なことを」

小四郎は笑ったが、弾正との果たし合いを前に、猷が小四郎への心を露《あらわ》にしたことを思い出した。もよは心のうちまで見抜いていたのかもしれない。

「ひとはおのれの道を最後まで行くしかないのだ。たとえ一人になろうともな」

「旦那様は、お一人になられることはございません。わたしがついておりますから」

「なるほど、そうであった」

石灯籠の灯りがゆらいだ。夜風が吹き始めたようである。

文政七年二月――、小四郎は家老の吉田久右衛門から執務室に呼び出された。久右衛門はかつて、

――御政事筋才判成り難し
として屋敷に引き籠《こも》ったことがあったが、その後、家老に復職していた。行って

みると惣兵衛も同席していた。惣兵衛は中老にあがったのを機会に名を吉左衛門と改めている。すでに久右衛門は老い、吉左衛門が実質的に藩政を動かしていた。

「実はな、そこもとに、ちと難儀な役目を頼まねばならぬ」

久右衛門が目をしばたたいて言った。その後を引き取って吉左衛門が口を開いた。

「また大坂に行ってもらいたいのだ」

「大坂へ？」

「そうだ、お主は先年、大坂の商人どもへの借財返済十二年間停止の話をまとめた。その手腕を見込んでの話だ」

「どのようなことでございますか」

「わが藩が金を借りておるのは大坂商人だけではないことは知っておろう」

「日田金ですか」

日田金とは九州の天領、日田の掛屋《かけや》と呼ばれる商人が大名に貸し出す金のことだった。天領の商人は数万両の金を動かすことができ、しかも天領から貸し出される金は一種の公金としてあつかわれるため踏み倒しは許されなかった。

「日田だけではない、長崎からの金もある。さらに博多の商人からのものもある。合わせれば、ざっと銀一千貫ほどか。大坂からの借金と比べればよほど少ないが、返済するのは、やはり骨だ。そこで、これを大坂商人に肩代わりしてもらってはどうか、と思うのだ」

「肩代わりですか、それは、ちと——」

「虫がよい話だとはわかっておる。ただ、大坂商人としても、わが藩からの返済を据え置いておるのだ。その間に九州の商人への返済が進んでは反《かえ》って商いの旨味《うまみ》というものがなくなるのではないか。早い話、どうせなら大坂がすべてを搾り取りたいのではないかな」

「それはそうかもしれませんが」

小四郎が思わず苦笑すると、吉左衛門はすかさず、

「すべては、お主の手腕にかかっておるのだ。先年の大坂との話がうまくいったゆえ、殿より恩賞もいただいたではないか。今回は駄目だなどと言えぬはずだ。殿の馬前で討ち死にするという覚悟でやってもらいたい」

小四郎はじっと吉左衛門の顔を見た。

(わたしをしくじらせて追い落とすつもりだな)

と思ったのである。吉左衛門も小四郎の顔を見つめていた。油断のならない競争相手を蹴落《けお》とそうとする重役の顔がそこにあった。

小四郎は間もなく秋月の大庄屋《しょうや》と町年寄を伴って大坂へ向かった。大庄屋と町年

寄を伴ったのは藩の借財返済に百姓、町人も力を貸しているということを示すためだった。

小四郎は大坂に着くと、すぐに油屋可兵衛を訪ねた。以前の交渉で小四郎の言い分を認めてくれた老人である。

可兵衛は小四郎をにこやかに迎えたが、九州の商人からの借財を肩代わりする話になると、

「そらあきまへんなあ。どこの店も秋月藩への貸し出しはいっぱい、いっぱいだっしゃろ。これ以上、出すとこおまへんがな」

笑みを絶やさず、言い切った。

「まあ、そう言われず、御一考願えまいか」

「そんなもん、考えるだけ無駄でっせ」

と言った可兵衛はふと、

「そやけど、あそこなら、ひょっとしたら目があるかもしれまへんな」

「あそことは？」

小四郎は膝《ひざ》を乗り出した。可兵衛は鋭い目になって、チラリと小四郎を見た。

「教える前に言うておきますけど、商人《あきんど》は蝮《まむし》や。うっかり懐に入れたら噛《か》まれて、体に毒がまわります」

「それほどの相手でなければ、わが藩に金を出してはくれまい」

可兵衛はにやりと笑った。

「その御覚悟なら。お教えいたしましょう。堺屋《さかいや》はんを訪ねなはれ、この間、間様がお会いになった五人の中の一人やから顔は覚えてまっしゃろ」

「堺屋とは奥野善兵衛殿のことか」

小四郎は善兵衛を思い出した。四十過ぎのおとなしげな男だった、と覚えている。あの男が蝮と呼ぶほど、したたかな商人なのだろうか。

「堺屋はんは、なぜか知りまへんが、近ごろ、秋月藩のことを気にしてはってな。もし、秋月藩から何か話があったら、まわして欲しいと言うてました。わてから見たら、裏に何かありそうやけど、それでもかまわんのやったら、行ってごらんになることですな」

可兵衛は何か知っているのだろう。しかし、そのことを言うつもりはないようだ。

「贅沢《ぜいたく》は言っておられぬ。金を出してくれるなら地獄の閻魔《えんま》のところにでも行くつもりだ」

「そんなら、明日にでも行かれたらよろしゅおます。わてからも手紙を出しておきましょう。行く時は間様お一人がよろしゅうございますやろ」

可兵衛は後ろにひかえた大庄屋と町年寄をじろりと見た。それから声をひそめた。

「堺屋はんで、白粉臭《おしろい》いのが出てきたら、気をおつけやす。蝮というのは、そいつのことや」

可兵衛はにやりと笑った。

堺屋は道頓堀沿いに店があった。呉服商で十間間口の店先には客がつめかけ、手代や番頭が忙しげに応対していた。小四郎が昼過ぎに訪れると、さっそく奥に通された。やがて出てきた善兵衛は丁寧な物腰で頭を下げた。

「堺屋殿、このたびは無理なお願いに参った」

小四郎があいさつの後、切り出すと善兵衛はうなずいた。

「油屋はんからうかがっております。借財を肩代わりせよ、というお話だそうですな」

「そういうことだ」

善兵衛はにこやかな顔になった。

「お話は早いに越したことはございませんから、申し上げますが、借財の返済のために人別日掛け銭の講を作っていただきたいのでございます」

「人別の講？」

小四郎は眉《まゆ》をひそめた。人別講とは領内の百姓、町人すべてに銭を出させるものだ。領民から集めた金を返済にあてよというのだろう。

「それは――」

小四郎はさすがに苦い顔になった。藩の借財を百姓、町人に押し付けることになるからだ。善兵衛はうすら笑いを浮かべて、

「たったいま、決めていただこうとは思っておりません。実は間様とお話しいたしたいという者がおります。今日は京に出ておりますが、夕刻には戻ります。それから御酒でもあがられて、ゆっくり御相談させてはいただけませんか」

善兵衛の言い方には有無を言わせぬところがあった。しかたなく小四郎がうなずくと、善兵衛は手を叩《たた》いて女中を呼び、酒の用意をするよう言いつけた。

小四郎はその後、しばらく待たされた。やがて日が沈もうかというころ、膳《ぜん》が運ばれた。その時になって善兵衛は顔を出さず、出てきたのは女房らしい女だった。

三十半ばぐらいの年ごろに見えるが、色白で豊満な美しい女だった。つややかな髷《まげ》を結い、贅沢な絹物を着ていた。

「堺屋善兵衛の女房、七與でございます」

ななよ、という名が小四郎の耳に残った。どこかで聞いた名だと思った。七與は面白そうに小四郎を見た。

「覚えていらっしゃらないでしょうが、わては間様をお見かけいたしたことがござ

います」

「わたしをか？」

「はい、もう十三年も前のことになりますが」

十三年前と言えば、文化八年、〈織部崩れ〉の年ではないか。そう思った時、小四郎ははっと気づいた。

「そなた渡辺帯刀の」

「渡辺様に囲われていた大坂の芸妓《げいぎ》、七與ですがな」

小四郎はまじまじと七與の顔を見た。七與が秋月に居た時、渡辺帯刀の屋敷の門前で見たことがあった。その女が目の前にいるのだ。

「わては渡辺様が追放にならはってから、大坂に戻りましたが、その前に一度、間様のお屋敷の前に行きました。渡辺様を追い落とさはったのは、どんな方か見たかったんです。そしたら、ちょうど間様が出てこられて、お顔を見ることができました」

「わたしを恨んでいたのか？」

「恨む？　とんでもない。わては間様がなさったことがありがたかったんです」

「ありがたかった？」

「ご存じやおへんか。渡辺様はわてを落籍《ひか》さはる時、わての好きな男が邪魔やいうて、殺さはったんどす。わての男というのは幼馴染《おさななじ》みの左官で佐平というひとでした。年季が明けたら夫婦になろうと約束はしてましたが、そんなことは夢やとわかってました。それやのに渡辺様は嫉《や》かはって、中間《ちゅうげん》の熊平を使って佐平さんを道頓堀に落として殺さはったんです」

「さような噂を聞いたことはあったが、まことだったのか」

「そやさかい、わては間様たちがなさったことは恨むどころかお礼を言いたいようなことでした。いつか間様のお役に立てたらと思うてましたから、お金をご用立てするよう善兵衛に話したというわけです」

七與は大坂に戻り、再び芸妓になったが、やがて堺屋善兵衛に落籍された。その後、善兵衛は前妻を病で亡くしたため女房に納まった。善兵衛は遊び好きで、今では商売も七與に任せきりなのだという。

「しかし、わが藩に金を出す気になったのは、わたしへの礼の気持からだけではあるまい」

小四郎は杯を口に運びながら言った。七與は艶《つや》っぽく微笑んだ。

「それ以外にもおますやろか」

「そうでなければ善兵衛殿が言われたような話にはなるまい。人別講で金を集めろとは、すべての領民から金を搾り取ろうとすることだ。御内儀はそれほど秋月の者が憎いのか」

「それは、まあ憎くないと言ったら嘘でっしゃろ。渡辺様の囲い者ということでお百姓も町人も、わてにつめたかったし、渡辺様がおられんようになって、秋月を出る時には散々、嫌な思いをしました」

七與はひややかに言った。

「だけど、それだけでお金を出そうと思ったのとは違います」

「ほかに狙いがあると申すのか」

「間様に偉くなってもらいたいんどす」

「わたしに出世しろというのか？」

「それも秋月藩を牛耳れるほどに」

「わからぬな。なぜ、そのようなことを望む」

「わての店からお金を出して、そのおかげで秋月藩をどうとでもできたら、昔の仕返しができたみたいで気持がすっとします」

七與は後ろに置いていたふくさの包みを小四郎の前に押し出した。

「そのためにこれを使っておくれやす」

「金か？」

小四郎は眉をひそめた。商人が藩の役人に賄賂《わいろ》を渡すという話は聞いたことがあったが、まさか自分に金を贈ろうとする者がいるとは思ったことがなかった。

七與は小四郎のそばにすり寄り、身を寄せるようにして酌をした。七與の体からは芳《かぐわ》しい匂いが漂った。

「間様は清廉潔白なお方やさかい、かようなものはお嫌いやろと思います。そやけど、わては帯刀様に囲われている時、こんな金が重役の方々の間で動いているのを、よう見ました。お金が動いて、初めて味方もでき、出世もできるんやおへんか」

「そうかもしれぬが、わたしはそのようなやり方はせぬ」

「それでは困りまっせ。国元で間様を追い落とそうと思う方がおられるから大坂へ出てくることになったのと違いますか。借金返済を十二年待たせている大坂商人から、また金を出させるなんて、無理難題を押し付ける方がおますのやろ。間様は味方を増やさなあかんのと違いますか。お金の力は必要なはずどす」

七與は小四郎にしなだれかかった。

「金というものは、雨のように天から降りまへん。泥の中に落ちてるもんだす。手を汚さんでとることはできまへん。要は誰が腹をくって、手を汚すかや。それに商人というのは金の力しか信用しまへん。金を受け取ってくれたひとだけが味方やと思います。間様がお金を受け取ってくれなんだら、今度の話も考え直さなあかんかもしれまへんな」

それとも、と言いながら七與は小四郎の杯をとって、ゆっくりと飲んだ。艶然《えんぜん》と微笑んで、

「お金を受け取るかわりに、わてと男と女の契りをかわしてもらえますか。それなら、信用するかもしれまへん」

馬鹿な、とつぶやいた小四郎はしばらく考えた後、きっぱりと言った。

「わかった。その金、受け取ろう。そのかわり、こちらの言い分も聞いてもらおう」

「どのようなことですやろ」

「人別講で金を集めることは領民を苦しめることゆえ、いたしかねる。されば大庄屋から寄進という形で集めたい。それで、どうであろう」

「それでは、あきまへん、と言うたら？」

「この話は無理だ」

七與はくっくっと笑った。

「間様がお金を受け取ってくださいますなら、それでよろしゅおす」

そうか、とうなずきながら小四郎は可兵衛が蝮《まむし》を懐に入れれば嚙《か》まれて毒がまわる、と言っていたことを思い出した。そう思って見れば、七與には白蛇の化身を思わせるようなところがあった。

七與はかつて秋月から追い出されたことを恨み、秋月に毒を注ぎ込もうとしているのではないだろうか。

小四郎が大坂での交渉を成功させて戻ったことは藩の重役を驚かせた。さらに小四郎は、吉左衛門を除く重役たちに、

「堺屋からの寸志にござる」

と受け取ってきた金を配った。中には顔をしかめる重役もいたが、

――受け取らねば堺屋は金を出しませぬ

という小四郎の言葉に、むしろほっとした顔で懐に納めた。ひそかな動きは吉左衛門に伝わった。会議のおりなどに小四郎を見る吉左衛門の目は日毎につめたくなり、親しく話しかけることもなくなった。

小四郎が四月に中老に昇進すると、吉左衛門との仲は決定的になった。吉左衛門のまわりに集まる者は、はっきりと派閥の形を取り始めた。そして、小四郎に親しくする者も派閥であることを意識し始めたのである。

小四郎は郡奉行《こおりぶぎょう》となって以来、領内の測量、地図の作成や百姓の公役軽減、川の浚渫《しゅんせつ》に取り組んできた。また飢饉《ききん》に備えて社倉を設置して米一万石の貯蔵、山への植樹の推進などを行ってきた。

山への植林事業は杉、檜《ひのき》を植えて良材を産出しようというもので、蛇渕《じやぶち》山百万本、江川《えがわ》山五十万本などと唱えた。これらの植林を行ったうえで領民に払い下げ、百歩につき大豆三合を賦課して、財政を潤すことを考えていた。米を備蓄した五ヶ所の社倉では、

――作食米備《さくじきまいそなえ》
も行うことにしていた。これは食糧もままならない極貧者に対して米を施そうというものだったが、藩の上士《じようし》たちからは、

「貧者に施すというのは、人気取りにすぎぬ。間は何を目論《もくろ》んでおるのか」

と評判が悪かった。小四郎のもとには、これらの政策を支持する藩士が集まり、それぞれ専門家として育ちつつあった。

伊藤吉左衛門のもとに集まるのは旧来の門閥の重臣が多く、小四郎の派閥に加わるのは、若手の改革派だったとも言える。二人の対立は周囲の思惑もあって、抜き差しならぬものになろうとしていた。そのことを気遣って、小四郎の屋敷を訪ねてきたのは手塚安太夫だった。

「わしにとっては、どうでもよいのだが、二人に争われると身の置き所がなくなるのでな」

安太夫は顔をしかめた。小四郎は笑いながら、

「だったら、関わらぬことだ。坂田第蔵、末松左内なども知らぬ顔を決め込んでおる。坂本汀と手塚龍助は殿の側近だから、かような争いには加わらぬ」

「皆、軽輩だ。御役目さえ果たせば、それでよいと思っておるのだ。関わらずともすむ立場だからな。しかし、わしはそうもいかん」

「と言うことは、伊藤派につくということか」

安太夫は、むっと押し黙った。しばらくして、

「お主は切れすぎるゆえ、いつも一人で飛び出してしまう。それではついて行きたくともいけん」

つぶやくように言った。そして、

「そう言えば、宮崎織部殿のこと聞いたか」

「織部殿がどうかしたのか？」

十三年前、文化八年の〈織部崩れ〉で追放となり、その後、流罪に処せられていた宮崎織部の島流しが続いていた。

「織部殿は中風を患われておるそうな。それに島流しになった者の中には自ら命を絶った者、重病の者、気がふれた者までおるということだぞ」

「そうか」

小四郎は織部の顔を思い浮かべて暗澹《あんたん》とした。

「お主は織部殿がわが藩の窮地を救うため自ら追放になったと言ったが、たとえ、それが本当であったとしても、身は病に倒れ、一族が飢えに苦しむ末路でしかなかったのだぞ。お主もそのような道を歩みたいのか」

安太夫に言われて、小四郎は目を閉じた。確かに織部の晩年は過酷にすぎる、と思った。しかし、目を開けた小四郎は、

「わたしはもう貧乏くじを引いてしまった。いまさら後には退《ひ》けぬ」

「ならば、これ以上、言うことはあるまい」

安太夫はさびしげに帰っていった。また一人、友を失った、と小四郎は思った。


小四郎を案じるかのように訪ねてきたのは安太夫だけではなかった。

この年の夏、猷がひさしぶりに訪れた。小四郎が姫野弾正を倒した時、猷は一度だけ屋敷に来て無事を喜んだが、それ以来、ぷっつりと姿を見せなかった。

この日はさすがに男装ではなく、髪も島田に結った猷は、生き生きとした表情だった。来年には江戸に行くことを決めたという。そのため別れの挨拶《あいさつ》に来たのだ。

小四郎は猷が江戸へ行くと聞いて、

「ならば江戸にて秋月の葛《くず》を広めてもらえませぬか」

と言った。

「葛でございますか？」

「そうです。秋月の葛はうまいと話してもらうだけでよいのです」

大坂で葛作りの修業をした久助はその後、秋月に戻って本格的な葛作りを行った。できあがった葛を藩主に献上すると気に入られて、将軍家への献上物となった。いまでは江戸でも売られ、料理書では本葛のことを、

──久助

と記すほどになっていた。

「間様は商売上手ですこと」

猷は笑ったが、

「それにしても、近ごろ、間様の評判は悪うございますね」

「それほど悪いのですか」

「はい、なんでも大坂の商人から賄賂をもらい、その金でご重役の歓心を買って、中老にまでご出世あそばしたとか。家老の地位を狙って、かつて生死をともにした伊藤吉左衛門様と争い、昔の友情など踏みにじるおひとだということです」

「なるほど、当たっていないとも言えませぬな」

「どうして、大坂商人から金など受け取られたのですか」

「金というものは天から雨のように降ってくるものではない。泥の中に埋まってい

る。金が必要であれば、誰かが手を汚さねばならぬと言われました」

「それで、ご自分の手が汚れてもよいと思われたのですか」

　小四郎は笑って、

「どれだけ手が汚れても胸の内まで汚れるわけではない。心は内側より汚れるものです」

「汚れぬ心を持っておられるということですか」

「そうありたい、と思っていますが、さて、どこまでできるものか」

　小四郎はつぶやくように言って、庭先に目をやった。塀越しに青々とした山並みが見えた。夏の日差しに山林が輝いていた。

「間様ならば、おできになりましょう」

　猷は微笑んで山並みに目をやった。

「いつの日か、また――」

「いつの日か？」

「はい、いつの日か、もう一度お目にかかりたいと思います。その日、間様はどのようになられているのか。楽しみにしております」

　猷の目は潤んでいた。

文政八年正月二十三日、猷は秋月を出て東遊の旅に向かった。猷の旅姿は化粧をせず、筒袖《つつそで》、半幅帯を後ろで唐《から》結びにして袴《はかま》をはいた男装だった。

——顔に脂せず粉せず鬆髪《しょうはつ》を長風に梳《くしけず》らしめ、背に一嚢《いちのう》を負ひ、腰に大刀を横《よこた》へ

腰に朱鞘《しゅざや》の大刀を差し、髪を風になびかせ、背に一嚢を負っただけである。

旅立ちの日、小四郎の屋敷に猷から手紙が届けられた。小四郎が手紙を開いて見ると、文面は一篇の詩だけだった。

此《ここ》を去つて単身又東に向かふ
神交千里夢相通ず
家は元天末《てんまつ》帰る何の日ぞ
跡は楊花《ようか》に似て飛んで風に任す

柳の花のように風にのって飛んで行くというのだ。風に吹かれるまま諸国を巡り歩く猷の姿が目に浮かぶような詩だった。風にまかせて生きていくことができる猷に、ふと羨《うらや》ましさを感じた。

十六

文政十一年八月――

大坂から七與が番頭の伊助と手代数人を連れて秋月にやってきた。

七與はかつて渡辺家下屋敷《しもやしき》だった桐の越の屋敷を是非にと願って宿泊場所とした。館《やかた》の役所には番頭をやっただけで自分は行こうとはしなかったが、小四郎の屋敷を前触れもなく訪れた。

この年、秋月は災害が多かった。六月には雨が降り続き、宝暦八年（一七五八）以来、七十年ぶりという洪水になった。野鳥川にかかる多くの橋が流失したほか、川沿いの十六軒が流され、四十六ヶ所で山崩れが起きた。

七月にも大雨が降り、六、七月合わせると千二百三十三ヶ所で山崩れが起き、武家屋敷百八十軒が流され、穀物の被害は九百四十五石という甚大な規模となった。

小四郎は災害復旧のため昼夜を問わず働き続けていた。七與の訪問は迷惑だったが、借財をしている商人だけに追い返すわけにもいかなかった。七與は、小四郎の顔をまじまじと見て、

「秋月がえらい洪水やったということは大坂で聞きました。間様も大変どすなあ」

「わざわざ見舞いにこられたのか」

小四郎が皮肉な笑みを浮かべると、七與はおかしそうに笑った。

「いえ、様子を見にきただけどす。なにせ、秋月藩がつぶれたら、こちらも大損だっさかいな」

「つぶれはせぬから、安心してもらおうか」

「そうはおっしゃいますが、福岡藩からの合力米《こうりよくまい》は今年から五千俵のはずどす。そこへ、この天災や、凶作になったら、どうにもならんのと違いますか」

「よく御存じだな」

小四郎は苦笑いした。井手勘七の取り計らいで文政元年から十五年間に十五万俵の合力米が福岡藩から送られることになっていた。

最初の五年間は一年に一万五千俵、次の五年間は一万俵、最後の五年間は五千俵という取り決めで、今年からの合力米は五千俵である。その年に災害で痛手を受けたのは秋月藩にとって、不運だった。

「そやさかい、ちょっと成り行きを見させてもらおう、と思いましたんや」

「成り行き?」

「へえ、間様がここをどうしのがはるか。それと福岡藩がどう出るか」

七與が言う通り、福岡藩としては、秋月藩に再び手を伸ばす好機だった。

今年の秋月藩の不作は間違いない以上、合力米を福岡藩にすがらざるを得ない。しかし、その時、本藩に反発してきた者は排除されるに違いなかった。小四郎を筆頭に本藩に抵抗しようとする者の処分が求められることになるだろう。

七與がいる桐の越の屋敷にいるのは堺屋の番頭と手代だけではなかった。いつのまにか山伏が入り込んでいた。三十過ぎの色黒で痩《や》せた男だった。山伏は領内の洪水による被害のあり様をつぶさに見てまわっていた。

七與が小四郎の屋敷から戻ると、山伏は奥座敷で、

「いかがであった。さすがにこたえておったろう」

と訊《き》いた。

「そら、頭が痛い様子どしたな。それでも本藩には頼らんですまそう、というつもりみたいや」

「そのような無理はいつまでも通らぬ。藩の者にとって、もはや間小四郎は邪魔者になりつつある」

「そしたら、どうされるつもりどすか」

「間もなく、伏影《ふせかげ》が五人ほどひそかに秋月領内に入る。人数がそろったら間を討ち取る」

山伏は伏影だった。

「そらまた、荒いお仕置きどすなあ。昔の織部崩れの時のように追放ということにはならしまへんのか」

「それでは組頭《くみがしら》を討たれた、われら伏影の面目がたたん。間小四郎の首は何としてでもわれらの手でとらねばならんのだ」

山伏は目を光らせて言った。山伏が屋敷から出かけたのは、それから一刻《いっとき》(二時間)ほどしてからのことである。屋敷を出て間もなく笠《かさ》をかぶった若い武士とすれ違った。

山伏はそのまま歩いていったが、武士の方は立ち止まって山伏の後ろ姿を不審げに見送った。そして、屋敷を振り向いて、何事か納得した様子だった。

武士は山伏が去った方角に向かって歩き出した。


翌日の八月九日——

夜九ツ(午前零時)ごろから秋月では雨とともに北東の風が激しく吹き出した。風はやがて、南風に変わり、さらに西風になった。

すでに床についていた小四郎は起き出して外の様子をうかがおうとしたが風音は激しく、とても雨戸を開けられるような状態ではなかった。屋根がぎしぎしときしみ、屋根瓦《がわら》がはがれて飛んでいくのがわかった。風は床下まで吹き込み家ごと持ち上げられるのではないかとさえ思えた。やがてもよが手燭《てしょく》を持ってやってきた。

「旦那《だんな》様、大事ございませぬか」

「わたしは大事ない。幾之進はどうした」

小四郎が息子を気遣うと、もよはうなずいた。

「すでに起きて家臣と万一に備えております」

「そうか、嵐が治まれば、すぐに視察に参る。用意をしておくように」

「かしこまりました」

もよが答えた時、ぐおっ、と凄《すさ》まじい風が吹き、外で何かが倒れたのか、大きな音が響いた。もよは思わず小四郎に取りすがった。小四郎はもよをかばって背を抱いた。

（大雨に続き、今度は大風か。今年はどうしたことなのか）

秋月をなぜこうも悲運が襲うのかと思うと腹立たしくさえあった。

大風は夜明けまで吹き荒れた。

朝になると小四郎は屋敷を出て騎馬で視察してまわった。道はどこも瓦や木の枝が散乱し、倒壊した家や屋根が飛んだ屋敷も珍しくなかった。

「これはいかん、死人も出ていような」

小四郎が顔を曇らせて馬を急がせていると、杉の馬場をこちらに向かって急ぎ足で歩いてくる男がいた。見ると、原古処の長男、白圭である。

小四郎は馬を下りて挨拶《あいさつ》した。

原古処は昨年一月、病没している。古処が患ったのは二年前のことで、そのころ京に滞在していた猷も秋月に戻り看病したが、それも及ばず亡くなったのだ。病身らしくやせて青白い顔をした白圭は小四郎の顔を見て、ほっとしたように、

「お見《み》廻《まわ》り、御苦労に存じます。御用の途中の間様におうかがいするのはいかがかと思いますが、猷を御存じではございませんか」

「猷殿？　昨夜の大風の中を外に出られたのか」

「いえ、一昨日、甘木の知人のところに参りまして、その日のうちに帰るはずでございましたが、戻りません。そのうえ、昨夜の大風で、もしや何かあったのでは、と気にかかりまして、捜しに出て参ったしだいです」

「さようですか」

うなずきながらも、小四郎は首をひねった。猷は決めた日程を変えるようなことはしなかったからだ。おかしいとは思ったが、大風の被害を見てまわる方が急務だった。

小四郎は頭を下げて、再び馬に乗り、領内を見てまわった。

大風による被害は予想を上回っていた。大風は肥前地方が激しく、秋月でも西のあたりがひどくやられていた。破損した藩士の屋敷は三十二軒、百姓、町人の家は九百六軒。怪我人は八十二人、死者は二十一人におよんだ。

小四郎はただちに社倉の備蓄米で被災者の救済にあたることを執政会議に諮った。これに対し、一部の重役から藩士への手当てを優先すべきだ、という声があがったが、小四郎は、困窮の度合いによって武士と百姓、町人の区別なく行うべきだ、と主張した。

近ごろは対立するばかりだった吉左衛門が同調したため、ただちに炊き出しなどが行われることになった。その日から領内をまわっては災害復旧の陣頭指揮にあたった。忙しく日が過ぎ、二日がたったころ、小四郎は海賀藤蔵の家の門をくぐった。

藤蔵は裏庭でもろ肌脱ぎになって薪《まき》を割っていたが、小四郎が来たと知って玄関へ出てきた。

「これは御中老様がかようなところへ何用で参られた」

藤蔵は胡散《うさん》臭げに小四郎を見た。

「藤蔵、すまぬが忙しいゆえ、用件だけを言うぞ」

「ふん、聞くだけは聞こうか」

「原先生の御息女、猷殿の行方がわからぬ。捜してもらえぬか」

「猷殿？」

「大風の前の日、猷殿は甘木から戻られるはずであった。ところが帰られぬゆえ、兄の白圭殿が捜しておわす。猷殿が訪ねた甘木の知人からは、確かにあの日に帰ったと言ってきたそうだ」

「ならば、帰るのが遅れて大風に巻き込まれたのか」

「そこまで遅く夜道を戻るとも思えぬ。いずれにしても捜さねばならぬが、藩内はいま大風のことで人手がいくらあっても足りぬ。お主に頼むしかない」

「ほう、御中老様がそこまで力を入れるとは、さては、あの女詩人と何事かあったのか」

「藤蔵、いまは冗談につきあっている閑《ひま》はないのだ」

小四郎は藤蔵をにらんだ。藤蔵は笑って手を振った。

「怒るな。確かに今の藩内で手がすいておって、行方不明の女を捜せるのはわしぐらいのものであろう。引き受けた」

そうか、頼む、と言い置いて小四郎が外へ出ようとすると、藤蔵が呼びとめた。

「御中老様、なんでも武士と百姓、町人の区別なく救済米が下されるそうだな」

「そうだが、それが不服か」

「いや、よいことだと思っているが、珍しいことに御中老様の意見に伊藤吉左衛門が賛同したそうな」

「よいことだと思えば賛同するのは当然だろう」

小四郎は言い捨てると、そのまま門をくぐり、馬に乗った。藤蔵は見送りながら、頭《かぶり》を振って、

「強情者め」

とつぶやいた。


二日後、藤蔵が夜遅くになって小四郎の屋敷を訪ねてきた。

「猷殿のことだがな」

藤蔵は気が重そうに言いだした。

「わかったのか」

「ふむ、はっきりとはせぬが、怪しい場所はわかった」

「どこなのだ」

小四郎が膝《ひざ》を乗り出すと、藤蔵は顔をしかめて、

「桐の越の渡辺屋敷だ」

「なんだと、まさか――」

「あそこには、今、大坂の女商人が滞在しておるそうだ。しかも、その女は昔、渡

辺帯刀が囲っておった女だということだな」

藤蔵は念を押すように小四郎の顔を見た。小四郎がうなずくと、

「猷殿の行方がわからなくなった日、あのあたりで笠《かさ》をかぶった若い武士を見かけた百姓がおる。その武士は朱鞘《しゅざや》の刀を差しておったそうだ」

「朱鞘か――」

だとすると、男装の猷に間違いあるまい、と小四郎は思った。

「その武士は山伏の跡をつけておったそうだ。訊《き》きまわってみると、あの渡辺屋敷には大坂の女商人がおるようになってから、山伏が出入りしておるそうな。猷殿はひょっとしたら、あの屋敷に幽閉されておるのではないかな」

「しかし、七與がなぜ、そんなことを」

「かつて渡辺帯刀の妾《めかけ》だった女だぞ。お主には恨みを抱いておろう。何をするかわかったものではない」

藤蔵の言うことはもっともだった。七與が秋月に乗り込んできたのは何かの企《たくら》みがあってのことかもしれない。

「わかった。明日にでも、渡辺屋敷に乗り込んでみよう」

「一人でか？」

「相手は藩の借財を肩代わりしている商人だ。できるだけ内密に事をおさめねばな

らん」

「なるほど、中老ともなると、そこまで考えねばならんのか。気をつけろよ。山伏の中には忍びの技を使う者もおる。どのような奴か正体は知れぬぞ」

「心得た」

小四郎はきっぱりと答えながら、ふと笑みをもらした。

「なんだ、何がおかしい」

「いや、すっかり交わりを絶っていたかと思ったお主が、ようわたしの頼みを聞いて猷殿を捜してくれたものだ、と思ってな」

「なんだ、そんなことか。お主、昔、緒方春朔殿と原古処殿は秋月の誇りだとよく言っておったではないか」

「ほう、覚えていたのか」

「わしは緒方殿を知らぬが、原殿にはお会いしたことがある。その原殿も先年、亡くなられて秋月の誇りはなくなったか、と思ったが、猷殿はその詩才を受け継ぎ、天下に名をあげているというではないか。だとすれば、猷殿がいまは秋月の誇りであろう。誇りは守らねばならん」

藤蔵がそっぽを向いて言うと、小四郎は頭を下げた。

「ありがたい。江戸生まれのお主がそこまで思ってくれたか。礼を言うぞ」

藤蔵はあわてて帰っていったが、小四郎はいつまでも頭を下げていた。胸には熱いものが込み上げていた。

翌日、小四郎は供を連れず、馬で渡辺屋敷に行った。訪れを告げると堺屋の手代の一人が出てきて、小四郎を奥へ通した。奥座敷では七與が煙草盆を置いて煙管《きせる》をくわえていた。

「よう、おいでくださいました」

七與は煙管を手にしたまま、にこりと微笑んだ。

「訊きたいことがある」

小四郎は床の間を背にして座った。

「お武家の恰好《かっこう》をした女のことでございましょう」

「やはり、知っておったのか。猷殿はこの屋敷の中か」

小四郎は鋭い目になった。七與はゆっくりと頭を振った。

「しばらくはここにおりましたけど、なんや、乱暴そうなお武家はんが嗅《か》ぎまわって、うるそうおましたさかい、平山村というところに移しました」

「平山村――」

平山村は山の麓《ふもと》の小さな村で、以前から困窮していたが、大風で七十軒がつぶれていた。残り七軒のうち三軒は半壊で辛うじて四軒が残ったが、村はつぶれたも同然で、村民は避難していた。

「誰も住んでいない家が何軒かあるそうで、そこにいてます」

「なぜ、そのようなところに」

「間様をお待ちするためどす」

「わたしをか？」

「はい、間様に姫野弾正というお頭を討たれた恨みをはらすためやそうどす」

「そうか、猷殿が跡をつけた山伏は伏影か」

「その通りどす」

「猷殿はなぜそのような男の跡をつけたのだ」

「この屋敷の前を通りかかった時、すれ違ったんやそうどす。勘の鋭いひとで、一目で怪しいと思わはったみたいどす」

「そういうことか」

小四郎は苦い顔になった。伏影に囚《とら》われた猷の身が案じられた。七與はチラリと小四郎を見て、

「心配せんでも、あのひとは大事にあつかわれてまっせ。名の知れた学者はんの娘やそうで、伏影でも遠慮があるそうだす」

「堺屋殿は初めから、このような企みでわが藩に金を用立てたのか」

七與はくっくっと笑った。

「甘いおひとやなあ。わては若いころ無理やり落籍《ひか》されて、秋月まで連れてこられ、あげくの果てはお家騒動のとばっちりで追い出されましたんや。秋月に恨みがないと思うたら大間違いや。わてが金を出すことにしたのは、福岡藩からの差し金だすがな」

「やはり、そうか」

「間様に金をつかませ評判を悪うして、昔の宮崎織部のように失脚させるつもりや」

「そして、また秋月に介入しようというのだろう」

「その通りでおます」

「それでも、わが藩が堺屋殿から金を借りて助かったことに変わりはない。そのことはあらためて礼を言っておく」

七與は驚いた顔になったが、目をそらすと、

「やっぱり甘いおひとや」

ため息をつくように言った。

翌日、小四郎は平山村に一人、馬で向かった。七與が、そうでなければ伏影は別の場所に移るだろうと言ったからである。小四郎はうねうねとした道を馬を走らせていった。

この日は朝から風が強かった。時折、突風で土煙があがっていた。空では黒雲がうねりをあげて、今にも雨が降り出しそうだった。雲が激しく動いているのは上空を強風が吹き荒れているからだろう。

小四郎は空を見上げ、落ち着かぬ不安な気持になった。それでも馬を走らせて行くと、人影の無い村の入り口に着いた。馬から下りて歩きだした。

上空の雲の動きはさらに激しくなり、砂塵《さじん》が舞った。小四郎は歩きつつ、壊れた家が続く村に目をやった。あたりはしんとしてひとの気配はなかった。

「誰かおらぬか」

大きな声を出すと、屋根が傾いた家の中から笠をかぶった柿色の袖無《そでな》し羽織、裁着袴《たっつけばかま》の男たちが五人、じわりと湧くように出てきた。なおも歩いていくと、一軒の家から男が出てきた。山伏の姿をして腰に刀を提げている。その傍に縄で縛られた猷がいた。

「猷殿は御無事か」

声をかけると、山伏がにやりと笑った。

「間小四郎、よく来たな」

「お主は伏影か」

「いかにも、亡き御頭の無念をはらすため参上した」

山伏が言うと、小四郎を五人の伏影が取り巻いた。小四郎はスラリと刀を抜いた。

「猷殿を返してもらおう」

「貴様の首と引き換えにな」

山伏が、斬れっ、と言おうとした時、凄《すさ》まじい音とともに大風が吹いた。土煙が舞い上がり、目の前が見えなくなった。廃屋の藁《わらぶ》葺き屋根から藁が舞い上がり、さらに木片が飛んだ。伏影はあまりの突風に思わず、地面に身を伏せた。小四郎は刀を振りかざすと風の中を走った。息苦しいほどの風に危うく体を飛ばされそうになった。土煙の中、山伏が刀を抜くのが見えた。猷はその傍らの地面に倒れていた。

小四郎は構わずに駆けた。よろめきながらも山伏に近づいた時、また大風が吹いた。目の前が一瞬、真っ暗になった。白刃が光った。山伏が思いがけないほど近くにいて斬りかかってきた。地面に転がって山伏の刀を避《よ》けた。地面に体を伏せたまま、あたりをうかがった。風のうなりは耳を聾《ろう》するばかりだった。

小四郎は地面に四つん這《ば》いになってジリジリと動いた。鼻と口に砂が入り、目が痛かった。着物がバタバタと風に揺れた。不意に背中に熱いものを感じた。

背筋を浅く斬られているのがわかった。血が流れていた。痛みは感じなかったが、体が熱くなり、夢中で刀を振るった。肉を断ち切る感触があった。山伏がどっと倒れた。

「猷殿、大丈夫か」

小四郎は倒れている猷を助け起こした。

「間様――」

猷の肩を抱いた小四郎はあたりをうかがった。伏影が襲ってくるに違いなかった。

「参るぞ」

小四郎は猷の肩を抱いて風の中を走りだした。地面に伏せていた伏影が立ち上がって袈裟懸《けさが》けに斬りかかった。小四郎は危うく避けて、伏影の胸を突き刺した。伏影がうめいて倒れた時、猷が悲鳴をあげた。

廃屋の屋根に上っていた伏影が宙を跳んで襲いかかったのだ。小四郎は猷の肩を抱いたまま地面に転がった。夢中で横にないだ刀が飛び降りた伏影の脇腹を斬り裂いた。男は血に染まって地面に転がった。

小四郎はまた立ち上がると、猷と走りだした。その間にも風はますます強くなり山の木々が波打つように大きく揺れ、どよめくような山鳴りが聞こえてきた。

小四郎は猷の手を引き、坂を駆け下りた。やがて平地を見渡せるあたりに出た。

小四郎は息を呑《の》んだ。黒雲が渦巻く空の下、強風が吹き荒れ、田も畑も土色に変わり、家々が今にもつぶれそうな光景が目の前にあった。

「おのれ、またしても」

小四郎は歯嚙《はが》みした。秋月は六、七月の二度の洪水に続き、八月も二度の大風にさらされているのである。福岡藩の介入も伏影の襲撃もこの惨状に比べれば、何ということもない、と思った。小四郎の目前で猛威を振るっているのは、理不尽で残酷な敵だった。

（この敵にこそ勝たねばならぬ）

小四郎は猷の手を握った。

「猷殿、走るぞ。一刻も早く戻りたい」

猷がうなずくと小四郎は強風の真っただ中を走りだした。

秋月を襲った二度目の大風で家中の屋敷三軒、小屋三軒、稽古《けいこ》場一軒が倒れたほか、百姓、町人の家百六十一軒、小屋、馬屋など三百五軒に被害が出た。洪水に続く二度の大風によって、秋月は壊滅的な被害を受けたのである。

小四郎はただちに社倉を開いて、窮民の救済に当たったが、この災害において小四郎への不満が一気に広まった。小四郎は、被災の状況を実際より拡大して付け出し、より多くの窮民を救えるようにした。しかし、各村から年貢の免租願が出ると、小四郎はこれを抑えることを執政会議で主張したのだ。

「どういうことだ。百姓に厚くというのが、これまでのお主のやり方ではなかったか」

吉左衛門が目を怒らせて言った。

「わが藩では文政七年以降、少々の凶作では減免を行わない決まりになっておる」

小四郎が主張すると、他の執政たちからも、

「これほどの災害だ。やむを得ないではないか」

との声が相次いだが、小四郎は意見を変えず、会議は数日にわたって紛糾した。藩内はもとより、百姓からも小四郎に対する非難の声が相次いだ。記録によると、

――間小四郎詐術《さじゅつ》ヲ以《も》ッテ之《これ》ヲ圧セント欲ス

とある。あまりに不満が強いため三郡から三千両を納めさせ、これによって救済に当たることとした。小四郎は夜遅くになって、屋敷に戻った。満月が出ているのを見て、縁側に膳《ぜん》を運ばせ、もよの酌で酒を飲んだ。

「随分とお疲れのご様子で」

「三日の間、しゃべり続けたからな。疲れもするだろう」

「皆、旦那《だんな》様が減免に反対されたと聞いて驚いておりました」

小四郎は笑った。

「悪評が広まったようだが、わたしが大幅な免租を主張すれば、かねてから反対派となっている吉左衛門によって阻まれるのは目に見えていた。だから、逆手に出たのだ。災害によって免租すれば、家中への所務渡米を百俵につき四十俵ぐらいに下げなければならなくなる。その時、どれだけの不満が出ることか。わたしが憎まれ役を買わなければ、とても免租は行えないと思ったのだ」

「それは、あまりに――」

「小細工がすぎると思うか」

もよは黙ってうなずいた。吉左衛門をもっと信じてもよいのではないか、と思ったのだ。小四郎は月を見上げながら、

「わたしはこのたびの大風で、ひととはいかに非力なものかを思い知らされた。非力であるひとがものごとを為《な》していこうと思えば詐術もやむを得ぬ、強権を振るうことも辞してはならぬと思った。だが、まともにそれをやれば、なおのこと、ひとは反発するだけだ。それゆえ、わたしは今回の不始末の責任をとって隠居する」

「隠居なさるのですか」

もよは驚いた。

「家督を幾之進に譲る。しかし、隠居して何もせぬ、というわけではない。家中にはわたしの指示に従う者を要所要所に配している。これからも秋月の政事を行っていくつもりだ」

「まあ、忙しい隠居になられるのですね」

「そういうことだ。余生を楽しむということで余楽斎と号しようと思うが、どうだ」

「楽しまれるお暇はございますまい」

もよはあきらめたように言った。

小四郎は翌文政十二年五月、隠居を願い出て、これを許された。家中の不満が強いことで身を退いた形だったが、藩政から退くつもりはなく、陰の権力者としての道を歩み始めた。まだ四十三歳だった。

小四郎は余楽斎と名のるようになったのである。


天保五年（一八三四）夏——

余楽斎は福岡まで出向いて宮崎織部を見舞った。長元が襲封《しゅうほう》した後、天保二年、恩赦が行われ、十八年間の長きにわたって島流しとなっていた宮崎織部は許された。

織部は島から戻ると福岡の早良郡の村に引き籠《こも》った。余楽斎が織部を見舞おうと思い立ったのは、かねてから織部が中風を患っていると聞いたからだ。

夏の盛りで中天まで入道雲がかかった日だった。供一人だけを連れ、早良郡まで行った。

織部が住んでいるのは親族の知行所《ちぎょうしょ》にある古びた屋敷だった。

屋敷の近くまで行くと、蒸し暑い日差しの道を一人の老人が杖《つえ》をついて歩いてくるのが見えた。白く乾いた道を、よたよたとおぼつかない足取りで歩いてくる老人を見た時、余楽斎は織部だと気づいた。

髷《まげ》は真っ白で体も一回り小さくなったようだ。織部がゆっくりと近づいてきた時、余楽斎は頭を下げた。しかし、織部には誰なのかわからない様子だった。余楽斎は名乗ろうか、と思ったがやめた。織部の目が虚《うつ》ろに見えたからだ。

(これがかつて権勢を振るった家老の末路か)

哀れな、とため息をつく思いだった。そのまま背を向けて立ち去ろうとした時、背後から笑い声が聞こえた。振り向くと、織部が天を仰いで笑っていた。

「間小四郎、まだまだ青いのう」

「宮崎様、おわかりでござったか」

「遠くからでもお前だとわかったぞ。いかにも藩を背負って大変だ、という重苦しい顔で歩いておったからな」

「これは――」

余楽斎は苦笑した。相変わらずの織部だと思ったが、そのことが嬉《うれ》しかった。

「屋敷に来たのかもしれぬが、上がるほどのこともあるまい。ちと、そのあたりで話そう」

織部は道端の大きな石を杖でさした。その上に座ると余楽斎もかたわらに腰かけさせた。座ると松並木の向こうに青い山並みが見えた。

「隠居したそうだな」

織部は淡々と訊《き》いた。

「余楽斎と号しております」

「ふむ、名などどうでもよい」

織部は昔、種痘《しゅとう》のため福岡から落痂《らっか》を運ぶよう命じた時と同じことを言った。余楽斎はおかしくて笑い出しそうになった。

「昔、宮崎様が目鏡橋を懸命に造ろうとされた理由が近ごろわかるようになりました」

「ほう、どういうことだ」

「政事はどのように行っても、すべての者によいということはないようです。それゆえ後の世のひとに喜ばれるものを、何か造っておきたくなる。ひとに憎まれることばかりやっておってはたまりませんからな」

「ふん、利いた風なことを」

織部は鼻で嗤《わら》った。

「時折、こうして腰かけて山を見ておると、秋月を思い出す。十八年、島暮らしをしたが、思い出すのは不思議に秋月の山の景色だな」

「さようですか」

余楽斎は織部の胸中を思って、胸がつまる思いがした。

「ひとは美しい風景を見ると心が落ち着く。なぜなのかわかるか」

「さて、なぜでございますか」

「山は山であることに迷わぬ。雲は雲であることを疑わぬ。ひとだけが、おのれであることを迷い、疑う。それゆえ、風景を見ると心が落ち着くのだ」

余楽斎は織部が眺めている青々とした山並みを見ながら、確かにそうかもしれない、と思った。織部はチラリと余楽斎の顔を見てきっぱりと言った。

「間小四郎、おのれがおのれであることにためらうな。悪人と呼ばれたら、悪人であることを楽しめ。それが、お前の役目なのだ」

余楽斎の胸中に、藩政を陰から動かしていくことの後ろめたさがあることを見抜いていたのだ。

織部は立ち上がると、すべてを忘れたような顔になって屋敷の門をくぐって行った。余楽斎はしばらく頭を下げたままでいた。

十七

弘化二年六月十七日――

「隠居して、そのまま藩政から身を退《ひ》くという生き方もあったのではござらんか」

福岡藩御納戸役《おなんどやく》、杉山文左衛門は余楽斎に言った。昨日、鉄砲方宮井左平太方で余楽斎への処分言い渡しが行われたばかりである。余楽斎は、ゆっくりと頭《かぶり》を振った。

「さようには生きぬものだ、と教わりましたからな」

「ほう、どなたにでござるか」

文左衛門の問いかけに、余楽斎は微笑するだけで答えようとはしなかった。

この日は朝からの雨だったが、雲は薄く、ほのかな明るさがあった。雨はうっすらとした日差しの中を白い筋を引くように降っていた。宮井屋敷は松や梅などの庭木が多く、雨が葉に落ちる音はしのびやかに続いていた。

余楽斎はこの屋敷に来てからは風に松の枝がそよぐ音を楽しみにしてきたが、雨もまた風情があるなどと思っていた。文左衛門はえへん、と咳払《せきばら》いした。

「今日は御面会の方をお連れいたした」

「面会？　それがしにでござるか」

「さよう、本来、面会は認めぬのが本藩の意向でござるが、すでに処分言い渡しを終えた以上、今日に限っては、それがしの裁量にて認めます」

余楽斎は感謝して頭を下げたが、面会に訪れたのが誰なのかは見当がつかなかった。そのまま家士に案内されて、宮井屋敷の奥庭にある茶室に向かった。

茅葺《かやぶ》きの小さな茶室である。家士が傘をさしかけ、雨に濡《ぬ》れた露地を通って、にじり口から茶室に入った。茶室には馥郁《ふくいく》とした香りが漂っていた。ふと見ると、床の間に香炉が置かれ香が炷《た》かれている。

（これはまた、風雅な——）

余楽斎は座って面会の相手が来るのを待った。やがて、相手がにじり口から入ってきた時、目を瞠《みは》った。猷だった。豊かな髪を島田に結った猷は、涼しげな薩摩上布《さつまじょうふ》の着物を着て繻子《しゅす》の帯を締めている。

「おひさしぶりでございます」

猷は微笑んで言った。猷は秋月が洪水と大風に襲われた文政十一年暮、再び江戸

に出た。途中、中国路をとり、各地で文人の歓待を受け、菅茶山、頼山陽ら名高い詩人と交遊した。山陽は猷の詩を、

――女子ノ詩、自《おの》ヅカラ宜《よろ》シキ所有リ

と称賛した。江戸では浅草、称念寺の庵室《あんしつ》に仮寓《かぐう》して私塾を開き、詩書を売って潤筆料《じゅんぴつ》を得た。学者、文人と交際し、大名家へも出入りした。

文人の大沼枕山《ちんざん》は「贈原氏采蘋」と題した長詩を贈った。この中で枕山は猷を、

――班女《はんじょ》ト蔡姫《さいき》ヲ兼ネテ有リ

と、讃《たた》えた。班女と蔡姫はいずれも傑出した詩を書いた中国の女性である。男も及ばぬ詩を書き、美しく、斗酒なお辞せずの豪酒家でもある猷は人気の的となり、文人で交際を望まぬ者はなかった。

「何用で戻られた。まさかそれがしのことを知られたからではあるまい」

猷が江戸で余楽斎のことを知って戻ることができる日数ではなかった。

「母のことを藩には度々、お願いいたしておりましたが、いっこうにお取り上げな

いゆえ、直《じか》にお訴えいたそうかと思い、戻って参りました」

「そうか、母上のことか」

猷は古処亡き後、秋月で暮らす母の身を案じて、江戸に呼ぶことの許しを度々求めていた。四年前、天保十二年に参政、井上庄左衛門に対し、母を江戸に迎えたいと上書した。この時は書き添えていた養蚕、桑の植樹、桑の皮による造紙などの産業を興すべきだという提言の方が取り上げられたが、願いは認められなかった。

二年前にも上書を提出した。母を思う悲痛な心が伝わる名文だったが、藩の許可は下りなかった。そこで、痺《しび》れを切らして秋月に戻ったのだという。

「このたびは思いがけないことにて」

「さよう、いささかしくじりました」

余楽斎は悪戯《いたずら》が見つかった童《わらべ》のように笑った。

「なぜ、このようなことになられたのです」

「さあて、話せば長くなるが発端は船であった」

「船?」

「さよう、いまの殿が襲封されて間もなく、参勤《さんきん》交代のおり、大坂まで船で行きたいと仰せ出《いだ》された」

このころの藩主は第十代の長元である。先の藩主長韶は嫡男が十五歳の若さで亡くなったため、土佐、山内家から長元を三女、慶子の婿に迎えて跡継ぎとした。

長韶が隠居し、長元が藩主となったのは文政十三年のことだ。ちょうど余楽斎が引退した後、隠然たる勢力を築きあげたころだった。

「御存じの通り、これまで、わが藩では参勤交代のおり、瀬戸内海の海路をとらず、中国路をとってきた。海路をとる場合は福岡藩の船を借用してきた。それなのに、なぜ船を造らねばならないのか。わたしは猛反対したが、殿は押し切られた」

長元は襲封して三年後の天保四年には御座船八幡丸と急用丸一艘《そう》を大坂で造ることを命じた。完成したのは翌年のことである。費用は銀百三貫と金二百十両かかった。

「殿は、われらがどのような思いで所務渡米を減らし、藩を切り盛りしてきたか、まったくわかっておられぬ」

「しかし、藩の体面ということもありましょう」

猷は面白そうに言った。

「大名の体面とは領内をよく治め、民百姓の暮らしを安堵《あんど》させること。きらびやかに飾ることではない」

「それで、このたびのようなことになられましたか」

「わたしは殿と対立することが多くなった。それで、御養子の殿でもあることから早々に御隠居願おうと画策するようになった」

「殿のご隠居を？」

「さよう、そのことでは、ひさしく政敵となっておった伊藤吉左衛門とも意見が合い、坂田第蔵も協力してくれることになった。殿の御隠居は本藩から勧めてもらうしかないということで、本藩とも話し合っておった。ところが、この動きが殿に漏れて、先手を打たれたというわけだ。吉左衛門と第蔵はわたしの巻き添えにしてしまった」

安太夫と左内はすでに隠居し、汀と龍助はいまも出仕しているが閑職にいること、藤蔵は五年前に家督を息子に譲ったが、その後も相変わらず道場に出て、荒稽古《あらげいこ》で藩士たちに恐れられていることなどを、余楽斎は話した。

さらに妻のもよが五年前に病死したことも付け加えた。

もよは五年前の夏、風邪をひいたと思ったら、わずかに寝ついただけで世を去った。

「ちょうど、わたしが殿と対立して、そのことで動き回っておる時でろくに看病もしてやれなかった」

もよが息を引き取ったのは、余楽斎が会合から帰って間もない時だった。夕刻だった。昼間の暑い日差しが庭にこもり、庭木からは煩《うるさ》いほどの蟬しぐれが聞こえて

いた。余楽斎が枕もとに座ると、寝ていたもよはうっすらと目を開け、

「あなた様も少しお休みになりませぬと」

と言った。余楽斎は頭《かぶり》を振った。

「なんの、わたしにはまだやらねばならぬことがあるのだ」

もよは微笑してかすかにうなずいたようだったが、その時には息を引き取っていたのである。余楽斎はしばらくして、そのことに気づいた。こらえても涙があふれるのを止められなかった。庭には白い芙蓉《ふよう》が咲いていた。

猷は、ツッと立ち上がって茶室の丸窓を開けた。

まだ糸のように細い雨が降っていた。しかし、薄雲を通した日差しは思いがけないほど明るく、窓から茶室にも光が忍び込んだ。清澄な空気があふれるように入り込むと、余楽斎はひどく生き生きとしたものを感じた。

湿り気を帯びた庭木や土の匂いを嗅《か》いだ。庭を眺める猷の横顔は、肌が輝きつつもわずかに陰影を帯びて美しかった。猷はふと、漢詩を口にした。

孤《ひと》り幽谷《ゆうこく》の裏《うら》に生じ
豈《あに》世人の知るを願はんや
時に清風の至る有れば

芬芳《ふんぽう》自《おのずか》ら持《じ》し難し

「わたしは、間様はこの詩のような方だと思ってまいりました」

余楽斎はハッハと笑った。

「世人の知るは願いませんが、時に清風の至る有れば、芬芳自ら持し難し、は過褒と申すべきですな」

「さようでしょうか。わたしは武士とは生き方において、詩を書く者のことだと思って参りました。間様の生き方を見ることができて、幸せであったと思っております」

猷は余楽斎を見つめた。余楽斎は、

「わたしは逃げなかっただろうか」

とつぶやいた。幼い日に死んだ妹の顔が脳裏に浮かんでいた。

「お逃げになりませんでした。命がけでわたしを助けてくださいました」

猷がそっと余楽斎の手をとった。猷の白い手は温かかった。

ゆっくりと時が流れていった。

六月十八日——

余楽斎は玄界灘《げんかいなだ》の玄界島に流されるため秋月を出立した。両刀を帯びることは許されず、笠《かさ》を被《かぶ》り手甲《てっこう》、脚絆《きゃはん》をつけ草鞋《わらじ》を履いた旅姿だった。

護送の役人として、杉山文左衛門ら六人がつき、供の小者四人で秋月街道を西へ下り、さらに日田街道に出て北の福岡を目指すという経路である。昨日の雨は朝まで残っていたが、いまは止んでいる。

大きな塊のような雲ができるとともに、周りは絹のように薄い雲が流れ、その切れ目から澄み渡った青空がのぞいていた。

余楽斎は顔をあげ、雲の切れ間の青空を見た。光に満ちた清々《すがすが》しい空である。文左衛門が、

「間殿、出立の刻限でござる」

と声をかけた。余楽斎がうなずくと、文左衛門は町を見回した。遠くの田畑では百姓が野良仕事をしていた。武家屋敷はひっそりと静まり返り、通りには人影もなかった。

「間殿が流されるというに、秋月の町は寂《せき》として人声もせぬ。さびしいばかりでござるな」

何かを憤るように文左衛門は言った。

「杉山殿は秋月に来られて、騒がしい様をご覧になられたか」

「いや、まことに静謐《せいひつ》でござった」

「その静謐こそ、われらが多年、力を尽くして作り上げたもの。されば、それがしにとっては誇りでござる」

余楽斎は顔をあげると道を一歩ずつ踏みしめて歩きだした。

青田を渡ってくる風がさわやかだった。

参考文献

物語秋月史（上・中・下）　三浦末雄　秋月郷土館
秋月目鏡橋物語　山口祐造　秋月郷土館
筑前城下町　秋月を往く　田代量美　西日本新聞社
種痘の祖　緒方春朔　富田英壽　西日本新聞社
秋月史考　田代政栄＝編　「秋月史考」刊行会
甘木市史　甘木市史編さん委員会
西日本人物誌15　広瀬淡窓　深町浩一郎　西日本新聞社

解　説

縄田一男

いま私は、『秋月記』を論じる前に、葉室麟さんの最新作『蜩ノ記《ひぐらしき》』（二〇一一年十一月、祥伝社刊）を読み終えて、どうしようもない胸の昂《たか》ぶりを抑えることができないでいる。

この作品は、二転三転して読む者を、異様なまでの感動の淵《ふち》に叩《たた》き込んでいく。

まず第一に、物語は、豊後《ぶんご》・羽根《うね》藩の元郡奉行《もとこおりぶぎょう》・戸田秋谷《とだしゅうこく》が七年前に、前藩主の側室と不義をはたらき、向山《むかいやま》村に幽閉となり、家譜編纂《へんさん》と十年後の切腹を命じられるところからはじまる。そこへ旧知の友と城中で刃傷沙汰《ざた》を起こしてしまった奥祐《おくゆう》筆《ひつ》・檀野庄三郎《だんのしょうざぶろう》が、いわば監視兼補佐役としてやってくる。しかしながら、庄三郎の見る限り、秋谷はとてもそのような罪を犯すように思われぬし、郡奉行時代は領内の百姓に慕われ、その妻・織江《おりえ》も、自分は夫がどのようなひととなりかわかっている、というのみ。そしてその行為が藩内の派閥争いの中でひとりの女を救うためのものであったとわかった時点で気のはやい読者は、はやトチリをされるであろう。

この作品は決してそのような甘い作品ではないのだ。

そして物語が二転して、庄三郎が錯綜《さくそう》に錯綜を重ねる謎を文献と人間関係、双方から調べていくうちに浮かび上がってくるのは、藩の不祥事の数々――。さらには、鎖分銅《くさりふんどう》をつかう刺客の登場と、一通の御由緒書。そして、刃傷の相手である旧知の友との友情の復活等々。

しかしながら、この一巻の神髄は、この物語が三転した後、秋谷の家の者たちをかばった、秋谷の息子・郁太郎《いくたろう》の友だちである、まだいとけない百姓の子・源吉が目付役の拷問によって惨死した後に顕現する。これ以後の展開は未読の方のために詳述はできないが、号泣と無縁に読むことは不可能であろう。唯一《ただひと》ついえるのは、戸田家の人間は息子・郁太郎（少年である）に至るまで誠の武士《もののふ》であった、ということだ。

これは、葉室作品すべてに共通するテーマでもあるが、では、武士とは何をもって武士とするのか――。徳川三百年の歴史の中で、およそ、理《ことわり》の立つところで腹を切った武士など何人いるであろうか。彼らは理不尽を承知で従容として死の座についた。だからこそ四民の頂点に立てた。では切腹ができれば武士かといえば、それも違う。では、何が武士を武士たらしめているのかといえば、後半の秋谷、郁太郎、庄三郎の行動にその答えはある……。

さて、私は随分、『蜩ノ記』に筆を費やしてしまったが、『秋月記』は、二〇〇九年一月、角川書店から刊行された作品で、紛れもない傑作である。私は日本経済新聞で時代小説の時評を行っており、今年で二十年目になる。私のモットーとして、自分が推薦文を書いた本の書評はしないことにしているが、その中で、唯一、その禁を破ったのが本書であった。

本書が刊行されたのは、作者が二〇〇五年、『乾山晩愁』で歴史文学賞を受賞してから四年。僅《わず》かその間にこれほどの境地に達したことは、稀有《けう》であるといっていいのではあるまいか。もちろん、その間に、『銀漢の賦』による第十四回松本清張賞の受賞がある。だが、これほどの作家として、何人かの作中人物の澄み切った心を描く心境の深まりは唯事《ただごと》ではない。もし、私にこの解説を書く資格がないとすれば、それは、もしかしたら客観性を欠く、換言すれば、この作品を愛しすぎていることであるかもしれない。

そしていま、この一巻について記せば、『秋月記』は、前述の『銀漢の賦』の系譜に連なるもの、つまりは、作者にとって藩内抗争を扱った長篇の第二弾にあたる。故藤沢周平氏が、自分の心の故郷ともいうべき海坂藩を舞台に描いてきた藩内抗争ものは、いまや、時代小説の一つのジャンルといっていいくらい後続の作家たちによって書き継がれている。藤沢作品が、従来の御家騒動もの——善玉悪玉という単純な色分けをされた勧善懲悪の物語——と違うのは、そうした明快さを敢《あ》えて避けて、いかなる人間をも易々と呑《の》み込んでしまう派閥というものの恐《おそ》ろしさを前面に押し出した点ではなかったか。そして誰もが藤沢作品を超えるべく研鑽《けんさん》を重ねてきたが、遂にそれに至る書き手は現れなかった。

が、それも葉室作品を読むまでだった。断言しておく——現時点において、葉室作品は、藤沢氏のそれを超える可能性を持った唯一の存在である、と。こう記すと藤沢作品の熱心な読者は、まさかというかもしれない。が、欺《だま》されたと思って読んでいただきたい。私も伊達《だて》に二十八年、時代小説の書評をやっているわけではないのだから。それに先達の作品は後学の徒にとって、それを飛び越えるためにあるのではないのか？

そしてこの作品の第一の読みどころは、作品の舞台を福岡藩＝本藩の支藩である秋月藩に設定している点にある。両者の間にはさまざまな確執、というより、もっと有体《ありてい》にいえば前者は後者を自らの傀儡《かいらい》にしようとしているが、秋月藩側の必死の努力により、辛うじてこれが阻止されている、という事情がある。このさまざまな政治的軋轢《あつれき》がありながらも経済面では持ちつ持たれつ、という両者の関係は、穿《うが》った見方をすれば、アメリカと日本のそれに重ね合わせることが可能かもしれない。

物語の前半は、こうした微妙な政治状況の中、主人公間《あいだ》（この苗字《みょうじ》が既に象徴的ではないか）小四郎をはじめとする八人の若き藩士たちが、専横を極める家老宮崎織部を権力の座から放逐する〈織部崩れ〉を中心に描くことで進んでいく。主人公の小四郎は、幼い頃、己れの怯懦《きょうだ》から妹を死なせてしまったことがトラウマとなるも、剣の師藤田伝助の「臆病者の剣を使え」という逆説の指導により、心身両面の弱さを矯《た》めてゆく。この他、はじめはあたかも傲岸不遜《ごうがんふそん》に見えるが、実は気のいい柔術の達人海賀藤蔵。そして敵か味方か――凶事のある時、必ずその背後にいる妖剣《ようけん》の使い手姫野三弥等々、登場人物の彫りも深い。

そして本当の物語は、実は〈織部崩れ〉の後からはじまるのだ。この作品の陰の主人公ともいうべき百姓娘いとから、彼女を妾《めかけ》にしたと喧伝《けんでん》されている宮崎家老の真意を知らされた小四郎の驚き――さらに理不尽にも恋人を殺され、故なき蔑視《べっし》に晒《さら》されつつ、それでも人の役に立ちたいと、いとが葛《くず》づくりを藩財政の打開策として小四郎に提案した時、物語の中で人間を縛る汚濁の象徴として描かれてきた〈金〉は、はじめて人々を救う〈経済〉へと深化する。私はここで何度落涙したことか。そして藩を維持すべく、宮崎家老同様、捨て石となる決意をした小四郎をやさしく包む、猷《みち》の漢詩等々。この作品の持つ詞藻《しそう》の豊かさは、本書を読む人々の心をことごとく魅了してやまぬことを私は信じて疑わない。

私は、葉室さんの作品の魅力の一つに、作中人物の持つ心の高潔さがあると思う。あの逆境のどん底で藩の経済を救いつつ、逝く、百姓娘いとの何と高潔なことか。そして、私が後に葉室さんから聞いて驚いたのは、この一巻は、はじめいとを主人公にして書こうとしていた、ということであった。が、さすが、作者は作品の軸を見誤らなかった。いとの挿話は、第三者、すなわち、客観性をもって語られてこそ、深い感動を呼ぶのであるから——。

そして今年二〇一一年、葉室さんは実にエネルギッシュに作品を発表した。与謝《よさ》蕪村《ぶそん》をめぐる小宇宙を描いて直木賞候補となった『恋しぐれ』（文藝春秋。何故、受賞作にならないのか⁉）をはじめとして、いままであまり書かれなかったシーボルト父子の再来日を扱い、息子アレクサンダーの成長と、彼をめぐる幕末前夜の群像劇を活写した『星火瞬く』（講談社）、ユーモアと諧謔味《かいぎゃくみ》あふれる武家もの『川あかり』（双葉社）、さらには、平安中期、あらくれ者として知られた藤原隆家《ふじわらのたかいえ》が、異民族・刀伊《とい》を迎え撃つさまをダイナミックに描き切った『刀伊入寇——藤原隆家の闘い』（実業之日本社）といったぐあいに、一作毎に趣向をこらした作品が目白押しだった。特にこの一巻など、隆家が、刀伊への追撃を対馬《つしま》までとし、高麗《こうらい》との間で国境紛争が起こるのを避ける抜群の政治センスは、丸投げ、居座り（これには驚いた）を繰り返し、一朝ことあるときは、恐らく右往左往する政治家たちへの痛烈な批判たり得ていよう。

歴史・時代小説は、過去を描いて現代をあぶり出す〈合わせ鏡〉となっていることもしばしば。従ってこのような読みも可能なのだが、最近、私は、この平成の御世《みよ》に権力の座にあぐらをかいている連中に、前述のいとたちを重ねて批判することさえ嫌になってきた。そんなことをすれば、葉室作品に登場する、彼ら、あるいは、彼女らが汚れてしまうではないか。私は、ときおり、本気でそう思うことがある。

本書は二〇〇九年一月、小社より刊行された単行本を文庫化したものです。

秋月記《あきづきき》

葉室《はむろ》 麟《りん》

角川文庫 17179

平成二十三年十二月二十五日　初版発行
平成二十四年 二 月 十 五 日　三版発行

発行者―井上伸一郎
発行所―株式会社角川書店
東京都千代田区富士見二―十三―三
電話・編集 (〇三)三二三八―八五五五
〒一〇二―八〇七八
発売元―株式会社角川グループパブリッシング
東京都千代田区富士見二―十三―三
電話・営業 (〇三)三二三八―八五二一
〒一〇二―八一七七
http://www.kadokawa.co.jp
印刷所―旭印刷　製本所―BBC
装幀者―杉浦康平

定価はカバーに明記してあります。

は 42-3　ISBN978-4-04-100067-0　C0193

角川文庫発刊に際して

角川源義

第二次世界大戦の敗北は、軍事力の敗北であった以上に、私たちの若い文化力の敗退であった。私たちの文化が戦争に対して如何に無力であり、単なるあだ花に過ぎなかったかを、私たちは身を以て体験し痛感した。西洋近代文化の摂取にとって、明治以後八十年の歳月は決して短かすぎたとは言えない。にもかかわらず、近代文化の伝統を確立し、自由な批判と柔軟な良識に富む文化層として自らを形成することに私たちは失敗して来た。そしてこれは、各層への文化の普及滲透を任務とする出版人の責任でもあった。

一九四五年以来、私たちは再び振出しに戻り、第一歩から踏み出すことを余儀なくされた。これは大きな不幸ではあるが、反面、これまでの混沌・未熟・歪曲の中にあった我が国の文化に秩序と確たる基礎を齎らすためには絶好の機会でもある。角川書店は、このような祖国の文化的危機にあたり、微力をも顧みず再建の礎石たるべき抱負と決意とをもって出発したが、ここに創立以来の念願を果すべく角川文庫を発刊する。これまで刊行されたあらゆる全集叢書文庫類の長所と短所とを検討し、古今東西の不朽の典籍を、良心的編集のもとに、廉価に、そして書架にふさわしい美本として、多くのひとびとに提供しようとする。しかし私たちは徒らに百科全書的な知識のジレッタントを作ることを目的とせず、あくまで祖国の文化に秩序と再建への道を示し、この文庫を角川書店の栄ある事業として、今後永久に継続発展せしめ、学芸と教養との殿堂として大成せんことを期したい。多くの読書子の愛情ある忠言と支持とによって、この希望と抱負とを完遂せしめられんことを願う。

一九四九年五月三日

葉室 麟の好評既刊

実朝の首

将軍の首が消えた!

鎌倉・鶴岡八幡宮で、将軍源実朝が暗殺された。混乱の中、その首級は持ち去られてしまう。権威失墜を恐れる幕府、権力奪還を目論む後鳥羽上皇を巻き込んだ駆け引きの行方、尼将軍・北条政子の深謀とは。歴史長編。

角川文庫 ISBN 978-4-04-393002-9

角川文庫ベストセラー

天保悪党伝　新装版　藤沢周平

江戸の天保年間、闇に生き、悪に駆ける六人がいた。彼らの悪事は絡み合い、最後の相手はなんと御三家水戸藩。悪党の悲哀を描く連作長編の傑作。

新選組血風録　新装版　司馬遼太郎

京洛の治安維持のために組織された新選組。〈誠〉の旗印に参集し、騒乱の世を夢と野心を抱いて白刃と共に生きた男の群像を鮮烈に描く快作。

北斗の人　新装版　司馬遼太郎

夜空に輝く北斗七星に自らの運命を託して剣を志し、刻苦精進、ついに北辰一刀流を開いた幕末の剣客千葉周作の青年期を描いた佳編。

豊臣家の人々　新装版　司馬遼太郎

豊臣秀吉の奇蹟の栄達は、彼の縁者たちをも異常な運命に巻きこんだ。甥の関白秀次、実子秀頼等の運命と豊臣家衰亡の跡を浮き彫りにした力作。

尻啖え孫市《しりくらえまごいち》(上)(下)　新装版　司馬遼太郎

信長の岐阜城下にふらりと姿を現した男、真っ赤な袖無羽織、二尺の大鉄扇、「日本一」と書いた旗を持つ従者。鉄砲衆を率いた雑賀孫市を痛快に描く。

ちっちゃなかみさん　新装版　平岩弓枝

向島で三代続いた料理屋の一人娘、お京がかつぎ豆腐売りの信吉といっしょになりたいと言いだして……。豊かな江戸の人情を描く珠玉短編集。

密通　新装版　平岩弓枝

若き日に犯した密通の過ち。驕慢な心はついに妻を験そうとする…。不器用でも懸命に生きようとする人々と江戸の人情を細やかに綴る珠玉の八編。

葉室 麟の好評既刊

乾《けん》山《ざん》晩《ばん》愁《しゅう》

歴史文学賞受賞、衝撃のデビュー作！

天才絵師の名をほしいままにした兄・光琳が没して以来、陶工としての限界に悩む尾形乾山の前に、光琳の思いがけない過去が浮かび上がる。歴史文学賞受賞の表題作ほか、戦国から江戸の絵師たちを綴った、全五篇。

角川文庫　ISBN 978-4-04-393001-2